アイドルワイルド!

花村萬月

祥伝社文庫

目次

01　5
02　23
03　70
04　90
05　177
06　277
07　326
終章　367

01

珊瑚《さんご》の死骸が堆積《たいせき》していて白く霞《かす》んで見通しがきかない。漁港をつくり、委細《いさい》かまわず漁船の航路を浚渫《しゅんせつ》したら、こうなった。脇は海水浴場なのだが、台風などで海が荒れたあとは海水が真っ白く濁る。

ジョーは海水浴場から外れて航路上まで泳ぎ、ヘドロがたまった白い泥沼めいた底まで潜ってしばらく活動できる。だが麻美《あさみ》は航路上までは軽々と泳げるが、幾度か浚渫された深みに潜るのに挑戦し、あきらめ顔で引きかえして奇巌《きがん》にとりついた。

六月の雨が凪《なぎ》の海を柔らかく、しかし密に叩く。もちろん泳いでいる者などジョーと麻美以外にいない。雨降りだというのにジョーは晴れた日に泳ぐのと同様、よれた大きめの白いＴシャツを着ている。麻美は挑発的な黒のビキニだ。

海にむかって右側に、山からそのまま落ち込む奇巌の群れが沖合まで点々と続く。波と風に浸食された奇巌の左側はビーチ、そしてさらにその左は漁船の航路をはさんで周囲を防波堤とテトラポッドで囲まれた漁港だ。

海が荒れて堆積した珊瑚の破片が舞いあがらぬかぎり、たいそう澄みきった美しい浜だが、浜比嘉島《はまひが》のいちばん南端、道果つるところまでやってこなければならないので、盛夏の時期でも海水浴に訪れる者はあまりいない。観光客も、沖縄のこんなところにビーチがあることを知らない。

「いまがチャンスだから」

ジョーが諭《さと》すと、麻美は肩をすくめた。ジョーを無視して奇巌に沿って泳ぎ、姿を消した。フィンをつけているので、なかなかの速度だ。ジョーは無表情に抜き手で麻美を追う。奇巌の反対側にでると、漠《ばく》とした太平洋が拡がる。

「満ち潮でしょう、いま。潮位をちゃんと調べなかったジョーが悪いんだよ。とてもじゃないけど底まで潜るのなんて、むり」

「なら、いらないんだな」

「ジョーも甘いなあ」

「なにが」

「少なくともあたしには教えてしまったんだから、あたしが言い触らせば、どうなると思う?」

ジョーは答えず、目を細めて雨に烟《けぶ》る沖の彼方の浮原島《うきばる》を見つめる。

麻美は顔色を窺《うかが》いながら身を寄せ、海中でジョーの軀《からだ》を、弄《もてあそ》びはじめる。

ジョーは海中で麻美と番《つが》った。麻美の瞳は即座に焦点が合わなくなり、加減せずに声をあげるので、ジョーは背後からその口を掌《てのひら》で押さえる。

どういうわけか屋外で性交をすると、射精までが早い。心得たもので麻美はジョーに合わせて烈《はげ》しく痙攣《けいれん》する。

「なにやってるんだろう、俺」

「──そういうことを、言わないの」

麻美はジョーを独占したくてたまらない。だから逆にわがままに振る舞う。ジョーに対しては献身的に振る舞う女と、わがままを言いながら顔色を窺う女とにわかれる。

男に対して美貌はそぐわぬ言葉だが、男女問わずジョーと対面すれば、まずは正視を躊躇《ためら》う。

麻美も真正面からジョーに見つめられれば、意地になって見返しはするが、いまだに頬が赤らむのを隠せない。

「ジョーは浮原島まで泳げる？」

「泳げない」

「泳げるわよ」

「リーフでつながってるようなもんだから、深さはたいしたこともないけど、潮の流れがきっと、やばい」

浮原島は無人島だ。立ち入りは禁止されている。米軍と自衛隊の共同訓練所、演習場になっているからだ。

台湾、あるいは中国、北朝鮮から密輸される覚醒剤の取引に浮原島が使われているという噂は根強い。

あえて東シナ海側でなく、太平洋側の演習場の島で取引をする。

演習場なので流れ弾などの危険があることもあり、好んで近づこうとする者はいない。

朦々《もうもう》たる白煙のなか、米軍の軍用ヘリがホバリングする姿がよく見られるし、島だけでなく洋上にまで連続して烈しい火柱が上がることさえあり、漁船も間近を避ける。

けれど演習がなければ無人なので、密輸船が島の北端、口のように突きだしたちいさな入り江のその舌の位置の岩礁に、錘《おもり》をつけた覚醒剤を括《くく》りつけておく。

回収は、浮原島にいちばん近い浜比嘉島のこのビーチから、深夜にジェットスキーでひとっ走りという遣《や》り口で、ところが回収に当たったジェットスキーがどうしたことか陸まであと一歩のこのビーチで沈んだ。操縦不能になって錐《きり》揉み状態、釣り鐘のような奇巌に激突したらしい。

カワサキの一・五リッター、インタークーラー付きスーパーチャージャー、二六〇馬力の化け物だったそうだ。海の上には波というカオスがある。走行は舗装道路上のようにはいかない。スロットル操作を誤れば、パワーがあるぶん操縦不能に陥ることは充分に考えられる。

事故は、無謀な若者が深夜に酔った勢いでジェットスキーを乗りまわしたあげくの単独事故として処理され、ビーチや漁船の航路に沈んだ覚醒剤は組織が回収した。

ところが昨日、ジョーが素潜りをしていて偶然、防水包装された覚醒剤を見つけた。漁船の航路のちょうど真下、珊瑚の欠片《かけら》のヘドロに半分沈みこんでいた。

べつに狙っていたわけでも探していたわけでもない。珊瑚がヘドロになる以前から、ここはジョーの大好きな海で、暇《ひま》ができれば泳ぎにきていたのだ。

覚醒剤の包みは大きめのアタッシェケースほどもあった。まだ組織の手に渡っていないから、混ぜ物のない純粋なものだ。一財産といっていい。

ただし、いざというときのために錘が仕込んであるせいで、どう頑張ってもジョーひとりでは回収できなかった。水中にもかかわらず、かろうじて持ちあげたが、すると浮上が不可能なのであった。

錘は取引のときに岩礁に沈めておくためのものだ。浮原島は浜比嘉島から続くリーフの最東端にあたる。外洋と接しているわけだ。波浪の烈しさは尋常でない。そのために、大量の鉛が仕込まれている。

この錘は海上保安庁などに発見されたときに洋上投棄するためでもある。つまり組織は証拠隠滅のために徹底した回収不能を心がけている。二度と浮かびあがらぬようにしてあるというわけだ。

もし包みを発見したとしても、水中で防水包装を裂けば覚醒剤は海中に溶けだしてしまう。錘込みで引きあげるしかない。

そこで、泳ぎの得意な麻美に声をかけたというわけだが、内地からやってきた麻美は素潜りはたいしたことがなく、ヘドロの中の覚醒剤まであと一歩で手が届くあたりまで潜ったあげくに、耐えきれずに浮かびあがってしまうばかりで、まったく役に立たない。

「ねえ、なんであたしに声をかけたの？」

「俺にはおまえしかいないから」

「うまいこと言って」

鼻梁《びりょう》に猫のような皺《しわ》を寄せはしたが、もちろん満更でもない表情だ。

「そこまで言うなら、あたしも頑張るからさ、うまく引きあげて、うまく捌《さば》いて、そのお金で約束どおり結婚しようよ」

「結婚」

「そんな不服そうな顔をすること、ないじゃない」

ジョーは口を尖《とが》らせる。意外に幼い顔だ。

「麻美は俺の顔を見ると、結婚ばかり言う。初対面のときから、結婚結婚結婚」

「失礼ね。あんたみたいな三色男と結婚してあげられるのは、あたしかいないの」

口調は居丈高《いたけだか》だが、すがるような表情の麻美である。ジョーは尖らせていた唇を引っ込める。表情が消える。

「三色男と言うな」

「ごめん」

「とりあえず、結婚話はおいとこう」

「だめ。結婚してくれるなら、絶対に引きあげる。あたしも命がけで頑張る。とことん、潜る」

麻美が小指を突きだす。ジョーは自分の小指を立て、ひょっとして指切りか？　と目で問う。麻美は勢い込んで頷《うなず》く。ジョーはふたたび唇を尖らせて、麻美と小指を絡ませた。

「嘘ついたら、針千本飲ます」

ジョーはあきらめ顔で麻美と絡ませた小指を見つめる。

「ハリセンボンなら、毒なしだからいいや」

「魚のハリセンボンじゃないもん」

愛おしくてたまらぬといった表情で麻美が身を寄せる。ジョーは雑にキスを返す。結婚という契約でジョーを独占できそうなので麻美は機嫌がいい。けれど、ふと、心配そうな顔つきになる。

「引きあげたら、どうする気」

「べつに」

「べつにじゃないわよ。まさか自分で使うんじゃないだろうね」

「麻美とやるときに使うくらいはいいんじゃないのか」

「だめ。あたしはシャブなんて大嫌い」

「シャブシャブセックスにはまってたことがあったって言ってたじゃないか」

「ちゃんと更生したじゃない」

麻美は東京で風俗嬢をしていて覚醒剤にはまり、借金を重ねて沖縄に売り飛ばされてきた。ところが、沖縄で生活しているうちにたいした苦労もなく覚醒剤をやめてしまった。

とりわけジョーと知り合ってからは、瘦せ細った見窄《みすぼ》らしい軀をなんとかしようと一念発起、若さもあって精神も肉体もすっかり健康となった。

もともとは戦時中、勤労動員の女学生にまで与えられていた薬物である。だが戦後、女学生がそれを求めて彷徨したわけでもない。そもそも覚醒剤に身体依存はない。

「あたしは沖縄に売られて、よかったよ」

「借金も返しちゃったしな」

「いまだに真栄原《まえはら》でアレしながら、ブランド物を買いあさってるバカもいるけどね。どっちかというとシャブよりも買い物依存のほうが怖いって」

覚醒剤といった非合法なものだけでなく、ブランド物を買いあさりすぎてローン破綻《はたん》といった類の女の債権を専門に買い求めるヤクザがいる。

堅気《かたぎ》のローン会社だと思って舐めてかかって踏み倒し続けていると、ある日、自分が売られる立場となる。

東京からの麻美のような例外もあるが、沖縄には関西から売られてきた女が多い。

「麻美の意志の力は、たいしたもんだよ」

「それは――」

ジョーと知り合ったからだよ、という言葉を呑み込んで、姉のような顔で迫る。

「じゃ、手をつけずに捌くよね」

「ま、基本、俺は自分じゃ使わないから」

麻美が念を押す。

「捌くよね」

「うん。手に入れたら、漁船に乗っかって、内地に行こうと思ってた。さすがに島で捌くのはやばいじゃないか」

麻美はジョーを見据えた。

「よし。あたし、頑張るよ」

「調子がいいなあ」

「なんとでも言え。ジョーを独占できるとなったら、力が湧いてきた。あんたなんか」

「なに」

「どうせ、あたしを手伝わせて引きあげて、適当にあやしながら捌いて、小銭をわたして逃げだす気だったんでしょう」

「小銭ってことはないさ。パートナーだし」

「いい言葉。いい響き。パートナー。結婚すれば、永遠のパートナーだもんね」

一呼吸おいて、付け加える。

「あたしね、夢があるの。あたしね、ジョーの子供を産むの。女の子と男の子。誰もが綺麗な子供だって振りむくわ。そのためにもシャブなんてやってられないの」

ジョーは打たれたように目を見ひらき、控えめに頰笑《ほほえ》むと、水中で麻美の臀《しり》を軽く叩いた。泳ぎはじめる。フィンだけで進む麻美が首をねじまげて声をかけてきた。

「ねえ、ジョー」

「なに」

「海の中でやるとさ」

「うん」

「せっかくのぬめりが流れちゃって、いまいちだね」

「滑りが悪くなるからな」

「どういうわけか、お外でやるとジョーはやたら早いしね。まったく、お部屋の中とは別人だわ」

ジョーは愛想で笑った。愛想笑いさえ美しく、麻美は内心、身悶《みもだ》えするのだった。

奇巌の先端から航路にむけて斜めに泳ぎ、テトラポッドの端と奇巌の突出の交点位置から潜るべき場所の見当をつけていると、帰港する漁船が迫った。

ジョーは麻美の手首を握り、漁船の進行を妨げぬために奇巌側に移動するよう促《うなが》した。

中学を出て漁に出たこともあるジョーは、航行のじゃまだけはしたくなかった。

麻美は横着をして最低限の移動しかしなかった。しかたなしにジョーは麻美と並んで海中に浮かび、眼前を抜けていく漁船を見送った。

総トン数は十一トンといったところか。海上を這《は》う青白いディーゼルエンジンの排ガスに顔を顰《しか》めつつ、沖縄と二級船舶をあらわすON-2の識別票と第七僥倖丸《ぎようこうまる》という画数の多い船名をかろうじて読みとった。

「こんな船が七隻もあったら、とてもじゃないけど港がいっぱいになっちゃうわよね」

漁船の立てる波に翻弄されながら麻美がジョーの耳許で怒鳴《どな》った。

疑問はもっともだが、第七という数字は同型船が七隻あるということではない。たった一隻でも縁起を担いで第七とか第八といった名称をつけるのが習わしだ。

夜間に引きあげたほうが目立たなくていいだろうと麻美が意見をしたところ、漁に出る船は夜間が主で、漁船の往来が激しくなるので逆に悪目立ちするし、危険だとジョーは言った。

たしかに十トン程度の漁船でも、こうして間近を抜けていけば相当に強圧的だ。帰港するときは長閑《のどか》だが、港を出ていくときは漁場にいかに早く着くかの勝負であるから、機関は全開だ。十トンクラスでもフルスロットルで四〇〇馬力超、スクリューに捲《ま》きこまれれば人は肉片と化してしまう。

昼間にこうして泳いでいるぶんには、海水浴場からの越境に過ぎず、よくあることなので漁船は即座に出力を落として徐行する。よほどの危険がないかぎり漁師も目くじらを立てることはない。

本来ならばスキューバ・ダイビングで引きあげれば楽なのだが、素潜りにこだわるのは珊瑚のヘドロで濁った海でダイビングする者などいるはずもないからだ。

だからといって夜間にスキューバの装備で潜っていれば、集魚灯で煌々《こうこう》と明るい漁船から即座に発見されてしまい、当然ながら怪しまれてしまう。

いちいち反論する麻美に対して、こんな具合にジョーはひとつひとつの事柄を丹念に説いて、淡々と説得した。

麻美はジョーの年齢にふさわしくないくらい落ち着き払った物腰が大好きだ。だが麻美を説得しようと物静かに言葉を選んだジョーの表情は、いま思い返しても息苦しくなるほどの美しさだった。

漁船が港に向かうのを見送って、ジョーと麻美は目配せした。ふたたび目標位置まで泳ぎ、立ち泳ぎしながら頬を寄せあい、注意事項を反芻《はんすう》する。

浚渫された深みから引きあげたら、奇巌側に泳ぎ、無理せずなるべく浅いところに投棄する。相当な重量だからだが、ヘドロのない場所で、深さが二、三メートル程度なら、もう苦労することもない。

麻美は結婚がかかっているから、いままでとはまったく顔つきがちがう。

ジョーはそっと麻美の頭の後ろに手をまわし、囁《ささや》いた。

「真剣な顔は、いいな。綺麗だな」

そのあとに泛《うか》んだ笑顔は、麻美にとって、もはや人のものとは思われなかった。この世のすべての美貌を凝縮すれば、ジョーの貌《かお》になる。最上の美が頬笑んでいる。麻美を綺麗だと褒《ほ》めて、柔らかく笑っている。

胸がいっぱいになって、言葉をなくした。結婚生活をうまくいかせるためにも資金がほしい。必ずブツを引きあげる——と、眦《まなじり》決する麻美であった。

ジョーが頷いて、水中メガネをおろした。麻美も水中メガネをあてがい、顔に密着させた。フィンの状態を確かめる。フィンをつけていないジョーに負けるわけにはいかないと気持ちを鼓舞した。

見つめあって、しばし呼吸を整える。ジョーがもういちど頷くのと同時に大きく息を吸う。

潜る。

二メートルも潜ると、やや視界が悪くなった。この程度で視界が悪化するのは沖縄の海らしくないが、海底の白化した珊瑚のヘドロが漁船の航行とスクリューの回転で多少なりとも攪拌《かくはん》され、巻きあげられるからだ。

麻美は先を潜るジョーを追う。気合いを入れれば、フィンをつけているぶん、ジョーよりも速いくらいだ。

耳が痛くなる前に、耳管《エウスタキオ》を通してやれとジョーからアドバイスされていた。先回りしておくといいのだ。麻美は潜る速度をゆるめることなく、耳抜きをした。苦手だったのに、うまくいった。

思わず笑みがこぼれた。

それに呼応するかのように海中でジョーが反転し、麻美にむけておいでおいでをした。

麻美は誘い込まれるようにジョーにむけて手をのばした。指先と指先が触れあった。しばし絡みあわせ、触れあわせ、そして離す。

ジョーは頷くと、さらに身を翻《ひるがえ》し、ふたりは真《ま》っ直《す》ぐ海中に落ちていく。

もう、光が弱い。

海底だ。

浚渫されたばかりのころは、不規則な海底地形が、いきなり深みとなって整然と落ち込むコの字型の巨大な溝だったのだろうが、いまではどこからどこまでが浚渫された場所なのか、判然としない。

白化した珊瑚のへドロが砂漠のように堆積している。魚の影もかたちもない。こうなると、ウミウシやらナマコの類ばかりが繁殖するようになる。沖縄の海は、自然破壊に合わせて大便じみた姿のこの手の棘皮《きよくひ》動物ばかりが勢いづいている。

ジョーが顔をねじまげて、白い堆積になかば沈んだ黒い物を示す。

麻美は頷き返す。息はまだだいじょうぶ。それをあらわすために、さらに大きく頷いてみせた。

水中では頷くか、首を左右に振るくらいしか意思表示の方法がない。

頷き合うのは、心地よい。

ジョーが顔を近づけてきた。

あきらかに笑っていた。

麻美も笑い返した。

ジョーが麻美の手をとった。

ややきつく、引っ張られた。

その力が男らしくて好ましく、麻美は黒い物体にむけてフィンを小刻みに動かして軌道修正し、ごく間近まで迫った。

ジョーは麻美の手首を摑《つか》んだままだ。

そっと振り返って、麻美の顔を見つめてきた。笑顔を泛べたままだった。

麻美は水圧とジョーの頬笑みに押し潰《つぶ》されそうだ。幸福とは、これくらい重いものなのだ。

ジョーがそっと麻美の頬に触れてきた。ジョーの指先が麻美の水圧でつぶれた頬をなぞる。ジョーは両手の掌で麻美の顔を覆《おお》った。つまり、ジョーは、麻美の手首から手を離していた。

すると、あたしの手首を握っているのは、誰？

麻美は首をねじまげて、自分の手首を確認した。

手錠がはまっていた。

麻美の顔を両手ではさみこんだまま、ジョーが頷いた。

なんとも柔らかい笑みを泛べていた。

すっと、ジョーが離れた。

麻美は手錠に固定された自分の腕と、躊躇《ためら》いなく離れ、海面に上昇していくジョーを交互に見た。

唐突に限界がきた。

一気に息を吐いてしまうと、あとは海水を飲むばかりだ。

ジョーはどんどん浮上していく。

麻美は純白のヘドロの上で身悶える。

もがく。

こうして海底に手錠で括りつけられて自分が死んでいくことが信じ難いし、なによりも理由がわからない。

ジョーの姿が見えなくなった。麻美は最後に海水を飲み過ぎたせいで醜くふくらんだ自分の腹に触れ、前傾して痙攣した。

動かなくなった麻美は妊婦並みにふくらんだ腹を右手で押さえ、左手は海底のヘドロに突き刺さった古びた錨《いかり》に取り付けられた手錠でつながれたまま、虚《うつ》ろな目を見ひらいて、控えめに左右に揺れはじめ、早くも蝦蛄《しゃこ》の類が、その口中から体内に這入りこもうと顔のまわりに集まってきた。

02

海面に浮かびあがったジョーは、落ち着き払った抜き手で奇巌ではなく、テトラポッドのほうに泳ぎ着いた。

雨は先ほどよりも烈《はげ》しくなり、海面が控えめに泡立ちはじめた。

テトラポッドの上にあがったジョーは、まるで頬にこびりついてしまっているかのような笑みを泛べたまま、麻美が沈んでいるあたりを投げ遣りに一瞥《いちべつ》した。

「バカ」

ひとこと呟《つぶや》くと、巧みにテトラポッドの上を跳びわたり、大廻りして道の終わり、防風林の奥、シルミチューの駐車場に停めたダットサントラックのところにもどった。

雨が潮を流してくれるので、肌がべとつくこともなく気持ちがいい。濡れたまま防水仕様のドライバーズシートに身をあずけ、長めの髪を両手で後ろに撫《な》でつけ、ちいさく息をつく。

ダットラはアメリカに帰った海兵隊員の愛車だった。荷台には運転席および助手席を覆《おお》うバンクヘッドが配されたキャビンを載せている。キャブコンと呼ばれるキャンピングカー仕様だ。

Stewart はジョーにこの車を譲るとき、running love hotel と笑った。Stewart が沖縄にきて驚いたのは、たとえば辻《つじ》といった地域に限定されているとはいえ、ラブホテルというセックス専門の愛のないホテルが林立していることだったそうだ。

ジョーも、そして誰もがダットラと呼んではいるが、じつはダットサンというブランド名がはずされた日産車で、車名はフロンティア、その二代めのD40という型だ。

子供のころだ。残波《ざんぱ》岬にあがった水死体と対面したことがある。警察官が水死体の膨らんだ腹部を軽く靴の爪先で押して——水を飲んでるから、水死だな——と、あっさり事故死として片付けた。女だったが、全裸で、軀は青緑色に腐りはじめ、四肢の末端が欠損していたが、魚に食われたということで警察官は意にも介さなかった。

手錠をはめたところから手首がもげて、麻美はいつごろ浮きあがるだろうか。

美浜《みはま》のアメリカンビレッジにあるアメリカンデポという輸入衣料および雑貨の店で買った玩具の強化プラスチック製の手錠である。鍵がなくとも、手錠の根本のちいさなノブを動かせば、あっさり解除できる。

もちろん、麻美には、そんなことはわかるはずもないだろうが。

錘が仕込んである覚醒剤。

なんのことだ。誰が覚醒剤にいちいち錘を仕込むか。

たしかに覚醒剤は見つけた。昨日のうちにロープを括りつけて、さりげなく引きあげ、ダットラに備え付けのキッチンの水タンクの中に隠してある。

しばらくフロントガラスを打つ雨を見るともなしに見つめていたが、思案顔になる。

「せっかくだから、お詣《まい》りしていくか」

ダットラから降りると、ちょうど車が駐車場に入ってきた。『わ』ナンバーだからレンタカーだ。

観光客だとするとこんなところにまでくるのはよほどの物好きか迷ったあげくだろうが、沖縄の霊場をまわったりする者もそれなりにいるらしい。

一三〇〇ccのマツダ車は最近の沖縄でもっとも見かけるレンタカーだ。軽量で走りがよいと評判なので、いちど運転してみたいと思っている。巨大で目立つキャブコンのダットラを運転している反動かもしれない。

ともあれ好意をもっている車なので、なんとなく濡れて艶《つや》やかな緑色の車体に視線を投げていると、ワイパーが雨を間遠に払うフロントガラス越しに、女が目を見ひらいてジョーを凝視《ぎょうし》しているのがわかった。

ジョーが軽く会釈してシルミチューへ上がる石段の、ちょうど鳥居の真下までいくと、背後でドアの閉まる音がした。透明なビニール傘を差した女が、やや狼狽したような調子で近づいた。

「あの」

「なに」

「シルミチューは、ここでいいんですか」

「うん。この階段の上。もとは珊瑚の石だから、雨の日はすごく滑るよ。注意して」

「私、沖縄の霊場を巡っているんです」

「趣味？」

「いえ、大学で文化人類学を専攻していて、研究対象に琉球の霊場や城《グスク》を選んだので」

「文化人類学って、どんな学問？」

「——あの、傘は差さないんですか」

「差さない。雨が上がれば、即座に乾いてしまうし、子供のころから傘を持っていなかったなあ」

それでも女は傘を差しかけて、ジョーから顔をそむけるようにして尋ねてきた。

「あの、シルミチューにお詣りしようとなさっていたんですよね」

「うん」

「あの、僭越《せんえつ》ですが、御一緒に」

「畏まりすぎ」

「ごめんなさい。すこし舞いあがっています」

女とジョーは相合い傘の恰好《かっこう》でシルミチューの石段に足をかけ、女は我《われ》に返ったような顔をして、説明しはじめた。

「かいつまんでまとめてしまえば、文化人類学とは、人類学のなかでも、とりわけ文化の側面を重視した接近法をとる部門、ということになります」

抽象的すぎてわからない。女と並んで石段を登りはじめたジョーは小首をかしげ、ちいさく肩をすくめた。女が呟いた。

「外人みたいな仕種ですね」

「俺は三色混合なんだ」

「はい？」

「黄人、黒人、白人」

「――ハーフだとは思っていましたけれど」

「半分じゃない。三色だ。父がアメリカの兵隊で黒人と白人のハーフ。母が、琉球人」

ジョーの鬱屈《うっくつ》に気付いた女は、困ったような顔を隠さなかった。ちいさく咳払いした。

「それで、白人とのハーフのような生っ白《ちろ》さが見られないんですね」

「それって文化人類学的考察？」

女はちいさく頬笑んだ。ジョーに初めて見せた笑顔だった。けれど、すぐに笑顔を引っ込め、訊《き》いた。

「私は貴男《あなた》に、大げさな言い方ですけれど、ある種の超越を感じますけれど、現実には苦労させられているのですね」

「苦労？」

「差別と言ったほうがよかったですか」

「ああ、微妙だな。損得勘定からいったら、きっと得をしてるんだ。でも、感情のほうがね——」

「ならば、大きくマイナスじゃないですか」

率直な女の物言いに、ジョーは足を止めた。女はジョーの凝視にも怯まず、真っ直ぐ見つめ返してきた。

「多田耀子《ただようこ》です」

　石段が長いので、耀子はやや息を乱していた。ジョーはその様子を見てとって、耀子の手から傘をとり、差しかけてやり、ふたたび登ろうとした耀子を制した。

「伊禮《いれい》ジョー」

「ガキのころ」

「はい」

「いれい・じょーをいれ、で区切って、いれ・異常って呼ばれてた」

「異常なんですか」

「どうだろう」

「生意気な言い方だけど、正常な人なんていないし」

「おまえも、異常か」

「たぶん。なにかしら、どこかしら」

「俺、つい最近、二十歳になっちゃったんだ」

「なんとなく憂鬱《ゆううつ》そうです」

「悪さして、それがばれたら、大人として処罰されちゃうじゃないか」

「悪さ、するんですか」

「こういう具合に、ね」

ジョーは一〇八段あるという石段の中ほどで、耀子をぎゅっと抱きしめた。情熱的な抱擁だったが、手にした傘はきっちり耀子に差しかけている。

＊

石段をほぼ登りきったところにも鳥居が立っていた。その先にあらわれたシルミチューの洞窟《どうくつ》は全体が鉄柵で閉ざされていた。立ちどまった耀子の顔がくもる。ジョーはその臀《しり》のあたりに手をやり、そっと押した。

「左側の鉄柵が開くんだ」

「はいれますか」

ジョーは頷《うなず》いた。琉球開闢《かいびやく》祖神のアマミチューとシルミチューが住んでいたとされるちいさな鍾乳洞《しようにゆうどう》だ。

「ニントウグワンのときには、ここのノロが浜から小石をひとつ拾ってくるんだ。洞窟の中に壺があって、それに小石をいれて拝《おが》むんだけど」

「実際に御覧になったことはありますか」

「興味ない。鳥居んとこにある看板の能書きの受け売りだよ。お詣《まい》りがてら、ちょっと雨宿りしようか」

言いながら、鉄柵左側の入り口を開く。洞窟は、たいした広さではない。赤瓦の屋根がついた祠《ほこら》があり、白い鍾乳石が垂れさがっている。蠟燭《ろうそく》を燃やした残り香とでもいうべき匂いがきつい。振り返れば、張りだした岩の庇《ひさし》から烈しく雨水が落ちていく。

「一応、あれこれ調べてくるんだろう。中の陰石のことは？」

「霊石ですね。子宝祈願でしょうか」

「似ているんだよね、鍾乳石が」

性器崇拝は、日本全国どこにいっても存在する。文化人類学を学ぶ耀子は、ジョーのさぐるような目つきにも特別な反応を示さず、興味深げに洞内を見まわし、陰石を見やって納得している。思い出したように呟《つぶや》く。

「無数に例がありますが、たとえば奥日光《おくにっこう》の金精峠《こんせいとうげ》は金精様そのものを祀《まつ》っていますし、伊豆《いず》には、洋上からしか見えないんですけれど、やはり『うりもりさん』そして『いやさかさん』と名付けられた男女をあらわす天然の似姿とでもいうべきものがあって、漁師たちの信仰を集めています」

「玉城《たまぐすく》にある珍珍洞《ちんちんどう》と満満洞《まんまんどう》には行った？」

「はい。満満洞のほうは縦穴であるのと崩落の危険があるとかで洞窟内には入れませんでしたが、お臀の側から女性器を剝《む》きだしにしたかたちの鍾乳石の写真だけは見せていただきました。写真ではあまりピンときませんでしたが、珍珍洞のほうは——」

大きく肩をすくめて、悪戯《いたずら》っぽい眼差《まなざ》しで曖昧《あいまい》に言葉を呑む。ジョーが受ける。

「あれはリアルすぎて、しかもやたらと巨大だから、すごすぎるね」

「まったく、自然の造形の見事さには驚かされました」

お互いに目配せするような顔つきで見交わし、やがて抑えた声で笑いはじめる。笑いがおさまると、ふたりを雨音がつつみこむ。濡れた緑が鮮やかで、とりわけシダ類が歓喜も露《あら》わに揺れ、躍っている。しっとりした空気が優しい粘液のようだ。

静かだ。

雨音のせいで、逆に静寂が強調され、唾《つば》を飲むのも、溜息をつくのもはばかられるが、ジョーは項垂《うなだ》れそうな気分だ。

泳いで、殺して、お詣りをして——。

自分がなにをしているのか、なにをしようとしているのか、すべては判然としない。綿密な計画を立てて遂行するくせに、その動機はおろか、根底にあるはずの衝動さえもがはっきりしない。自分が誰なのか、何者なのか、わからない。

そんなジョーの気持ちなどわかりようもない耀子が淡々とした口調で説く。

「珍珍洞、満満洞といったそのものずばりの率直な名称は頰笑《ほほえ》ましいくらいですが、特別なものではありません。男根と女陰に特別な霊力がこもるという考え方のもと、それらそのものを、あるいは似姿を、あるいは象徴的なあれこれを崇拝することは、人類文化に共通していることなんです。私たちの属する東アジア、つまり極東における中国、朝鮮、日本などでは陰陽和合の思想が発達しているそうです。男女の性行為は、世界に秩序と調和をもたらす——という考え方ですね」

「性行為が世界に秩序と調和をもたらすかなあ」

耀子は揶揄《やゆ》するような上目遣いでジョーを一瞥《いちべつ》する。

「ジョーさんとの陰陽和合の場合は、いろいろ巻き起こるかもしれませんね」

「俺は世界の調和と秩序を乱すのか」

「すくなくとも女同士の諍《いさか》いは、起きそうですね」

真顔になった耀子に、ジョーは困惑気味に苦笑する。

「俺は、そんなたいした奴じゃないんだけれどね」

「たいした人間か、そうでないのかを決めるのは、ジョーさん自身ではなくて、まわりの人間です」

「自己申告するな、と」

優しく頷き返したが、耀子はすぐに表情をあらためた。

「はじめてジョーさんの顔を見た瞬間、泛《うか》んだんです」

「なにが」

「シバ神」

強く見据える耀子から、曖昧に視線を逸らす。小声でかえす。

「聞いたことがあるような」

「シバ神もヒンドゥー文化圏では性器崇拝に強く関係するんですよ。インドやネパール、あるいはインドネシアなどではシバ神を象徴した男根像をまつって、多産や豊穣《ほうじょう》を祈願する風習が顕著《けんちょ》にみられるんです。シバ神はやたらと性的なんですね。ところがシバという神のその実態は、破壊の神ですからね。たぶん、それが逆説的に創造の神として崇《あが》められる要素なんだと思います。大洪水は破壊ですが、上流から肥沃《ひよく》な土を運んできてくれる、というような」

耀子は鋭い眼差しでジョーを見据え続けている。

「シバの肌の色、知っていますか」

ジョーが小首をかしげると、ジョーを凝視したまま顔を近づけ、臆《おく》せずに言った。

「青黒いんです」

「青黒い」

「肌が青黒い。ジョーさんの肌の色です」

ジョーは口が半開きのまま耀子を一瞥し、すぐに顔を逸らした。釈明するような口調で言う。

「——俺は、自分では、微妙だけど、どちらかというと白っぽいと思っていた」

「ぱっと見は、たしかに白く感じられますけれど、自分では微妙だけど——という、その微妙な部分です。単純な白さではなくて、白の底に青黒いものが感じられます」

ジョーの眼の奥底に、暗闇の肉食獣めいた黄色い危険な輝きが宿った。耀子は平然と見かえす。

「肌の色のことに触れられたくないですか」

「青黒いは、ないよな」

ジョーは急に弱気な口調になっていた。耀子は躊躇《ためら》いがちにジョーの頬を両手ではさみこんだ。

「石段の途中で抱き締められました」

「唇を許さなかった」

「あたりまえです。ジョーさんがどんな人かわからないうちに」

「みんな、許すけどな」

「そうでしょうとも。私だって腰が砕けそうだったもの」

「腰が砕けそう」

「そうです。立っているのがきつかった。つらかった。こんな思いは、初めてです。女は根深いものなんだなあ——などと、他人事《ひとごと》のようにも思いました」

耀子のほうから唇を重ねた。ジョーがきつく吸ってきた。

ジョーが求めているものを察した耀子は、そっと唾液を送りこんでみた。ジョーはむさぼるように耀子の唾を吸う。まるで母の乳を吸うかのようだ。耀子は自分でもふしぎさを覚えるほどにたっぷりの唾が湧きあがるのを感じ、それをあまさずジョーの口の中に送りこんでやった。

ジョーが硬直した性器を着衣の上からこすりつけて意志表示し、求めてきた。耀子は唇を重ねたまま、ちいさく首を左右に振った。唇をわずかに触れあわせたまま、くぐもった声で言う。

「アマミチューとシルミチュー、神様のいらっしゃる祠です」

「だが、俺はシバ神なんだろう」

居丈高《いたけだか》なジョーを宥《なだ》めるように言う。

「──シバはヒマラヤにこもって激しい苦行をするのですが、ところがヒマラヤ山の娘パールバティーと結婚して愛慾の限りを尽くします。つまり苦行と愛慾、破壊と生殖など矛《む》盾《じゅん》した属性を有する特異な、抽《ぬき》んでた神なのです」

耀子は短く息をつくと、ジョーの眼を見てちいさく頷いた。

「陰石をお祀りしてある祠ですし、男のほうなら神様も喜ぶでしょう。とりあえず楽にしてあげます」

ジョーの穿《は》いている海水パンツ代わりの短くカットしたジーパンのジッパーをぎこちない手つきで引きおろす。露わにしたものに、さらにぎこちない手つきで触れ、両手で覆《おお》うようにして握りしめ、控えめに上下させさせながら凝視した。

「ほら、青黒い」

行為はぎこちないのだが、声は落ち着き払っていて、支配的だった。

「見事に青黒くて、居丈高で、私の手の中におさまりません。まさに手にある、といったところです」

ジョーは耀子の肩口に額をあてがうようにして小刻みに震えている。

「見たことがあるよ」

「シバ神の像ですか」

「たしかに青かった。青黒かった」

「たとえばインドはデカン高原の澄みわたった空。あるいは北海道の秋の空。サハラ砂漠に転がって見あげた、乾ききった空。それらは単純に青いのではなく、まるで背後の宇宙が透けて見えるかのように青く、そして黒いんです」

「宇宙が透けて見える――」

「もっとも美しい色彩です」

「なあ」

「なんですか」

「沖縄の空の色は」

「それこそ、究極の青黒い空」

「やはり」

「ええ。私が沖縄を訪れる理由です」

「ガキのころから、俺には、どう見ても、ただの青空には見えなかったんだよな」

「背後にある無とでもいうべきもの、究極の虚無《きょむ》が透けて見えるのですから、野方図に青いはずもありません」

「――北海道も、青黒いのか」

「ええ。沖縄よりも淡いぶん、背後の暗黒がより透けて見えているかもしれません。青と黒がせめぎあい、やや黒みが優っているというような」

「行ってみたいな」

「あなたは、行きたいところに行ける」

「ダットラもあるしな」

「そういう意味ではないんですけれどね」

笑顔で言い、いとおしさのあまり指先に力がこもる。ジョーの貌《かお》が切なげに歪《ゆが》む。その耳許に囁《ささや》く。

「ダットラというのは、あのキャンピングカーですね」

「いっしょに、いっしょに北海道に行ってくれないかな。沖縄以外の空が見たい」

学生という身分とはいえ、安易に請け負うわけにもいかない。微妙な微笑ではぐらかしつつ、耀子は悟った。

こうして言葉を交わしあいながら、ジョーは必死に耐えている。炸裂《さくれつ》を先送りしようとしている。

耀子はジョーを真《ま》っ直《す》ぐ見つめ、声をださずに、唇だけ動かした。――シバ。

「そうだ。シバだ。俺はシバになりたいのかもしれない」

「選ばれたもの。秩序を破壊するもの。傲慢《ごうまん》さを許してもらえるならば、私だけの青黒い神。あなたの奥底に潜む青黒いものに気付いたのは、たぶん、私だけ。さあ、もう、こらえなくていいのよ」

とたんに、爆《は》ぜた。耀子の顎《あご》の先まで汚した。滴《したた》り落ちる前に指先で触れ、訊いた。

「味わっていいですか」

ジョーがかろうじて頷くと、耀子は指先に精をまとわりつかせて口に運んだ。その顔が歪んだ。

「苦い。苦すぎます」

ジョーは答えることもできずに、濡れそぼった石の上に頽《くずお》れた。乱れる息も隠さずにかろうじて耀子の腰のあたりにしがみつき、その着衣をとおして感じられる性のふくらみのあたりに狂おしく頰ずりをする。

耀子はジョーの頭を優しく撫でてやる。柔らかにウエーブのかかった巻き毛だが、雨の湿り気のせいで、さらにしっとり柔らかく巻いて、絡まりあっている。

「立てなくなったのは、はじめてだ」

賛嘆の面持《おもも》ちで見あげるジョーに、抑えた声でかえす。

「べつに、私に特別な能力や才能があるわけでもないのです。私はごく普通の、どこにでもいる女だから」

「普通なもんか」

「性的には、ごく普通だと思います。たいした経験もないのです」

「車」

「はい？」

「レンタカー、かえしちゃえよ」

「でも、霊場巡り、城《グスク》巡りができなくなってしまいます」

「俺が運転するから、俺の車で」

「すごい車ですよね」

「宿も、ホテルも、引きはらっちゃえよ。俺の車で暮らせ」

「いいんですか」

「ホテルほど広くはないけれど、シャワーやトイレや台所完備だから」

「ああ、私は贅沢《ぜいたく》は言いません。ボルネオに行ったときは湿地の上で濡れて眠りました。蛭《ひる》に血を吸われながら。それでも眠っていました」

「――変な女だ」

「普通ではないですか」

思案顔になった耀子だ。

「たしかにフィールド・ワークのさなかではお風呂とか、幾日も入らなくても平気な汚い女ですけれど。入れる情況なら、一日に幾度でも入るんですよ」

一瞬、口をすぼめて、続ける。

「見栄を張りました。一日に幾度も、は嘘です」

耀子の着衣を汚した精を、ジョーは甲斐甲斐《かいがい》しく刮《こそ》げ落としはじめたが、その手を耀子はそっと押さえて、首を左右に振る。

「かまいません」

「いいのか」

「石段を下るとき、傘を差さずにおりましょう。そうすれば、落ちてしまいます」

「ダットラでシャワーを浴びればいいよ」

耀子は頷いた。ジョーは上目遣いで訊く。

「幾《いく》つ」

「歳《とし》ですか。院生なので、あなたより四つ年上です」

「院生って、大学院」

「モラトリアムですね。自覚は、あります」

柔らかな表情で、すっかり縮《ちぢ》こまってしまったジョーをしまってやる。祠に向かって手を合わせると、ジョーも傍らで雑に手を合わせた。

雨に打たれて石段をゆっくり下りていく。ジョーの軀《からだ》のほうが微妙にかしいでいて、耀子に甘えかかっているのが一目瞭然だ。

「私には彼もいるんですよ」

「で？」

「いる、というだけのこと」

「セックス、するのか」

「人並みに」

「週、何回」

「――二回くらいかな。もちろん沖縄はひとりだから」

「大学生？」

「彼？　ちがう。小説を書いている。小説家になりたい人」

「裏切れる？」

「裏切る。ジョーさんに触れてしまったことを裏切りというなら、裏切ったのかもしれないけれど、私は悪い女なのかな。罪悪感はないな」

「俺にも彼女がいるよ」

「でしょうね。幾人？」ジョーは指を折って数えはじめたが、ふと我《われ》に返ってはぐらかした。

「ま、たくさん」

「私は嫉妬《しっと》したほうが、いいのかな」

「嫉妬されるのは、鬱陶《うっとう》しい」

「私も嫉妬深い人は苦手だな」

「俺たち、うまくやれそうかも」

「もし、私が嫉妬したら？」

「――殺すかもしれない」

「なんで」

「面倒くさいのが大嫌いだから」

「私がほんとうにジョーさんを好きになったら、殺されちゃうのか」

「――殺さない」

「特別扱い」

「うん。耀子は特別だ」

「だから、私は特別なんかじゃないの。ごく普通。ジョーさんは、相手に、女に幻想をもってはだめ。みんな、いっしょだよ」

「ジョーって呼び棄《す》てて、いいよ」

「私の言ったこと、わかった？」

「俺は耀子を特別扱いしたいんだ」

「たくさん経験があるんでしょう」

「あるよ」

「抱いたら、がっかりするかも」

「なんで。抱くのは軀じゃなくて、心だろ」

「恰好いい」

「へへへ。俺さ」

「なに」

「射精してもさ、ぜんぜん気持ちよくないわけ」

「ジョーは身悶えしてたよ」

「うん。あれには、まいった。なんか、心のつかえがとれたよ」

「──ほんとうに、気持ちよくなかったの？」

「うん。俺は女を冷たい眼で、醒《さ》めた眼で見てるだけで、我を忘れるなんてありえない。自分でもいやになってたんだ。なに、観察してんだろ、って」

「私はまだジョーと肌を合わせていないけれど、そうなったら、我を忘れてほしいな。大きな声をだして呻《うめ》いてほしいな」

「大きな声で呻くのか」

「雄叫びをあげちゃってもいいな」

視線を落として、付け加える。

「自信は、ないけれど。私、セックスには自信がないな」

ふたりをつつむ雨が、一瞬強くなった。

「いいよ。俺が頑張るから」

「だめ」

「なにが」

「頑張っちゃ、だめなのよ」

小声で付け加える。

「きっと」

さらに立ちどまって、言う。

「労《いたわ》りあえたら、いいんだと思う」

「耀子のほうこそ、恰好よすぎ」

ジョーと耀子はぴったり身を寄せあって石段を下りきった。ダットラのキャビンに一歩踏み入れて、耀子は目を瞠《みは》った。キャンピングカーの室内ということで無機的なものを想像していたのだが、せまいけれども無垢《むく》の木肌も美しい効率的なワンルームだった。

ダットラのキャビンのドアは進行方向左側にあって、入ると正面がシャワーブースで、むかって右、つまり車体後部にソファーやテーブルがあり、左側はレンジやシンク、冷蔵庫などのキッチン関係、さらに左の奥上方、ちょうど運転席の上に覆い被《かぶ》さる部分はダブルほどの大きさのベッドルームだ。ホンダの発電機を積んでいるので電子レンジやエアコンまで作動させられる。

ジョーが抱き締めてきた。濡れた軀のまま、長いあいだ接吻した。そのままよろけるようにソファーに倒れ込む。

「だめ。シャワーを浴びろって言ったわ」

「いいんだ」

「だって、汚れてるよ」

「だから、いいんだ」

「無理しては、だめ」

「ちがう。他の女だったら、必ずシャワーを浴びてもらう」

「だって――」

「味わいたいんだ」

「ああ……強引なんだから」

ジョーが顔を埋めてたいしてたたぬうちに、くぐもった切なげな、不規則な吐息が耀子から洩れはじめた。けれどジョーも唐突に顔をあげた。

「やばいよ。我慢できなくなってきた」

「いいよ。きて」

ジョーは避妊具を手にした。耀子が首を左右に振る。

「いらないわ」

「なんで。だいじょうぶな日なの」

「私、妊娠しないみたい」

意外そうな眼差しのジョーを真っ直ぐ見つめかえす。

「ジョーには正直に言うね。彼とも、直接だし」

「彼？　小説家志望の奴」

「——そう」

「ちょい、腹が立った」

「ごめんなさい」

ジョーが睨《にら》み据える。

「ひょっとしたら、嫉妬してるのかもしれない」

「私は、どうすればいいの」

「どうも、こうも、耀子が悪いんじゃない」

ジョーがのしかかってきた。耀子は即座に迎えいれる体勢をとった。ところがジョーはすぐに怪訝《けげん》そうな顔をして耀子を凝視した。その表情は、すぐに困惑のにじむものに変化した。耀子はジョーの緊張を悟って、訊いてやった。

「もう？」

「うん。だめかも。こらえきれないかも」

「いいよ。いっぱいにして」

「声、だしていいのかな」

「雄叫びをあげていいって言ったはず」

「一気にさ、一直線にいっちゃって、いいんだよな」

「当たり前でしょう。気持ちが昂ぶったら、こらえたりするのがいちばん無様だよ。なにを遠慮しているの。きて。私も合わせていっしょにいけるから」

「ほんとに、いけるのか」

「もう、ほとんどいっちゃってるの」

「嘘だ」

「嘘じゃない。ジョーが言ったじゃない。抱くのは軀じゃなくて、心って。ジョーは、私に対して頑張っちゃだめ。ありのままを、そのものを、シバの欲望そのものを、ぶつけていいの」

瞬《まばた》きせずに凝固し、見つめるジョーの口から唾液が滴り落ち、耀子の頬を汚す。耀子はジョーの臀を両手できつく押さえ、密着を促《うなが》した。ジョーが呻きだした。

おお
　雄叫びだった。

　際限のない雄叫びだった。

　雄叫びをあげながら全力疾走だ。巨大なダットラの車体が揺れるほどだ。

　直後、ジョーは耀子の上に頽れて、小刻みに痙攣《けいれん》する死体になった。

耀子の眼からは瞳が消えさって、白眼だけになって、ジョーの痙攣に合わせて烈しく震えるだけの死体になった。

キャビンに降りかかる雨音に、ふたりの静かな寝息が絡みあう。やがて耀子がちいさなくしゃみをした。とたんにジョーが跳ね起きる。耀子をバスタオルで包みこみ、その肌をさする。

「ありがとう。だいじょうぶよ」

「でも、シャワーで躯を温めてきなよ」

「お湯が使えるの？」

「もちろん。プロパンを積んでるから」

耀子はソファーの背もたれに手をやってどうにか立ちあがったが、一歩踏みだしたとたんによろけた。恥ずかしそうにジョーを振り返る。

「だめだ。まだ、ちゃんと歩けないよ」

「俺だって、動くのがしんどい」

頬を両手ではさみこんでジョーが頬のこけた虚ろな表情をつくってみせると、耀子は深い吐息をつき、俯《うつむ》き加減でシャワールームに消えた。

湯沸かし器に点火してシャワーを使う音が聞こえた瞬間、ジョーは立ちあがり、キッチンの水タンクを開き、中に沈めた覚醒剤の包装をキッチンナイフで切開した。指先を挿《さ》しいれ、しばらく探ってかなり大きな結晶を抓《つま》みだし、ちいさなビニール袋にいれて口をきつく結ぶ。覚醒剤は吸湿しやすいからだ。海から引きあげた覚醒剤のほうは大量の乾燥剤と共に四十五リッター容量のゴミ出しに使うビニール袋で幾重にも包み込み、しかもその口がタンク内の水面から出るようにした。走行中の振動で口の部分が万が一にもタンク内の水の中に落ち込まぬようにビニール紐《ひも》で固定する。

ジョーは運転席上のベッドルームのマットの隙間に小分けした覚醒剤を押しこんだ。まだ濡れている軀をざっと拭くと、エアコンを除湿で運転させる。ベッドルームにあがり、横たわる。

大きく息をつく。

耀子から与えられたもの、その快は、決して演技などではなく、心底からの雄叫びをともなったもので、ジョーはあらためて性における精神の状態の重要さを悟った。

構えずにすむこと。幼児のように振る舞えること。甘えきることができること。それらは性器的な構造といった側面をはるかに凌駕《りょうが》して、途轍《とてつ》もない解放をジョーに与えてくれた。

「やばいよ。離れられなくなっちゃうよ」

ひどく幼い声で呟いて、目頭を揉みはじめた。麻美を沈めて、耀子に出逢い、幾度も射精した。めまぐるしいこと、この上ない。精も根も尽き果てたといっていい。すぐに意識が消えた。

＊

目覚めた。

まだ雨音がまとわりついている。やむ気配もない。ジョーは耀子に腕枕されていることに気付いた。

女を腕枕してやるのが当たり前だった。ところがジョーはいつのまにか甘えきって胎児のように軀を丸め、耀子に腕枕されて、その乳房のあたりに顔をきつく押しつけて眠っていた。

耀子の乳房は、あまり大きくない。かといってまったくふくらみがないわけではない。微妙なあたりだが、分類すればちいさな胸といっていい。

けれどジョーにとっては、どんなに豊かで巨大な乳房よりも、耀子の乳房だ。そっと乳首を含むと、安らぎがじわりと全身に拡がって、肌がゆるんでいく。

俺の青黒い肌。

見た目は、白人的な白さだが、たしかに白人のように赤らむということがない。その芯《しん》にあるのは青黒いシバの肌だ。

ジョーの気持ちの中で青黒いという負の印象がきれいに逆転して、自分が宇宙でいちばん気高い存在として認められ、屹立していることを自覚していた。

自分が何者であるかを教えてくれた耀子という存在を蔑《ないがし》ろにはできない。大切にしなければならない。親族よりも誰よりも、耀子を大切にしなければならない。書類上のことはどうでもいいが、結婚しなければならない。

「俺は耀子を独占しなければならない」

呟《つぶや》くと、寝息を立てている耀子の性の傷口にそっと手をのばす。潤っている。耀子の体液かもしれないが、ジョーが放った精があふれてきているのかもしれない。

しばし思案した。耀子はシャワールームで洗ったのだから、俺の精はとっくに流れだしてしまったとするのが論理的だ。

「論理的だって」

苦笑気味に独白して、そっと体勢を入れ替え、耀子の傷口に舌を這わせる。目覚めた耀子がいやいやをするように身悶えしはじめる。耀子をさらに潤わせる。

手探りでベッドマットの下から覚醒剤のビニール袋を取りだし、裂く。指先で結晶を揉むようにして細かくしていく。手頃な細片を指先に、そっと耀子の肛門にあてがう。

耀子は健康なのだろう。肛門には疣《いぼ》も傷も一切ない。濡れそぼって流れだしたものがシーツを汚しているほどだから、潤いには事欠かない。

耀子の体液を潤滑剤にして、そっと挿しいれようとすると、耀子が怪訝そうに尋ねてきた。

「ジョーは、そんなところが趣味なの」

「ちょっとだけ」

「私は、苦手だな」

「いいから、ちょっとだけ」

「——痛いのよ」

上体を起こした耀子が眼を凝《こ》らし、ジョーの中指の先の結晶を見咎《とが》めた。

眼で訊《き》いてきた。

ジョーは口をすぼめて、ふてくされ気味に呟いた。

「シャブ」

耀子は上体を起こし、小首をかしげた。ジョーは自棄《やけ》気味に念押しをする。

「覚醒剤」

「──それが」

「そう」

「その、それを、お尻に──」

「そう。尻の穴にいれる。座薬っていうのかな。ほんとうならカプセルに小分けすればいいんだけどね。それなら、唾《つば》で濡らせば引っかかりもなく入る」

「そういう問題じゃないと思うけど」

「そうかな」

耀子は中空に視線を投げた。ちいさく息をつく。

「──いいわ」

「いいの？」

「いいよ。入れて」

心臓側を下にして、耀子が横たわった。ジョーの脳裏に、リンチの光景が泛《うか》ぶ。男だろうが女だろうが、全裸にして転がされると、必ず心臓を下にして軀《からだ》を丸めるものだ。無意識の防禦《ぼうぎょ》姿勢かもしれないが、じつは強姦のときはこういうかたちに転がしてしまえばどうにでもなる。

正面突破は相手の協力がなければ不可能だが、背後を露《あら》わにしてしまえば、簡単に行えるということだ。耀子は期せずして自分からそういう体勢をとった。ジョーは即座に手をのばす。

「痛くない？」

耀子の気が変わらぬうちに、第一関節あたりまでおさめ、排泄《はいせつ》されてしまわぬように指先をそのままにしておく。

「すこし痛いかも」

「結晶だから、ちょい尖《とが》ってるんだよな」

耀子が苦笑した。ゆっくりジョーに視線を据える。

「ぜんぜん知らないわけじゃないの」

「と、いうと」

「ケミカルっていうの。化学合成されたものはやったことはないけれど、エクアドルからペルー、ボリビアとアンデス山脈をなぞるかたちでインディオの調査に参加したことがあって、そこでは一息つくときは、必ずコカがでてきたわ」

「コカ――イン」

「そう。ただし精製されたものや化学合成されたものではなく、葉っぱ。コカの葉を煮だしたもの。コカ茶ね。べつに法律で禁止されているわけでもなくて、日用品だったな。含有量の差かな。ものにもよるんだけれど、飲むと、基本、すっと楽になるわけ。靄《もや》が晴れたみたいに疲れがとれる。高山病の特効薬でもあるし」

「高いところなのか」

「標高三千メートル以上。富士山の山頂くらいの、そんなところに街があるのよ。下界から飛行機で一気に上昇して訪れたりしたら、間違いなく高山病になるわ。頭がキリキリガンガンして、もう大変。でも、コカのお茶を飲むなり、葉っぱを嚙《か》むなりすればだいじょうぶ」

「味は」

「緑茶っぽいよ。緑茶が尖ったような感じ」

「わかんないよ」

遣り取りしながら、ジョーは唾液で濡らした左手中指に結晶をのせ、自分の直腸内に押しこんだ。初心者の耀子にまかせてもうまくいかないだろうからだ。

「美味《おい》しくない緑茶と思えばいい。でも、完全に生活に溶け込んでいたな。枝についたままのコカの葉っぱを道ばたで売ってるの。コカも覚醒剤よね」

「うん。でも、短いじゃないか」

「なにが」

「すぐ、効き目が抜けちゃう」

「コカの葉じゃなくて、コカインね」

「そう。せいぜい十五分くらいでお仕舞い」

「映画で見たけど、コカインは鼻から吸うのよね」

「うん。シャブだって、鼻から吸ってもいいんだけどね。ただ」

「ただ？」

「ただ、結晶を粉にするのは、かなり面倒くさい。そんな手間かけるくらいなら」

「お尻に挿入しちゃう」

「そういうこと。あるいは焙《あぶ》りで、ね」

「次があるとしたら、カプセルに入れて」

「うん。薬局で買っておく」

「カプセルだけ、売ってるの？」

「うん。5号で千個入りとかね」

「千個は、多いかも」

「うん。でも、足許みやがって、小分けでは売ってくれない」

「号数があるの？」

「00号がいちばん大きいのかな。5号がいちばんちいさいはずだよ。よく、わかんないけどね」

ジョーは耀子の直腸内に右手中指の先をおさめたままでいる。耀子も逆らわず、身をまかせきっている。ひたすら言葉を交わしながら、ジョーは耀子の瞳を観察していた。だいぶ瞳孔が開いてきている。散瞳《さんどう》まであと一息だ。

「ねえ」

「なに」

「お尻の穴、気持ちよくない？」

「——それが、ちょっと困っちゃってる。ちょっと、動かさないで。だめ。だめよ」

「気持ちいい？」

耀子は頷《うなず》いた。困惑している。

「絶対にいやだったのに」

「効きはじめてるんだ」

「そういうことなの？」

「そう。そういうこと。恥ずかしがらないで、愉《たの》しんで」

焦《あせ》るつもりはまったくない。三十分ほど待ったか。ジョーのほうはある程度慣れているので挿入後、十五分ほどで効果の発現を自覚できるが、初体験の耀子は効き目を自覚するのに時間がかかる。だから耀子とは多少、時間差をつけて挿入したわけだ。

「アンデスって、インカ帝国だっけ」

「南米インディオの高文明。でも、スペイン人に滅ぼされた。いまは見る影もないわ。野蛮なヨーロッパ人によって根こそぎ」

「野蛮なヨーロッパ人」

「そうよ。世界中に争いの種をまいて、しかも偉《えら》そうにしている。白い悪魔ね」

ジョーの呼吸がすこし速まった。白い悪魔という言葉に反応したのだ。

「俺は青黒い悪魔」

「空の色の悪魔よ」

「アンデスの空は青黒かったか」

「もちろん。空の背後に隠れている虚無《きよむ》は、ほかのどこよりも強烈かも」

呼吸を乱したまま、ジョーは股間を示した。耀子に握るように命じる。薬効もあり、尋常でない硬直ぶりだ。もちろん耀子の息も烈《はげ》しく乱れている。

ジョーは耀子の直腸から指を抜いた。さぐるような目つきで訊く。

「入れてやろうか」

「お尻」

「裂けないようにベビーオイルをたっぷり塗るから」

「いいよ。したいなら、いいよ」

「――やめておくよ」

「なぜ」

「尻に入れちゃうのは、厭《あ》きたときだ」

「厭きたとき、か」

ジョーは口をすぼめた。本音で言った。

「おまえは、厭きない」

「なぜ、言い切れるの」

「母親に厭きるという言葉は遣《つか》わないじゃないか」

「私はあなたの母親？」

「ちがうけど」

ジョーは眼を伏せてしまった。耀子は頰笑んだ。自分は年上だ。母性も強いようだ。ジヨーの母親であり、女であるという立場は理想かもしれない。

甲斐甲斐しく小説家志望の彼の面倒をみて煩《うるさ》がられていた。そのくせ、彼はとことん甘えていた。依存していた。ジョーも同様らしい。耀子は呼吸を整えて呟いた。

「指は、気持ちよかった。病みつきになるかも」

「じゃあ、指だけにしとく」

すると耀子は返事のかわりに唇を舐めた。舐めはじめると、とまらなくなった。あきらかに瞳孔が散っている。自然にはありえぬ状態だ。

ジョーはそっと重なった。

とたんに耀子は反りかえる。ジョーは動作せず、じっと見守る。耀子の痙攣《けいれん》は、数分間続いた。

ほかの女がシャブで示す性的反応はおぞましい。

ところが耀子の痙攣は神々しい。

耀子が彼岸からもどった。さすがに強烈すぎて不安になっていた。瞳が泳いでいる。ジョーは諭すように断言する。

「だいじょうぶだよ。注射したわけじゃないから」

「注射と、どう違うの」

「注射すると、ラッシュが起きる。ラッシュというのは、それはもう最高に気持ちいいんだけど、ほんの一瞬なんだ。毛が逆立つよ」

「それなら、なぜ、注射しないの」

「長続きしないから。すぐにあっち側の人になっちゃうから。癈人一直線。それに注射は一、二時間しか効きめが続かない。でも、尻の穴からだと、まろやかだから」

これでまろやか——と耀子が苦笑する。

「注射じゃなくて、こういう具合にやっていれば、長持ちするし、いざというときクスリを抜くのも簡単。しかも効きめが長い。この状態がずっと続くよ。耀子はとことん俺を愉しんで」

「いいの？」

「いいよ」

「乱れて、いいの？」

「とことん乱れていいよ」

ジョーは控えめに動作した。とたんに耀子は痙攣に取りこまれる。ジョーはかまわず、尋ねる。

「なんで、シャブを許したの」

「なぜって、ジョーがしたいなら、好きにしていいから」

「俺は、てっきり拒絶されると思ったけど」

「拒絶。なぜ」

「なぜって、そういうものをやるようには見えなかったからだよ」

「言ったでしょう。コカならやったことがあると。マリファナも吸ったことがある」

「ケミカルとちがうだろ」

「それは、そうだけど」

耀子はジョーを見据えた。

「アイドルなのよ」

「俺がアイドル」

「そう。私のアイドル」

「それ、ちょい、いやだな」

「芸能人とかのチャラチャラした美少年とはちがうのよ。ほんとうの意味でのアイドル」

「アイドルって、どういう意味」

「偶像」

「それって、いい意味か」

「偶像崇拝とかいうものね。どちらかというと悪い意味にとられることが多いかも」

いったん言葉を呑み、耀子はジョーに動作を抑制するように頼んだ。それでもひたすらある頂点を極めながら、アイドルについてを囁《ささや》いた。

もともとはラテン語の idola からきた言葉で、たとえばキリスト教における十字架。マリア様の像。仏教では無数の仏像。キリスト教も仏教も偶像崇拝を禁止しているにもかかわらず、それが消滅することはない。

「あなたは、ジョーは、きっとみんなの願望を、切実な思いを、地べたを這いずりまわるしかない人々の思いを一身に受けて、神と人間のあいだを繋《つな》ぐものになる。神を目《ま》の当たりにできない人間には、それを具体化したかたちが必要なのよ」

「なんだか、すごいことになってきたぞ」

「私は神様を見たことがない」

「俺だって、ないよ」

「でも、なにかを感じる」

「俺は、べつに感じないけどな」

「いいの。あなたは感じる必要がないの。ジョーは人を超越した存在」

「それって、神様か」

「いいえ。アイドル。アイドルという言葉がいやなら、ラテン語のイドラにしましょうか。イドラ。神の息吹をみんなに伝える存在」

「よくわかんないよ。俺はシバじゃなかったのか」

「シバを描いた極彩色の絵も、アイドル。イドラ。偶像」

「わかったような、わからないような――」

　ジョーは途方に暮れている。語っている耀子も、自分がなにを言っているのか、もはや論理だって把握していない。ただ、言葉を放つことを、語ることを止められない。

「神がいるかいないか。誰にも、なにも言えない問題だけれど、私は自分が存在していること自体が神秘だと感じるの」

「存在していること自体が、神秘」

「そう。そう感じたのはペルーの高地の青い空でもなく、沖縄の夏雲が湧きたつ青空でもなく、サハラの圧倒的な青い空でもなくて、じつは秋の北海道の空をぼんやり見つめていたときよ」

　耀子は言葉をさがす。

「説明は、むずかしいな。言葉では無理があるかも。場所は北海道の太平洋側、根室《ねむろ》と釧路《くしろ》のあいだ、アゼチ岬。ここは、いつ行ってもまず、無人なの。琵琶瀬《びわせ》湾に面していて、小島が浮かんでいて、沖縄とはまたちがう深い緑の海がひたすら拡がって、荒天のときは大変なんだろうけれど、穏やかなときは、これほど静かな場所もないくらい。私は自分のバンの後ろ側を海に向けて駐めて、後ろのドアを開いて座っていたの。そのとき、海と空が溶けあって――」

けっきょく耀子は言葉に詰まった。言葉で語れるならば、神秘体験などとはいわない。そんな開き直りの思いも湧いた。語れば語るほど、遠ざかる。

ジョーが見つめていた。

頷いた。ただ頷いて、頬笑んだ。すべてを受け入れたつもりだ。

「アイドルはいやだけど、イドラなら、なんとなくニュアンスがちがうみたいで、許せるな」

「私が勝手に、ジョーにあれこれ象徴を見ているの」

「難しすぎてわからないよ」

「ごめんなさい」

「いいんだ。耀子といると、俺はバカから抜けだせそうだ」

「もう、自分を貶《おとし》めるのはやめて。あなたはシバにしてイドラ」

「こういうのは、どうかな」

「どういうの？」

「俺は十字架だ」

「ああ、イドラの最たるもの。破壊神シバにして十字架──」

耀子が肯定したとたんに、ジョーは加減せずに動作しはじめた。とたんに耀子は神秘体験とは正反対の躁的かつ狂的な昂ぶりの坩堝《るつぼ》に抛《ほう》りこまれ、のたうった。

あまりの快に、意識を喪《うしな》いかけている。その意識のはざまで思う。

私のアイドルは超越的だ。超越的にワイルドだ──。

03

那覇《なは》市辻は、その昔、女だけの遊廓として栄えたところだ。

女だけの遊廓——当たり前ではないか、といわれそうだが、実際に辻遊廓はまさに女のみの世界で、ヤクザもなにもかも含めて男は一切関知できぬ、女の自治による女の世界だったという。

いまではソープランドをはじめとする風俗産業が集中している。もちろん、その昔のような女の自治などあるはずもなく、ラブホテルにヘルス、連れ出しスナックといったわりと新たな業種、そして組事務所などもこのあたりに集中している。

島ゾーリをぺたぺたいわせてジョーがソープ街を抜けていく。顔馴《なじ》染みの客引きから声がかかる。ジョーはその場にしゃがみこんでタバコを一本もらい、世間話だ。

「やばいねえ。誰も歩いてないじゃない」

「遅くなれば多少はましさー」

決まりきった景気の話をし、タバコを吸い終わると、路上で揉み消して立ちあがる。軽く手をあげて立ち去るジョーを、客引きは羨望《せんぼう》の眼差しで見送る。

ソープ街は、寂《さび》れていた。日本でもめずらしい全店共通料金制も微妙に崩れはじめ、地元の者にはやや高額なのと、顔見せで自由に選べる社交街があることにより、客足が遠のいていた。

頼みの綱の観光客も、貧すれば鈍するで一部の店の強引なぼったくりなどもあり、あまり近寄らない。タクシーでソープに行くと、ぼったくり店に直行、という噂もたってしまい、また実際にタクシーは割り戻しがある店に乗客を運んでしまう。悪循環だ。

ジョーは顔馴染みとにこやかに挨拶《あいさつ》を交わしながら、鷲王会《しゅうおうかい》の組事務所に向かった。べつに盃《さかずき》をもらっているわけではない。引っかけた女の子を組の者に世話してやったり、ときにアルバイト感覚でいわゆるスケコマ師、素人《しろうと》の女の子を風俗に送りこむ人買いの片棒を担いでいるといった関係だ。

ジョーは観光にきた素人の女の子を見繕《つくろ》い、最上の娘だけを平然とスカウトし、自在に仕事に就かせてしまうので、スケコマ師としては最上の部類に入る。

いま組長が夢中になっている女の子も、ジョーが声をかけて世話したものだ。たとえば松山《まつやま》のクラブにでかけたとする。ジョーがそばにいると女がすべてジョーに靡《なび》いてしまうので同席した男はおもしろいはずもないが、ジョーは自分が手に入れた女をこうして適当にばらまいて保身をはかっていた。

鷲王会組事務所は雑居ビル一棟をそのまま使っていて、一階のドアには、カチコミのあとの弾痕がそのまま残されている。スチールドアだが、青灰色の塗装が楕円形に剝《は》げ、その中央にちいさな穴があいている。三八口径の弾痕らしいが、それが三つほどある。

訪れると、ジョーはいつもいちばん高い位置の弾痕に指先を挿《さ》しいれる。指先はすぐに、つっかえてしまう。内側から鋼鉄の板をあてがい、溶接して補強してあるからだ。

ドアホンを押し、監視カメラの赤い光を見あげ、満面の笑みを泛べる。しばらくして、ドアロックを解除する音が響き、スチールドアがひらく。

若い衆といってもジョーと大差ない年頃なのだが、やたらと腰が低い。ジョーは組員ではないが鷲王会にとって経済的な貢献大であるからだ。ジョーの機嫌を損《そこ》ねぬよう兄貴分から申し渡されているし、組長以下、ジョーが連れてくる女の子を適当に食っている。とにかく利用価値大、である。

だが、ジョーに対して低姿勢な理由は、それだけではない。

応接間にはかりゆしウェアを着た極道者が勢揃いだ。沖縄ではホワイトカラーまでもがアロハのようなかりゆしウェアを着ているから、ヤクザと一般人の区別がつきにくい。

ジョーは誘われるがままに若頭の隣に腰をおろし、上体をかがめ、灰皿の喫殻《すいがら》のなかに指先を突っ込んで注射針を抓《つま》みあげ、蛍光灯の光に向け、しばらく見つめた。テルモの医療用の注射針で、シャブを射つのに使ったものだ。血が固まって黒々とした縞模様を描いている。

若頭が上目遣いで声をかけてきた。

「これが案配、いいのさー」

「と、いうと」

「うん。ランセットポイントっていうんだってさ。新製品。刺したときの抵抗を少なくするためになんと針先が二段カット。すんなり入るねえ。針貧乏には抜群さー」

ジョーは困惑したような、含羞《はにか》んだような笑みをかえす。男色の気がある若頭は、とたんに照れてジョーから視線をそらす。ジョーは静かに注射針を灰皿にもどした。若頭はジョーを見ぬようにして、呟くように訊く。

「聞いたんだけどさ、最近、インテリの彼女ができたんだって？」

「はい。大学の院生です」

「よくわからんさー」

「俺も、よくわからないです」

「いい女か」

「俺にとっては」

「ふーん。すごくいい女なんだろうなあ」

若頭は嫉妬《しっと》とも羨望《せんぼう》ともつかぬ眼差しだ。いい女をものにしたジョーに対して嫉妬や羨望を抱いているというよりも、ジョーに好きな女ができてしまったことを気に病んでいるかのようだ。

ジョーは若頭をはぐらかすように、悪戯《いたずら》っぽい顔つきをつくって傍らに控えている男を示して言う。

「上地《うえち》さんが彼女と挨拶してます」

「ふーん。上地。どうよ、彼女」

「はあ。それが——。ジョー、怒らんでくれよ」

「あ、上地さんの言いたいこと、わかりますよ」

「わかるよな。整った顔してますよ。綺麗だと思います。でも、地味かなあ」

「地味ですよね。俺が言うのもどうかと思うけど、色気がないというか」

「そうなんだよね。ジーパンによれたTシャツだったけど、化粧っ気、ゼロ」

ジョーはでまかせを言う。

「遺跡の発掘とか調査みたいなことばかりしてるみたいですよ。毎日、地べたを掘ってるんです」

「ふーん。そっちのほうの人か。女だてらに穴掘りかよ」

「はい。自分を綺麗に見せようとかは、ほとんど考えてないですね」

「ふーん。するとさー、あっちのほうが抜群なわけか」

「それも、じつは、十人並みというか、悪くはないけれど——ああ、俺からは言えませんね。最愛の彼女だから」

「なにが最愛かよ。白状しろって。あっちが抜群なんだろう」

「いや、俺と相性はいいですよ。でも、ごく普通です」

「嘘つけ、ジョー」

「嘘じゃないですって。おっぱいもちいさいし」

「じゃあ、なんで、入れ込んでるわけよ」

「安らぐんですよ。気負わずにすむ。とにかく楽なんです」

上地が引きとる。

「若頭。いい男ってやつは、意外と地味な女といっしょになるもんだっていうじゃないですか。たくさん味わって、淡泊な味わいに至るんじゃないでしょうかねえ」

「たくさんて、ジョーは二十歳になったばかりじゃねえか」

上地が肩をすくめる。ジョーもつられて肩をすくめた。なんとなく会話が収束した。

若頭が立ちあがり、ジョーの背後に立ち、その肩を揉みはじめた。最近の若頭は、あれこれ理由をつけてはジョーに触りたがる。

ジョーは若頭を嫌っていない。男に対しても相性というものがあって、たとえ男色の気があっても相性の悪い者と遣り取りするよりもよほど気楽だ。

若頭もそれを悟っているから、適当にジョーに触れて、けれどジョーに嫌われぬように気配りしてその肩をポンと叩いて離れ、応接室から出ていった。

若衆の世話人として皆のなかでは兄貴分の上地は、男色の気はないが、ジョーを買っている。ジョーが本気になってヤクザをやれば、相当のものだと信じている。ジョーも、上地を慕《した》っていた。

盃事と無縁なのをよいことに、ほかの組にも平然と顔をだすジョーであるが、鷲王会にもっとも出入りしているのは上地がいるからである。

ふしぎなもので、女がまわりにいれば、ジョーという存在はじつに煙たいのだが、男ばかりだとジョーを中心に、話が弾む。もちろんシモネタが多いが、ケンカ自慢なども外せない。

けれどジョーは暴力沙汰の自慢をしたことがない。もっぱら聞き役にまわる。この手の話はどんどん大きくなっていくものだが、ジョーは絶妙な合いの手をいれる。

ともあれ与太話で大いに盛りあがっている鷲王会の若い衆であったが、いちばん下座からジョーを睨み据えている男がいた。

大騒ぎをしている若い衆はなかなか気付かなかったが、睨みつけられているジョーにしてみれば、頬に視線が刺さるわけで、微妙に居心地が悪い。

場をしらけさせては——と思ってしばらくしかとしていたが、ジョーも気が長いほうではない。ちらりと一瞥《いちべつ》する。すると、男は顔を突きだすようにして睨みかえしてきた。

見覚えのない顔だ。まだ、若い。

ようやく若衆も、情況に気付いた。ケンカの自慢話がしぼんで、立ち消えになった。上地がジョーに、どうかしたかと訊いた。

「いえ。あいつがひたすらガンつけてくるんです。俺、あいつになにかしちゃったのかなあ。わかんないんだけど」

上地の顔が歪んだ。新入りで、ときどきこういう奴がいる。居場所がない緊張からか、やたらと尖っているのだ。問い詰めなくても、わかる。

——なぜ、盃もまだの者が、こんなふうにのさばっているのか。

それがこの若者の言いぶんだ。盃云々で正当化して、できるならば、ごり押しして、自分の威力を周囲に示したい。そこで優男《やさおとこ》のジョーに狙いを定めたわけである。

「良実《よしみ》とか言ったか」

上地の問いかけに、若衆から女みてえな名前だなあ――といった笑いがおきる。若衆たちにも良実の遣り口がわかってしまっているからだ。

それは多かれ少なかれ自分たちも通ってきた道だ。ヤクザ組織である。男を示す。これがすべてに優る。ケンカを売ってナンボといったところは確かにある。

当の良実は、皆から笑われてしまい、ますます引っ込みがつかなくなっている。上地は面倒くさそうに頭を掻き、叱《しか》った。

「男を上げてえなら、ジョーはやめとけ」

「なんでですか、上地の兄貴。こんなアイドルみてえな奴、俺が締めあげて二度と口、きけなくしてやりますよ」

笑っていた若衆たちの顔色が変わった。良実は勢いがついてしまい、止まらない。

「なまっちろいツラしやがって。ここは沖縄だ。琉球の血が半分じゃ、図々しいって。とっとアメリカに帰りやがれ」

沈黙が拡がった。

言ってしまいやがった――と誰もが息を詰めた。しわぶきひとつ、聞こえない。

ナンブーと呼ばれる南部の族あがりだったか。単車にニケツしてサトウキビを振りまわして暴走していたころや、成人式で大騒ぎしていたころの傍若無人が抜けていない。

上地がちいさく息をついた。諭すように、だが投げ遣りに言う。

「良実。会ったこともない遠い親戚から、行儀作法を教えこんでくれと頼まれ、おまえをあずかったわけだが、いきなり、これか」

どうも様子がおかしい。ジョーは盃も貰っていないのだ。新入りとはいえ、自分は盃を貰った身である。しかも上地預かりだ。分は自分のほうにあると思っていたのだが――。

「良実。おめえの言いてえことは、わかる。なんで盃もまだなジョーが、ここで喋ってるかってことだろう」

「そうです。そのとおりです。素人じゃねえですか、この野郎」

上地が優しく囁いた。

「向こう見ずは、ときとして命取りだよ。暴やん咬《か》ましてたころとは勝手が違うんだからさ。悪いことは言わねえから、謝れ。ジョーに謝れ」

ジョーに向き直り、上地が頭をさげる。幽《かす》かに哀願のにじんだ口調で頼み込む。

「すまん。ジョー。良実が頭をさげたら、ここはひとつ、見逃してやってくれんか。許してやってくれんか」

「アメリカに帰れってのには、カチンときましたけどね。でも、上地さんの顔をつぶすなんて、とても俺にはできませんから」

「すまん！　すまねえ。いますぐ、あやまらせるからさー」

上地は焦り気味に立ちあがり、良実のところに行くと、その頭に手をかけた。骨太の腕が良実の頭を押さえつける。

「さあ、謝れ。ジョーに謝れ」

良実はしばらく押さえつけられていたが、いきなり上地を押しもどした。

「いくら兄貴からの命令だって、これでは俺の男が立ちませんよ。俺、とことんやってやるから。この優男、ぶっ殺します」

熱《いき》りたつ良実から視線をそらして、上地が泣きそうな声をあげた。

「だからさー、みんながジョーに対して低姿勢な理由はさー」

結局、言葉を呑み、思い切り良実の顔を殴りつけた。

拳《こぶし》が良実の頰に咬む。

ごっ、と鈍い音がして、良実が転がった。

遅れてちいさな血の塊が投げ遣りな放物線を描いた。

上地はジョーの顔色を窺い、これで勘弁してくれと目で訴える。

ジョーは満面の笑みだ。

その場にいた誰もがジョーの笑みから曖昧《あいまい》に視線をそらした。やがて幾人かは床に転がっている良実に哀れみの眼差しを投げた。

世の中には、触れてはならないものがあるのだ。それは概《おおむ》ね笑顔を泛べていて、どちらかといえば優しく、いや、見方によってはひ弱に感じられ、実際に押しつけがましいところもない。

良実は昂ぶりからくる荒く不規則な息と共にどうにか四つん這《ば》いになって、俯《うつむ》き加減で滴り落ちる血を凝視している。もちろんその目に宿っているのは殺意だ。

ありとあらゆる理不尽が一身に降りかかってきた。自分を守ってくれるはずの上地が、組の歪も貰っていない、なまっちろいアイドル顔の味方だった。

遠い親戚である上地に憧《あこが》れ、敬愛の念をもって鷲王会の門を叩いた。雑巾《ぞうきん》がけもしかたがないと思っていたし、無理難題にも耐えるつもりでいた。

だが――。

男を潰《つぶ》されては、立つ瀬がない。

一瞬、顔をあげた。

その目は殺気を帯び、上地を捉《とら》えていた。

だが、すぐに、首を折った。血が逆流して鼻腔にまで入りこんできたからだ。

また、息が荒くなってきた。

極道としてやっていくには、引きさがるわけにはいかない。ジョーもだが、上地に対してもだ。

折れた歯は一本や二本ではないのかもしれない。出血は思いのほか大量で、喉に流れ込みそうで、ふたたび顔をあげる決心がつかない。ここで咽《む》せでもすれば、恥の上塗りだ。

床を睨みつけ、中途半端にひらいた口から大量の血を流して良実は怨《うら》みと怒りと呪いを高めていく。

そんな良実の気持ちを知ってか知らずか、ジョーが上地に顔を寄せた。ごく抑えた囁き声で耳打ちする。

「良実君でしたっけ。上地さんにガンたれやがった。逆恨みしてる」

上地は溜息まじりに、ちいさく頷《うなず》いた。ジョーは続ける。

「目標は俺だったはずなのに、微妙にずれちゃってる」

「──微妙か。微妙なもんか。ずれまくってやがったさ」

苦々しく上地が吐きだすと、ジョーは口をすぼめた。

「上地さんに刃向かうのは許せない」

「――いいんだよ。殴ったのは俺だし」

「それは、俺に手をださせないための愛情みたいなものでしょう」

上地はジョーから顔をそむけた。頰にあきらめがにじむ。もう対処できないかもしれない――。

ジョーは床をむいて血を滴らせている良実のところに行った。軽く腰を折り、円形脱毛がある良実の後頭部に囁きかける。

「日本でいちばん人殺しの多い都道府県は、どこだと思う」

良実はその声に、なんともいえない凍《こご》えたものを覚え、内攻した怒りと怨みはそのままに、顔をまったく動かせなくなり、凝固した。

問いかけておいて、ジョーが呟く。

「やっぱ首都、東京かな」

東京かなと迫られても、いまの良実に答えられるはずもない。そんな気もするが、ヤクザの本場は関西だと聞いた。

いや、ヤクザと殺人は、じつは関係ないのかもしれない。人殺しのほとんどは突発的なもののような気がする。カッとした堅気《かたぎ》の仕業ではないか。だとすると、もう、まったくわからない。

「じつは東京って、人殺しに関しては、たいしたことがないんだよ。中学で習ったような気がするけど、日本には四十七都道府県があるんだってね。で、人口十万人あたりの殺人件数でいくと、四十七都道府県中、なんと東京都、四十位」

へえ、といった声がまわりからあがった。ジョーの口調からたいしたものではないだろうとは思っていたが、まさかそれほど下位だとは。東京もたいしたことがねえなあ、などといった呟きが洩れた。

「じゃあ、都道府県の面積は？」

良実に問いかけたのに、人垣のほうから声があがった。

「そりゃ、北海道がいちばんでかいだろ」

「そのとおり。北海道、岩手、福島、長野、新潟——って続く」

「詳しいなぁ、ジョーは」

「こないだ、ネットで検索したにわか仕込みだよ」

「でも、よく覚えてるじゃねえか」

「あんまり頭、使わんし」

「わはは」

なんとなく和気藹々《わきあいあい》とした雰囲気さえ漂ってきた。俯いたきりの良実は、折れた歯が疼《うず》きはじめて、皆に気付かれぬように顔を歪める。

「都道府県の面積の続きね。東京と沖縄、どっちが大きいか」

「そりゃ、東京に決まってるだろうが」

「ブー。沖縄県は、東京都よりも八十八平方キロメートル弱、大きいのです」

「ほんとかよ！　東京よりもでけえのか」

本気で驚いている声があがった。

「本島だけだと、そりゃ、ちっぽけだろうけれど、島が多いし」

「なんか東京よりでけえってのは、気分がいいじゃねえか」

「ま、どんぐりの背比べっていうか、アメ公に占領されちゃってるから、実質はつらいけど、まあ、とにかく勝ち」

ジョーの笑顔は柔らかい。痛みに耐えている良実を見据え、それから皆を見まわして、続ける。

「じゃあさ、大阪と沖縄は、どっち？」

「そりゃ、大阪だろうが」

「ブッブー。やっぱ沖縄のほうが大きいのです」

「へー。大阪、絶対、広いような気がするけどなあ」

沖縄からは就職なども含めて関西、とりわけ大阪に出向く者が多い。実際に大阪に行ったことがある者の実感である。

「じつは日本でいちばんせまいのが香川県。で、下から次が大阪府、そして東京都、その上が、沖縄」

「そうか。香川か。けどよ、本音で沖縄がいちばんちいせえと思ってたよ」

「俺も、そう思ってた。じゃ、こんどは殺人に話をもどすよ」

「へへへ。だいたい読めてるぜ。ちいさいとこのほうが多いんだろ」

「そういうこと。じつは、ね」

皆の期待が集まる。

「人口十万人あたりの殺人件数、ずっと沖縄県が一位だったんだけど」

「だったんだけどって、どういうことよ」

「うん。大阪に一位の座を奪われた」

「ちっ。沖縄よりもせまい大阪にかよ」

ジョーは笑顔のまま、息をついた。

「せまっこい都道府県のなかで、東京だけが四十位で、あとは、なかなかだよ」

「大阪が一位になったんだろ」

「そう。こないだまでは、沖縄がダントツの一位だったんだけどね」

「ダントツかよ」

「ダントツ。でも、大阪に負けちゃった。でね」

「おう」

「人口十万人あたりの殺人件数、第一位は大阪。第二位が我ら沖縄。第三位が香川県」

「はぁ――。東京を除く日本のせまいところで人殺し件数上位独占かよ」

ヤクザ者にとっても単純に嬉しがることのできぬ数字である。なんだかんだいっても首都東京はせまいところに大量の人間が群れているくせに治安がよく、ちっぽけな香川、沖縄、大阪はその正反対である。

皆が複雑な表情をしているなか、ジョーの笑顔がますます深くなる。

「そこで、俺は協力したいと思います」

俯いたままの良実の後頭部を真下に踏みつける。よけいなモーションこそなかったが、凄《すさ》まじい勢いだった。

弾かれて持ちあがった良実の顔から見事に鼻が消えていた。

「微力ながら、沖縄県が一位を取りもどせるように」

こんどは後頭部に手をあてがい、全体重をかけて叩きつける。

前頭骨が折れたのだろう、すっかり顔の幅が失せて前後に短くなってしまった。顎《あご》など
も折れたようで、口が耳の下の方にまで動いてしまっている。

ジョーは顔のなくなった良実を仰向けに転がした。柔らかく見つめて、照れたような笑
いを泛べる。注射針のはいっていたクリスタルの灰皿を手にする。

上地が痰《たん》が絡まったような咳払いをして、言った。

「ジョーよ。そこいらへんまでにしておいてくれんか」

「なにか肩入れする理由でも」

「ああ。このバカ、遠い親戚なんだよ」

「あ、そうだ。そうだったですね」

「おまえもある程度せんと、気がすまんだろうが」

「正直、すみません」

「――そうだろうとも。けどな」

いったん言葉を呑んだが、上地は遠慮気味に呟いた。

「なあ、ジョー。おまえ、どうせ、機会をみて、やっちまうだろう」

「先のことは、わかりません」

「すまんが、俺の顔を立てて、この場では、くれぐれもあれしてくれんか」

「もちろん、上地さんの顔を立てます」

「すまん。止め立てしてすまんが、ここで殺しは、ちょいとな」

「事務所に警察とか入ってきたら、鬱陶《うっとう》しいですもんね。上地さんの責任問題にもなっちゃいそうだし。すみません。俺、考えがたりませんでした」

「いや、咎《とが》めてるわけじゃねえ。先のことは俺も頰被りするし。この場だけは――」

「わかりました。救急車、呼びましょう」

ジョーは相変わらず無邪気にしか見えない頰笑みのまま携帯を取りだし、一一〇番をプッシュしかけて、小首をかしげた。

何番だっけ？　と誰にともなく尋ねて一一九番にかけなおした。

04

古島《ふるじま》にある市立病院の救急救命ICUに運び込まれた良実は、まず前頭骨正中部《ぜんとうこつせいちゅうぶ》の陥《かん》没《ぼっ》骨折の手術を受けた。

外科的手術は成功したが、骨折が眼窩壁《がんかへき》外側にまで及んでいたせいで形成手術を施しても瞼《まぶた》が垂れさがってしまい、前がよく見えない症状が残ってしまうようになるだろうということだった。

一方で硬膜や脳実質の損傷は骨折のひどさに比して最低限ですみ、強い障害が残ることもなく、匂いがよくわからないといった程度の後遺症ですみそうだと診断された。

ICUから一般病室に移された良実は、前頭骨の手術の経過をみてから折れた顎の手術をするということで、いまのところ顎を固められ、軀《からだ》のあちこちにチューブ等を取りつけられた状態で、見舞いにきた上地は失笑気味にサイボーグと呟いたのだった。

良実はまだ満足に喋れない状態で、枕許には筆談用のメモ用紙と鉛筆がおかれている。

上地はそれを雑にめくった。見舞いする者もなく、看護師との遣り取りらしきもの以外になにも書かれていない。思案顔で上地は口を尖《とが》らせた。

「組長の心遣いで個室だもんな。でもさ、ほんとうはさ、身の安全を考えたら、大部屋のほうがよかったな」

とたんに良実の頬に怯《おび》えがはしる。上地は理解を示すように頷く。

「おまえ、触っちゃいけないもんに触れちゃったんだよ」

いったん息を継いで、続ける。

「生きてるのが、ふしぎだよ」

さらにタバコに火をつけかけて、禁煙であることに思い至り、舌打ちした。

「とにかくさ、復讐を考えたりするな」

いいな、と念を押し、じっと見つめる。良実は曖昧に目をそらした。

「退院したら、すぐに沖縄から離れろ。俺の大阪の親類に頼んでおいたから。沖縄にジョーがいるかぎり、おまえは沖縄にはもどれない。合点がいかんか？　気持ちはわかる。でもさ、あきらめろ」

凝視してくる良実の目を読む。

「なぜ、そんなにジョーに甘いかって？　それはな、あいつが人じゃねえからだよ」

吐く息が自分でも酒臭い。頭が重い。軽く後頭部を叩く。上地はほとんど無意識のうちに、メモ用紙に——あわもりざんぱ　のんでひやるがへい——と落書きした。すべてひらがなだが、なかなかの達筆だ。

残波《ざんぱ》は沖縄ではもっともポピュラーな泡盛《あわもり》の銘柄で、テレビコマーシャルもたくさん流れている。飲んでひやるがへい——という調子のよいCMソングが誰の耳にもこびりついている。

「ジョーがガキのときにな、小学三年くらいかなあ、残波岬に水死体があがってな。女の水死体だよ。聞くところによると、もう、ほれ、青緑に腐っちゃってさ、ぽんぽこに膨らんで、手足も魚に食われ、溶けかけて、まともじゃない様子だったっていうよ」

のんでひやるがへいのメモ用紙を引き千切り、手の中で丸める。

「ジョーのおふくろさ」

お手玉のようにメモ用紙を弄《もてあそ》び、良実の目を読む。

「殺されたのかって？　そうだよ。殺されたんだよ」

言いながら、微妙な笑いを泛べる。

「そのトラウマでジョーがおかしくなった、なんて話じゃねえよ」

丸めたメモ用紙をゴミ箱に投げる。外れた。律儀《りちぎ》に立ちあがり、腰を曲げて拾い、あらためてゴミ箱に棄《す》てた。

「母親を殺したのは、ジョーだ」

ついでに良実のまわりのあれこれを整頓しはじめる。

「証拠はねえのさ。でも、みんな、そう言ってるさ。当の小学三年生のジョーはさ、同級生とかに声かけてさ、母親の死体見物に出かけたそうだよ」

瞬《まばた》きをしない良実を見つめて念を押す。

「だから、さ、自分で殺してるから、死体があがることも織り込みずみだから、反応が早いわけだ。残波岬で死体がって聞いたとたんに、子供たちで水死体見学さ」

ちいさく息をつく。

「そんときに死体を見せられた上級生が鷲王会の組内《くみうち》にもいてさ、ジョーの様子を事細かに覚えてるわけさ。とにかく嬉しそうで、腐って溶けた手から露《あら》わになっちゃった骨が白くなくて茶色いってはしゃいでたんだってさ。警官が足の先でさ、膨らみきった母親の腹をつついたときさ、屁をこくみたいに母親の尻やホーミーからガスがでたんだってさ。その瞬間、ジョーは満面の笑みだってさ」

こんどは大きな溜息だ。

「山から屍肉を喰《くら》う蝦蛄《しゃこ》が這いでてきたら、跳びあがって喜んだってさ」

上地は表情を消した。

「それ以来、いや、それ以前からかもしれねえ。とにかくジョーのまわりで人が死ぬ」

タバコに視線を落とす。結局、一本咥《くわ》えた。火はつけない。

「幾人、死んだか、わからねえ。十万人あたりの殺人件数だっけ。ダントツだった沖縄県の殺人には、ジョーがずいぶん貢献してたはずさ」

使い棄てライターを弄ぶ。

「もちろん、ジョーに対する恨み骨髄って奴もたくさんいたよ。そう。過去形だよ。みんな、死んじゃったからさ。どんなかたちでもジョーに挑みかかったり策略を巡らしたりすれば、待っているのは、死」

圧電素子をカチカチいわせる。ライターに火はつかない。

「そんなことがあるかって？　あるんだよ。ジョーはさ、なにをしても捕まらねえんだよ。警察にチクる奴だって売る奴だって幾らもいたさ。けどさ、証拠がねえんだよね。女がアリバイを主張したりしちゃうこともあるし、とにかくジョーにはなにか憑《つ》いてんじゃねえかってくらいでさ、誰にも手を出せねえ。狙撃っちゅうのも大げさだけどさ、アメ公から流れてきた四五口径で至近距離から撃った奴もいたさ。ところが暴発しちゃってさ、てめえが失明してんだから世話ねえや」

喋っているさなかに、火がついた。上地は焔を見つめ、やがて、あちちち——と剽軽《ひょうきん》な声をあげてライターを投げだした。

「もちろんそいつは失明したあげく、ある雨の日、しっかり歩道橋から転がり落ちてお亡くなりになったさ」

床のライターに視線を落とす。

「いいか。ジョーには、なにか憑いてる。取り憑いてんのか、護ってんのか、それは俺にはわからねえ。ただ、人の思惑を超えたなにかが、ジョーには取り憑いてる。それが衆目の一致するところだ。おめえの気持ちはわかるさ。でもさ、命があっただけでもめっけもんなんだからさ」

ライターを拾いなおし、咥えたままだったタバコに火をつける。

「おめえも、かわいそうになあ。気持ちはわかるって。盃も受けてねえジョーがのうのうとしてやがるんだもんな。けどさ、結局んとこさ、全体的な情況ってやつだ。全体的な情況はさ、俺に殴られてガン付けしてきたおめえがいて、兄貴分にガン付けはまずいわけでさ、ジョーはちゃんと俺のメンツを守ってくれたってことになってるじゃねえか——」

不味《まず》そうに煙を吐く。

「な。ジョーはさ、俺のメンツを守って、おめえを床に叩きつけた。話は、そういうことになってるわけだ。誰だってそんなこと、信じちゃいねえさ。でもさ、上っ面の会話では、そういうことになってるわけ。おめえは、もう鷲王会にももどれねえし、沖縄にもいられねえ。はっきり言っておくけどさ」

軽く咽せる。顔を顰《しか》めてサイドボードにタバコをこすりつけて消す。

「ジョーは人じゃねえからさ。人の皮を被《かぶ》ったなにか、だから。だいたい、あんなきれいな顔、あるわけねえじゃねえか。人が、あんなきれいな顔、してるわけ、ねえじゃねえか。完全に左右が対称なんて、あるわけねえじゃねえか」

思案顔で、結局は喫殻《すいがら》をゴミ箱に投げ棄てる。

「写真さ、撮ってさ、真正面からのやつ。それをさ、二つ折りにしたわけさ。ジョーの写真だよ。そしたら、右と左がぴったりさ。ぴったり重なったさ。人は、そこまで右と左でおなじ顔、してねえだろう」

もう良実は上地を見ていない。項垂れて、凝固している。

「ジョーのおふくろだけどさ、もう、大評判の美女だったんだぜ。俺も写真は見たことがあるんだ。もう、ふるいつきたいくらい、きりっとした美人でな。でも、あるとき発狂しちゃってさ。ぶっちゃけジョーの親父にあたる兵隊がステーツに帰っちゃって、おかしくなっちゃったらしいんだけど。狂ってからはすっげー人気のユタになったさ。スケベな男の客が占いにかこつけて門前列を成すというやつさ。どうやらジョーはおふくろに手をだす男をいちいちぶっ殺してたみてえだけど、ふと気付いたんだな。幾ら男をぶっ殺しても際限ねえ。それなら、おふくろをぶっ殺しちまえ――」

上地は立ちあがった。乱れた良実の毛布を整えてやる。

「とにかく奴は、護られてる。なんだかわけのわからねえものが、護ってる。誰も、奴に手を出せねえ。相手が人なら、俺たちヤクザだもん。メンツにかけてぶっ殺してるさ。でもさ、人じゃねえんだからさ、しょうがねえよ。――エアコン、強くねえか」

リモコンを手にしたが、しばらく見つめただけで、サイドボードにもどした。

「退院が決まったら、またくるさ。あきらめて大阪へ行け。人生、やり直せ。くれぐれも、よけいなことを考えるんじゃねえぞ。それとさ、ここの金だけど、労災はでねえけどさ、組がもつってて。ゆっくり治せ。なかにいれば、安全さ。――たぶん」

ふっと短く酒臭い息をつくと、頭を掻《か》きながら上地は病室から出ていった。

＊

夏が盛りはじめていた。耀子とジョーはダットラのキャブコンに寝泊まりしながら本島の城(グスク)をまわっていた。

　雑木が繁茂し、入り口さえはっきりしないシイナ城城趾からはじまって北部から中部の城はほとんど網羅し、いまでは本島南部の城を巡っている。

昨夜のうちに玉城《たまぐすく》城にある玉城城趾の駐車場にダットラを駐めていた。朝の八時過ぎである。低血圧で寝起きの悪い耀子をジョーが揺する。

「玉城を片付けたら、近くによいレストランがあるし」

「片付けたら？」

「あ、ごめん。いや、俺にとっては、片付けたらってとこだけど」

「興味がないなら、ここで待っていてもいいのよ」

「独りにするなよ」

「子供か、ジョーは」

軽く小突《こづ》かれて嬉しそうなジョーだ。しばらく車内でじゃれあい、軽くキスをして外にでる。駐車場といっても、ごくせまい草地だ。じゃまにならぬようジョーはダットラを隅に寄せた。

ややジャングルっぽい旺盛な森を抜ける。あらわれたのは溶岩地帯のような尖《とが》った鈍色《にび》の岩に覆われた急坂だった。ふたりは顔を見合わせる。

「溶岩じゃなくて、珊瑚《さんご》の成れの果ての岩のようね」

「滑ったりしたら、骨が見えちゃうぜ」

ほぼ崖といっていい斜面を登っていく。ときに手を使わなければバランスを崩しそうだ。ジョーが的確に手をだしてやり、耀子を助ける。

二〇〇メートルほど登ったか。やや息が荒くなり、額や首筋を汗が伝うころ、頭上に大岩をくりぬいた城門があらわれた。何気なく振り返ったジョーが耀子を促《うなが》す。

沖の彼方の珊瑚礁で波頭が砕け散る太平洋が拡がった。歓声があがる。しばし吹き抜ける風に身をまかせ、明るく透明な緑色の海を見おろす。

大岩をくりぬいた城門は見事だったが、なかはかなり荒れ果てていた。満足に保護されていないのだろうかとジョーが呟く。前もって資料を読んでいた耀子が囁《ささや》く。

「戦後、米軍が飛行場建設のために、ここの石垣を崩して使っちゃったんだって」

「アメ公には、この石の城の価値がわからないんだね」

「ここの御嶽《うたき》は、琉球王朝時代には正月、一年おきに国王が祈願に訪れた霊場だったらしいんだけれど」

「神聖な気配はあるよな」

「明治末期までは、大量の人骨があったそうよ。頭蓋骨の鼻の穴に棒を刺して遊んでいた子供が鼻血ブーって記録が残ってるわ」

「なんで頭蓋骨の鼻の穴で鼻血ブー？」

「呪いは大げさね。祟《たた》りかな」

「——俺はちょっと催してたんだけどね」

ジョーはさりげなく強ばりを耀子の臀《しり》に押しつけた。耀子は笑ってはぐらかし、爪先立つようにしてジョーに囁いた。

「久高島《くだかじま》にわたったら、どこかで」

「おあずけか——」

「嘆《なげ》かないで。鼻の穴で鼻血ブーなら、ここで不埒《ふらち》なことしたら、ジョーのおちんちんから血がでちゃうわよ」

「そりゃ、困る。ほかの病気みたいじゃん」

「でたことがあるの？」

「無茶してたけど、性病関係はないなあ」

耀子に操《みさお》を立てているというわけでもないのだろうが、盛り場などに遊びにでることもなくなって、健気《けなげ》に城巡りの運転手に徹しているジョーであった。

玉城城趾から県道一三七号線にでてすぐのところにチャーリーレストランがある。以前は米軍基地内で料理長をしていたというコック長がつくる料理はボリューム満点で、しかも和洋中なんでもござれだ。持ち帰りもできるアップルパイなども評判だ。ジョーと耀子は朝からリブロースステーキにむしゃぶりつき、チェリーパイをかじる。

ふたりは玉城をあとにして国道三三一号線を北上し、知念城《ちねんグスク》を訪ねた。集落内を抜ける急勾配の道を上っていく。こんなところに城があるのだろうかと心配になったころ、駐車場があらわれた。

強くなってきた陽射しを避けるため、木陰にダットラを駐める。城道と呼ばれる石畳を下っていくと、石組みの巨大なアーチ門と城壁が拡がった。玉城のように米軍に石垣を壊されたりしていないので往古の姿をほぼとどめている。

かなり高い場所にあがってはいるのだが、シチュエーションとしては玉城の崖としか言いようのない急勾配を手足を使って登るほうが印象深く、それでも耀子は古城と新城の差異を丹念にデジタルカメラにおさめていくのだった。

すぐ近くに斎場御嶽《せーふぁうたき》があるのだが、耀子は以前に訪れたことがあるし、ジョーは興味がない。ユネスコの世界遺産に登録されて管理されるようになり、入場料を取るようになってから、すっかり聖地の気配が失せてしまった。ふたりは近寄りもしない。

斎場御嶽からは王国開闢《かいびゃく》にまつわる最高聖地とされている久高島を遥拝することがで

きるが、ふたりは斎場御嶽からさらに北上した安座真《あざま》の連絡船乗り場から、久高島にわたることにしていた。

コンビニで買い込んだ昼食用の弁当などを手に、ダットラを連絡船乗り場の駐車場に乗り棄てて、ふたりは久高島行きの高速船に乗り込んだ。

聖地である久高島は現在でも土地私有がなく、つまり土地の売り買いが存在しない。島民は字《あざ》の総会により土地を借りて家を建て、畑を耕している。島民には土地私有の概念がないのだ。

三〇分弱の船旅だ。港を離れると、けっこう波が高く、高速船は深く濃い藍色の海を断ち割って、純白の飛沫《しぶき》を舞わせる。それでもふたりはデッキに立ち、進行方向を見つめている。やがてジョーが遠慮気味に声をかけた。北海道に行ってみたいというのだ。

「いいよ。でも、八月中はやめておいたほうがいいわ。あちこち旅行者で混み合うから。九月になって夏休みが終われば、とたんに無人の天地がひらけるから」

「無人の天地か」

「そう。誰もいない。自分の息の音と潮騒《しおさい》だけ」

「とりあえずさ、俺の予定としては大阪、東京と寄って、北海道にわたりたいから、そろそろ動いてもいいんじゃないかな」

「わかったわ。久高島で沖縄は打ちどめということで」

「いっしょに行ってくれるの」

「当たり前よ。絶対に独りにしない。——もちろんジョーが独りになりたくなったら、遠慮しないで言ってくれればいいから。私は」

「なに？」

「なんでもない。うるさいと言われれば黙るし、じゃまだと言われれば引っ込む。いなくなれと言われれば身を引くわ」

「依存度というのかな。たぶん、俺のほうが烈《はげ》しいよ」

「私だって烈しいよ」

「烈しい自慢」

「ジョーは優しいもの。あの結晶だって、あのときだけで、もう使わないじゃない」

「そりゃ、そうだよ。耀子にはなにかの奴隷《どれい》であってほしくないって思い直したんだ」

「恰好いい言い方をすればさ」

「なに」

「私はジョーの奴隷だよ」

「なにをおっしゃいますか。俺の女王様」

「私たちって、なにを譲り合ってるんだろ」

「まったくだ」

あたりかまわず、そっと口付けする。デッキにいた旅行者たちはふたりの姿をうっとり眺めている。聖なる島、久高島が近づいてきた。

島では移動手段として自転車を借りる。港の坂をあがってすぐにある貸し自転車屋のお婆さんに耀子が代金を支払った。

状態のよい自転車を耀子は選んだつもりだったが、後輪と車体のどこかが干渉《かんしよう》してこすれているのか、走りはじめたらカラカラと音がする。しかも進路が左右にぶれる。

耀子はジョーを追った。声をかけて、替えてもらった。サドルが高すぎるが、漕《こ》ぎだして驚いた。耀子が借りたのと同様に潮にやられて錆《さび》が見えるのだが、蛇行《だこう》しないし、ペダルが見事に軽い。

ペンキを塗りたくられた外観はくたびれていて、どっちもどっちなのだ。けれど走るということにかけては、まったく別物だ。しばらく走って、ジョーが振り返った。

「この自転車、だめさー。まっすぐ走らんよ」

「ごめん。もとにもどすね」

「耀子が転んだりしたら、悲しいから、もどさなくていいよ」

いったんおりるように耀子を促《うなが》し、ジョーは腰をかがめ、黙ってサドルを低くしてくれた。またがると、耀子にぴったりだった。ジョーは不調なほうの自転車のサドルの高さをあげて、行こうと頬笑《ほほえ》んだ。

さすがのジョーも前輪が歪《ゆが》んでいる自転車を御するのは難しいらしく、微妙に蛇行している。

すぐに舗装が途切れた。珊瑚《さんご》を敷き詰めた車一台の幅しかない荒れた道だ。舗装路でも持て余していたのだから、耀子はよいほうの自転車に替えてもらってホッとしていた。

耀子は先を行くジョーの背を見つめながら思う。ジョーはどんなときであっても、うまくいく。たかが自転車でも、いちばん手近なものにパッとまたがって、サドルの高さもぴったりで、しかも調子が抜群だ。

もっとも、いまは耀子が選んだほうを漕いでいるから未舗装路で、さらに烈しく蛇行している。けれど運動神経が抜群なので、見ていて不安はない。

このような自転車の選択といった些細《ささい》なことであっても、ジョーといっしょにいると神懸《が》かりという言葉が胸をかすめる。なにをしても、うまくいくのだ。外れることがない。

当人に慾がないから、あるいは念頭にないから宝くじを買うこともないが、買えば絶対に当たるのではないか。耀子は真剣にジョーに宝くじを買わせてみようと思う。

時計の八時からはじまって、二時を指し示す方向に細長く延びる久高島の、東側の未舗装路の途中には幾つか浜があるが、まずは神聖な伊敷泊《いしきどまり》の浜に寄ることにした。拝所の調査はあとにして、浜にでてみた。聖地であるから遊泳禁止だが、観光客だろう、泳いでいる男女がいた。海を独占して上機嫌だが、ジョーに気付いた女のほうが、浅瀬で目を見ひらいて立ち尽くした。

浜は無数の貝殻や珊瑚の欠片《かけら》が拡がって、全体的に白い。穏やかな波に洗われている。ジョーも耀子も男女を無視して、水平線を見つめた。ジョーが言う。

「ここは、たしかニライカナイの対岸だったはずだよな」

「ジョーはニライカナイを信じているの」

問いかけに、ジョーは小首をかしげた。しばらく考え込んだが、わからない——と呟いた。潮風に髪が乱され、顔が隠れた。髪をかきあげてあらわれた顔には、照れ笑いのようなものが泛《うか》んでいた。

ニライカナイとは、琉球の島々で信じられている海の彼方、あるいは地の底にある常世《とこよの》国《くに》にして竜宮、聖なるところであり、いわば他界である。

東の水平線の遠く果つるところにあるといわれ、火や稲や粟の種子などはここからもたらされたとされるが、逆に村落の悪疫や穢《けが》れがニライカナイへ送り届けられるともいうから、単純な楽園ではなく、黄泉《よみ》に通じるものもあるのかもしれない。

ジョーの言うとおり伊敷泊の浜は、古《いにしえ》よりニライカナイの対岸であるとされ、琉球王も隔年で旧暦二月、直接参拝に訪れたという。そもそも世界遺産に登録された斎場御嶽《せーふぁうたき》は久高島を拝む場所なのだ。

耀子はジョーの横顔をじっと見つめる。いっしょに過ごしているうちに、一筋縄ではいかないものをジョーには感じている。初めは見てくれからシバ神に見立てたが、生と死が濃厚に匂いたつジョーは、ニライカナイからもたらされたのかもしれない。

そんなことを思いながら、浜から引きかえし、森の小径にある拝所、二御前《ふたおまえ》に手を合わせる。祀《まつ》られているのはギライ大主《おおぬし》とカナイ真司《まつかさ》で、ニライカナイの主神だ。

珊瑚の破片を敷き詰めた白い未舗装路にもどる。周囲の亜熱帯のジャングルは深みを増し、濃緑の壁と化す。そこを純白の道が断ち割って、彼方に青すぎるほどの空と生き物のような雲が立ちあがる。信じ難い景色に、耀子は陶然とした。

やがて道は軽い上り坂となり、ジョーはサドルに座ったまま上りきってしまったが、耀子は立ち漕ぎでクリアした。額に落ちてくる汗を手の甲で拭い、自転車から降りる。

強風で自転車が倒れた。そのままにしておけとジョーが言う。耀子は岬からの強風に眼を細めた。たしかにスタンドが用をなさないのだから転がしておくしかない。

カベール岬は琉球開闢《かいびゃく》祖神であるアマミチューが降臨した場所だという。岩場の合間にちいさな浜があるが、ここも聖なる場所だ。沖縄の人間ならば海に入るはずもなく、ジョーも軽く手を合わせて海の彼方を拝んだ。

耀子がジョーと出会ったのは、浜比嘉島のアマミチューとシルミチューが住んでいたとされるちいさな鍾乳洞、シルミチューだ。

沖縄を移動していればどうしても開闢祖神の伝説に重なってしまうわけだが、なんとなく因縁めいたものを覚える耀子だった。

久高島にわたったら、どこかで交わろうと玉城《たまぐすく》城趾で囁《ささや》いた耀子だが、聖なる場所だらけの久高島である。これは無理かな、とあきらめかけたとき、ジョーがロマンスロードのビーチで海に入ろうと囁いた。

ロマンスというネーミングは聖地にふさわしいのか、ふさわしくないのか。ジョーはふさわしいと笑うが、耀子はどうだろうと小首をかしげた。切り立って折り重なる岩場には梯子《はしご》が幾つも設《しつら》えられていた。潮で真っ白になった梯子を踏みしめ、岩場を降りる。

浜には誰もいなかった。波も鎮まっている。ふたりは即座に着衣を脱ぎ棄てた。もちろんその下には水着をつけている。

耀子はジョーに手を貸してもらいながら、透明度の高い海を、沖にむかう。風景写真によくある色彩を調整したかのような派手なエメラルドグリーンだ。絵に描いたような景色とは、このことだ。耀子はおかしくてしかたがない。

陸が遠くになって、耀子ひとりではとても辿《たど》り着けぬ珊瑚礁の浅瀬で、ふたりはひとつになった。

想いを遂げ、ふたりは背泳ぎでぼんやり海面に浮かぶ。太陽が盛っているから、まともに目をあけていられない。ジョーが悪戯《いたずら》をして耀子の性器に指を挿《さ》しいれ、掻きだす。小魚が群れ、精液をつつく。

ジョーは泳ぎが達者だから、背泳ぎの体勢の耀子の首に片腕をかけ、そのままゆっくり沖にむかって泳ぎだす。珊瑚礁の外なのでそれなりに波も高いが、ものともしない。脱力しきって身をまかせている耀子に言う。

「もしさ、俺が、ここで耀子を抛《ほう》りだしたら、死んじゃうよな」

「絶対、溺れ死ぬ」

「怖くないか」

「べつに」

「――それは、俺の怖さを知らないからかもしれないよ」

ジョーの怖さには、うすうす感づいていた。抑えた声で、けれど念を押すような調子で問いかける。

「抛りだして、溺れ死なせたことがあるのね」

「うん」

「うん――て、それ、まずいでしょう」

「でもさ、幾人も殺したな」

ジョーの口調は、あくまでも軽く、屈託がない。

「たぶん、本当なのね」

「うん。耀子にだけは言っておく気になった。海に誘って、溺れさせたなあ。いろいろ凝《こ》ることもあるけど」

耀子がさえぎる。

「凝るって、殺し方?」

「そう。でも、やっぱり、率直に溺れさせるのがいちばんだな」

「私も溺れさせるの?」

「溺れさせない。溺れてるのは、俺だから」

「調子のいいことばかり」

「本当なんだってば。はじめはさ、シャブで奴隷《どれい》にしちゃおうって思ってたんだぜ」

たしかに耀子に用いたのは、知り合った直後の交わりのときだけで、耀子がさりげなくあのときの快楽の再現をもとめても、ジョーは悲しそうな顔をして、首を左右にふるばかりだ。

「ごめんね。俺さ、バカだったよ。耀子に使っちゃったことを恥じてるんだ」

「私は女の狡《ずる》さと慾深さで、また使ってもらってもいいって思ってるよ」

「──最初から、すごく惹《ひ》かれてたけれど、心のどこかで殺しちゃおうかなって思ってたんだ」

「現実味がないけれど、私の命だったら、ジョーにあげるよ」

水を掻くジョーの勢いが、弱まる。

「耀子はおかしいよ」

「そうかな。女なら、みんな、そう思うよ」

苦笑まじりにジョーがかえす。

「思わない、思わない」

「思わないかな」

「思うわけない。お母さんだって、死にたくないって泣いたさ」

どういうことか。母親も殺したというのか。耀子には判断がつかない。冗談でも、言ってはいけないことだ。

「ジョーは、最低だよ」

「そうかもしれない。でも、俺は、自分の思い通りする。思い通りになりそうにないのは、耀子だけだ」

太陽が眩《まぶ》しいから——という理由で殺人を犯した主人公が登場するのはカミュの小説だったか。顔を顰《しか》めて、眼を細めて頭上の太陽を一瞥する。尋常でない光輝だ。

唐突にムルソーという主人公の名が泛んだ。耀子はジョーにムルソーの物語を読ませたいと思った。耀子が黙っていると、ジョーが切なげに言う。

「耀子は別物だよ。特別だよ」

「すごい買い被り。私なんて、どこにでもいる女だよ。だいたいジョーが命じれば、自殺だってするかもしれないよ。ほんと、そんな気持ちなんだ。なんなんだろう、この滅私《めっし》の気持ちは」

「めっしって、なんだ？」

「滅ぼす私って書くの。自分がいなくなっちゃってるのね」

「滅私か」

「滅私。どこにでもいる女が、奇跡的に辿り着いた境地。繰り返しになるけれど、私なんてどこにでもいる女だよ」

「かもしれない。でも、俺には――」

「ありがと」

手をのばして口をふさぐ。その手の下からくぐもった声がとどく。

「俺さ、病気なのかも」

「どういう病気？」

「人を殺したくなる病気」

「あのね」

「なに」

「私だけは、なにがあってもジョーの味方」

「それは、わかってる。ふしぎに伝わってきて、信じられないけれど、生まれて初めて味方ができた」

「味方。それ、すごく嬉しい。嬉しいこと言ってくれるなあ、ジョーは」

島がシルエットになってしまうくらい沖にでた。ここでジョーが耀子を抛りだせば、まさに死ぬしかないのだが、耀子はまだ充血してしびれている腰部から迫《せ》りあがる快の余韻にちいさく息をつく。

自転車をかえして、午後一時発のフェリーに飛び乗った。耀子はまだ快感を閉じ込めていて、腰がどんより重く、座席に座りこんで潤《うる》んだ虚《うつ》ろな眼差しだ。

＊

安座真の港に着いた。北海道行きは九月になってからで、まだしばらくは沖縄にいるつもりだが、聖地である久高島を多少なりとも調べてしまった耀子は、もはや沖縄における目的もなくなってしまった。沖縄を離れるまでは、ジョーの行きたいところに付き合ってあげようと考える。

フェリーの接岸作業を見守っていると、いきなりジョーが耳許で囁いた。

「最初はさ、敬語なんか使ってさ」

「なんのこと」

「耀子だよ。敬語、使ってたさ」

「そうかもしれない」

「使ってたんだよ」

「いまは、狎《な》れきってるね」

「そんなことない。俺が耀子に夢中な理由は」

「言え。ぜんぶ言え。ちゃんと言え」

「俺が耀子に夢中な理由は、耀子が率直だってこと」

「——私にだって多少は秘密とか、あるよ」

「ところがね、女って、ひとつも秘密がないとか平気で言うんだ」

「それが女心じゃない」

「じゃあ、耀子には女心がないのか」

「ないわ」

ジョーが肩をすくめ、耀子は口を押さえて笑う。フェリーから下りて駐車場にむかう。

巨大なダットラのキャブコンは遠くからも目立つ。近づけば、衝立《ついたて》のようだ。

男たちがジョーと耀子を囲んだ。海人《うみんちゅ》だろう。四人とも見事に日焼けしている。気のない声でジョーが問う。

「俺に用？」

「ああ。用だとも。騒ぐなよ」

とりわけ赤銅《しゃくどう》色に焼けた男が手にかぶせた二つ折りの新聞紙をジョーに突きつける。

わずかに銃口が覗《のぞ》いていた。ふたりの背は陽射しに灼かれたダットラのボディに押しつけられんばかりだ。

「耀子は関係ないからさ、離してやってくれんかねー」

「そうはいくか。さあ、乗れ」

ミニバンのスライド・ドアがひらいた。電動だ。耀子が先に乗せられ、三列目に座らされた。まだ十代だろう、少年の面影が濃い若い男が耀子の隣に座って精一杯、睨みをきかせる。

ジョーと離ればなれになるわけではないとわかって、とたんに恐怖心の欠片もなくなった耀子は少年によろしくと頰笑んだ。とたんに少年は視線をそらし、俯《うつむ》いた。

ジョーは真ん中の席に押しこまれ、隣に座った男から新聞に隠した銃を脇腹に突きつけられながら、助手席の男によって、その両腕をタイラップで固定された。

タイラップは電線などを固定するためのバンドでトーマス＆ベッツ社の商標だ。ナイロン製で、細く平たいバンドにはちいさな溝が切ってあり、反対側には四角いロック部分がついている。ここにバンドを通せば溝が引っかかって解けなくなる仕組みだ。

本来のケーブル結束という用途から逸脱して、米軍は捕虜を拘束するときの簡易手錠として用いる。細く頼りないベルトだが、絶対に外れないし人力では切断できないからだ。

海人たちは、金武《きん》などで深夜、酔って暴れる海兵隊員《マリンコー》の腕をＭＰがタイラップで拘束するのを目《ま》の当たりにしたのかもしれない。物々しい金属の手錠ではなく、漠然と一瞥しただけではわからない乳白色のタイラップを米軍は多用する。

ジョーが振り返って、耀子を見やり、タイラップで固定されてしまった両手首を差しあげて示し、ごめん――と謝った。耀子は頬笑んだまま首を左右にふる。

敏雄《としお》、閉じてしまえ――と運転席の男に命じられ、少年がウォークスルーの車内を行き来してカーテンを閉めた。外が見えるのはフロントだけとなった。

ミニバンが動きだして、耀子はこの四人の顔にどこか共通したものがあることに気付いた。どうやら兄弟であるようだ。

ジョーに銃を突きつけているのが次兄で、助手席に座っているのが長兄、運転手は三男ぽく、耀子の隣で精一杯睨みをきかせているのが末っ子だ。

同じことをジョーも思っているらしく、小首をかしげつつ長閑《のどか》な声で尋ねた。

「あんたらさー、みんなまとめてどこかで見たことがある顔だ」

銃を持っている男がひとことだけ、呟いた。

「良実」

とたんに車内に殺気が充ちる。ジョーは口をすぼめた。それでもすぐに悪びれることなく尋ねた。

「良実君は、元気ですか」

「どういうツラして訊いてるのさー」

「こういうツラですけど」

「アイドルみたいなツラしやがって」

「そこいらへんで、やめといてくれれば、多少は」

「多少は、なんだ？」

「半分沖縄とか言わないほうが」

「半分沖縄だろうが」

ジョーは頰笑んだ。その後ろで、耀子も頰笑んだ。少年が耀子の頰笑みを盗み見る。それに気付いた耀子がちいさく肩をすくめる。

なぜ笑うのだろう——少年は訝《いぶか》しげに、しかも眩しそうに視線をそらした。

南風原南《はえばるみなみ》インターから高速道路に入った。男たちは押し黙っている。十分ほどたったか。北中城《きたなかぐすく》のインターを過ぎた。ジョーがちいさく咳払いした。

「これは、五ナンバー？」

誰も答えない。

「セレナだよね。悪くないなー」

それにも、誰も答えない。

「このサイズだったら取り回しもいいし、うまく寝られるように改造すれば、ダットラはいらないな」

助手席の男が、小声で訊く。

「——改造して、どうするさー」

「うん。北海道に行くんだ」

助手席の男が憎しみの眼差しを隠さずに振りかえる。

「それは、無理だよ。おまえが行くのは地獄さー」

「また、縁起でもない」

銃を突きつけている男が呟く。

「良実をあんなふうにしておいて、よく笑っていられるな」

「あれは良実君が悪いんだけどな」

「関係ねえよ。俺たちは良実の兄弟だ」

「やっぱ。似てるもんね。そうか、五人兄弟か」

「——六人だよ。もうひとり、いるけど、まだ中学生だからな。兄ちゃんの仇《かたき》を討ってくれってさ」

「全員、男か。貧乏人の子だくさんだね」

肋骨を銃口でこじられて、いてて——とジョーが剽軽《ひょうきん》な声をあげた。

路面の荒れを拾ってセレナが揺れた。いちばん後ろの席であることをいいことに、耀子は偶然を装って、少年の手に軽く指先を触れさせた。

とたんに少年が硬直する。

耀子は、さらに少年の手に触れる。そっと覆《おお》いつくすようにして、ぎゅっと握りしめる。さりげなく離す。あとはとぼけて、顔も見ない。

少年は落ち着きをなくして、貧乏揺すりをはじめた。前の席の、ジョーに銃を突きつけている男が叱《しか》った。

「敏雄。やかましい！」

少年は我《われ》に返ったような顔で自分の膝頭を押さえた。

高速道路はコザの運動公園のあたりで大きく右にカーブする。耀子は遠心力で動いてしまったかのように軀《からだ》を倒し、少年にそっと密着し、すぐに離れた。

いきなり背筋が伸び、瞬《まばた》きをしなくなった少年である。真正面を向いて、微動だにしない。耀子は柔らかな眼差しを前の席のジョーの首筋に注いでいる。

北中城から三十分ほど走って宜野座《ぎのざ》のインターで高速をおりた。それから山道を一時間ほども走ったか。セレナは未舗装路に乗りいれていた。荒れ放題の道で、えぐれた部分を注意深く避けてセレナを進ませる。

生い茂る樹木に西日がさえぎられて、影が濃い。やがてヤンバルのジャングルに穿《うが》たれたかのような赤土の目立つちいさな広場があらわれた。セレナを駐める。

耀子は立て看板に気付いた。手首をつながれたままのジョーも、拝むような手つきのまま看板の文字を読んだ。

――このタナガーグムイでは毎年水死者及び転落による死者が発生しており、遊泳、飛び込み、転落等には十分注意をすること。国頭《くにがみ》地区消防本部・名護警察署・国頭村役場
なんとも物騒な注意書きだが、どうやらタナガーグムイというところらしい。ジョーが教えてくれた。

「タナガーって手長エビのことだよ。グムイは淵といったところかな」

「手長エビの淵」

耀子が呟くと、長兄が顎《あご》をしゃくった。行くぞ、ということだ。

タナガーグムイの降り口は、縦横に木の根が張りだし、そこに黄色と黒の縞模様のロープが括《くく》りつけられているとはいえ、赤茶けた泥が剝《む》きだしの、ほぼ垂直な崖だった。耀子が訴える。

「ここを降りるのなら、ジョーの手のバンドを切ってください」

「転落等には十分注意をすることさー」

嘲笑《あざわら》うように言って、次兄がジョーの背を二つ折りにした新聞に隠した銃で小突く。ジョーは苦笑まじりにつながれた両手でロープを摑《つか》み、崖に取りついた。

万が一、滑って落下してくることを想定すれば、滑落する可能性がいちばん高い両手が不自由なジョーをいちばん先に降ろさなければならないということだ。

不安に居たたまれず、耀子は身を乗りだして崖を下るジョーの姿を覗きこんだ。そんな耀子を敏雄が喰いいるように見つめている。視線に気付いた耀子が振り返ると、敏雄はぎこちなく顔をそむけた。

次兄は崖を下るのにじゃまな新聞紙を棄てて、銃をベルトにねじ込むと、ジョーを追って崖を下りはじめた。

「敏雄。この女はおまえにまかせるさー。いっしょに降りてこい。手助けしてやれ」

折に触れて耀子が微妙な接触を繰り返していることなど露ほども知らぬ長兄たちが、次兄に続いて崖を下っていった。

耀子はわざと躊躇《ためら》い、ぐずぐずして、長兄たちが離れていくのを見送った。そっと敏雄の耳許に唇を寄せる。

「敏雄。卑怯じゃない」

「──呼び棄てかよ」

「敏雄」

「なんだよ」

「四人がかりだよ。ジョーひとりに四人」

「けど、ジョーは良実兄ちゃんをボコりやがったんだぜ」

三男だろうか、下方から早く降りてこいと声がかかった。耀子は敏雄を先に降ろし、臀《しり》を見せつけるようにして、下方に聞こえるように大きな声で言う。

「ちゃんと助けてくれないと、滑り落ちちゃうわよ」

くぼみでわざとじたばたして、それを手助けしようとした敏雄に軀をあずける。たいして大きくないという自覚のある乳房をぎゅっと押しつける。耳許で訊く。

「すぐに、でる？」

「──なんのこと」

委細かまわず、手を添える。スイッチを切り替えたかのように、即座に硬直したのが伝わった。耀子はジッパーを引きおろして敏雄を解放した。

綺麗に皮をかぶっていた。剝くと饐《す》えたような臭いがしたが、かまわず手指ではさみこみ、痛みを与えぬように加減して、けれど素早くしごく。ぴたりと密着しているが、唇は許さない。

思惑どおり、一分もしないうちに敏雄は爆《は》ぜた。烈しく身悶えしつつも、呻き声はどうにか抑えたが、中空に散った白濁があまりに大量だったので、下の兄弟たちにかかって気付かれてしまわないか、不安になったほどだ。

敏雄は肩で息をしている。耀子がしまってやると、切なそうに凝視してきた。耀子は耳許で囁く。

「ないしょにするなら、また、してあげる。したいでしょ」

「させてくれるのか」

「あなた次第よ」

「ないしょにする」

「絶対よ。秘密よ。お兄さんたちにも、ジョーにも気付かれてはだめ。わかるでしょ」

敏雄はあせって頷いた。耀子が目で下を促すと、宝物を扱うように耀子を助けながら、崖を下りはじめた。それでも耀子の臀などにわざと触れて息を荒らげ、鼻の穴を膨らませている。

やがて耀子は、余裕をなくした。崖が尋常でない険《けわ》しさだからだ。毎年転落による死者が発生している——というのは、事実だ。敏雄に助けられながら、どうにかヤンバルの密林の絶壁を下っていく。

　水音が聞こえた。水の、いや川の匂いがする。あと少しだから——と敏雄が力づける。耀子は深く頷きかえし、最後の難所をなかば滑り落ちながら、どうにかクリアした。

　ようやく崖が終わった。あちこちが泥で汚れていた。敏雄が心配そうに耀子の剝きだしの二の腕を見ている。いつ傷つけてしまったのかまったくわからない。出血はたいしたことがない。擦り傷だ。

　木々のあいだを抜けてしばらく行くと、世界がひらけた。思わず息を吞んだ。淵というにはあまりに大きな、密林と漆黒の岩盤に囲まれた池だった。本土の観光地ならば強引に湖と名付けかねない規模だった。

　その淵の彼方、ちょうど対岸に当たるあたりから滝が落ちていた。水音は、この滝がもたらしたものだった。誰もが空想する密林の楽園が、現出していた。

　けれど眼前の景色よりもジョーだ。耀子は敏雄からあわてているふうに見られぬよう意識して、さりげなくジョーの姿を窺った。

　驚いたことに、両手を縛られているにもかかわらず、このなかの誰よりも泥汚れが少なかった。土に触れた手だけが赤茶けた色に染まっている。

耀子の視線に気付くと、ジョーはちいさくウインクしてきた。このような情況にもかかわらず、まったく臆していない。それよりもジョーのウインクに気付いた敏雄が泣きそうな顔で耀子を見た。

長兄が耀子に向き直った。

「泳げるよな」

耀子は頼りなげに頷いた。敏雄が勢い込んで俺が面倒をみると声をあげた。次兄は三男といっしょに銃や携帯、財布などの濡らしてはまずいものを防水パックに入れている。

長兄はジョーの手首のタイラップに細いロープをまわした。そのまま、ずぶずぶタナガーグムイに入って、ジョーをロープで引っ張るようにして泳ぎはじめた。次兄と三男も即座に長兄とジョーを追って泳ぎはじめた。

敏雄と耀子は顔を見合わせるようにして、そっと水に入った。午前中に泳いだ久高島の海とちがってひどく冷たい。しかも浮かばない。海水ではないのだから浮力がちがうのは当然だが、先を行くジョーが心配になった。なにしろ両手首を拘束されているのだ。

しかしジョーは仰向けになってバンザイをするような体勢で、脚だけで巧みに泳いでいる。手のほうは長兄に引っ張ってもらっているから問題ないようだ。

ならば敏雄を誑《たぶら》かそう。誑かしたからといって、状況が好転するかどうかわからぬが、兄弟に罅《ひび》を入れておくことくらいしか耀子にはできない。

ジョーを助けるためならば、軀だって躊躇わずに差しだすし、なんだってする。どのみち海人たちの泳ぎにはとてもついていけない。長兄たちは彼方だ。耀子は首をねじまげてかたわらを泳ぐ敏雄の様子をさぐる。

タナガーグムイはまるで円筒状に切り立っているかのようで、縁からすこし行くと、いきなり深みとなって、足などまったくつかない。深い青緑の水が不気味に揺れる。

耀子は開き直ってゆっくり泳ぎ、それればかりか溺れたふりさえしてみせる。敏雄は沈んでしまった耀子をあわてて助けようとした。耀子は水中で敏雄と絡みあった。

とっくに長兄たちは滝壺の近くまで泳ぎ着き、三人がかりでジョーを滝の上に引きあげようと悪戦苦闘している。

垂直の岩壁は滝の飛沫《しぶき》で濡れて滑るので、さすがのジョーもうまく登ることができないようだ。次兄が岩壁の上にあがってジョーの手首にまわしたロープを引っ張る。下方からは長兄たちがジョーの臀を押す。

ジョーが滝の上に引きあげられたころ、耀子と敏雄はまだグムイの真ん中あたりだった。水がよどんでいるのをいいことに、耀子は水中で敏雄の軀を弄ぶ。

秘策があるわけではない。それどころか、なにも思いつかない。ただ水中でじたばたして長兄たちと敏雄を分断することくらいしかできない。じたばたするつもりがなくても、着衣のまま泳ぐというのは、ずいぶん骨が折れるものだ。

長兄たちは、ようやく敏雄と耀子の様子に気付いて、断崖《だんがい》の途中で振りかえり、指さしてニヤニヤしている。敏雄、いつの間に——とか、そんなところで、したりしたらいかんよー——と囃《はや》したてる声があがり、弾けるような笑いが重なった。敏雄は得意げに片手をあげた。

引き立てられるようにしてジョーの姿が消えたころ、耀子と敏雄はまだグムイの真ん中からたいして動いていなかった。敏雄は耀子の愛撫によって完全に弛緩《しかん》し、油断しきっている。

耀子は素早く思いを巡らす。滝の上にあがるのがあまり遅くなると長兄たちが様子を見にもどってきてしまう可能性がある。まとわりつく敏雄を促す。

「早く行かないとお兄さんたちが心配して覗きにくるわよ」

「兄貴たちは、俺たちの仲を、もう知ってるさー」

「ちがうの。私、もう泳ぎ疲れた」

「こういうの、生殺しって言うんだろ」

「しかたがないよ。早く向こうに辿り着かないと、私、溺れちゃうよ」

「溺れたら、助けるさ」

「言うことを聞いて。これだけで私とあなたの関係が終わるわけでもないし」

ほんとうだな、と目で訊く駄々っ子の敏雄に、やさしく、柔らかく頷く耀子だ。けれど心は決まっていた。滝壺のところの垂直の岩壁に敏雄の頭部を叩きつけて殺す。

だが、殺せるだろうか。

腕力的にも、精神的にも不安がある。

けれど糸口はそうすることからしか、つかめない。行動を起こさなければ、なにも変わらない。

耀子は平然と殺人を考えていることに驚愕《きょうがく》しつつ、醒《さ》めきっているという奇妙な精神状態だ。軀《からだ》も心も冷え切っている。愛情からもたらされる熱など、どこにもない。

ジョーの悪が乗り移ったのかもしれない。そんなことを漠然と思いながら、溺れるという言葉と裏腹に、呼吸を乱さぬペースで泳ぎ続ける。

敏雄が滝壺脇の崖に泳ぎ着き、耀子を振り返る。水中を指さして、水音に負けぬ大声で怒鳴《どな》る。

「足をのせられるところがあるからさー」

耀子は頷きかえし、水中の岩の張りだしに敏雄と並んで立った。すぐ右脇を落下していく滝の飛沫のせいで目をあけているのがつらい。膨大な水量が一息に落下し、水面を打ち、銀色に爆《は》ぜる。

岩壁の高さは五、六メートルといったところだろうか。だが完全に垂直で、濡れている。耀子も滝の轟音に負けぬ大声をだす。

「こんなところ、無理だよ。登れるわけがない」

「すこしあがれば、ロープが垂れさがってるから」

おそらくは崖の上の樹木にでも結びつけてあるのだろう、たしかに黒と黄色の縞模様のナイロンロープが見えた。耀子が視線を投げると、敏雄も大きく首をねじまげて上方を見あげた。

その肩から首にかけて、微妙な位置に手をかける。

できうるかぎりひたすら触れあってきた。だから耀子が手をかけても敏雄はほとんど気にしない。その手つきは、愛撫そのものだ。

耀子はあてがった手をわずかずつずらしていき、敏雄の後頭部に移動させた。その掌に細心の注意を払う。

やさしく柔らかく、しかも愛情を込める。指先が敏雄の髪の生え際を引っ掻くようになぞる。心の底で、念じる。あなたが好き。あなたとキスしたい――。

敏雄がにやけた顔を耀子にむけた。

その瞬間を待っていた。

黒々と尖《とが》った岩肌に、全体重をかけて敏雄の蟀谷《こめかみ》を叩きつけた。

反動で耀子は水中に没した。下膊《かはく》にも、二の腕にも、叩きつけたときの衝撃がきつく残って痺《しび》れている。

あわてて浮かびあがると、敏雄が黙って耀子を見つめていた。

その白眼が真っ赤に染まっていた。

瞬《まばた》きしない。

ただ、無表情に真っ赤に染まった眼を見ひらいて耀子を凝視している。

ほとんど意識せずに立ち泳ぎして、耀子は様子を窺った。

やがて敏雄の口からなにかはみだしてきた。やたらと長く、しかも力がない。舌と気付くのに時間がかかったのは、青紫に変色していたからだ。

耀子は全力で敏雄のところにもどり、水中の岩場に立つと、加減せずにふたたび敏雄を岩壁に叩きつけた。

敏雄が頽《くずお》れ、水中に没する前に幾度叩きつけることができるか、勝負だ。そんな意気込みと、昂ぶりがあった。人殺しの実感は欠片もない。しいていうなら超越的なゲームに夢中になっている。

顔面を完全に破壊した。硬い歯があるせいだろう、とりわけ唇周辺の肉が引きちぎれ、歯だけでなく骨まで露《あら》わになった。鼻も穴しか残っていない。

敏雄の皮下脂肪が指先から下膊にまでまとわりついて、水をはじいている。そのせいで敏雄の顔が耀子の手からずるりと滑り落ちていった。

敏雄の軀は滝壺に捲《ま》きこまれ、すぐに見えなくなった。耀子は途方に暮れかけたが、水流のせいかふたたび滝壺近くに俯《うつぶ》せで浮かびあがり、踊るように回転しはじめた。耀子は呼吸を整える間もなく、自身を叱咤《しった》した。

「さあ、まだやることが残ってる。早く、耀子!」

死体を引きよせ、その着衣をさぐる。カーゴパンツの太腿《ふともも》のポケットにカッターナイフが入っていた。もっとしっかりした刃物をもっていると思ったが、あてが外れた。学校でエンピツを削るのに使うサイズのちいさなカッターナイフだった。

けれど、ないよりはましだ。他にはセレナの予備キーだろうか、自動車のキーと、小銭くらいしかポケットには入っていなかった。なにに使えるかわからないので、すべて取りだした。

キーと小銭は穿《は》いているチノパンのポケットに、カッターナイフはしばらく思案して、下着の中、臀《しり》に挿《さ》しいれて隠した。ちょうど臀の割れめにおさめるかたちだ。

第一の難関、敏雄殺しは貫徹した。

第二の難関は、ひとりでこの岩壁を登ることだ。長兄たちが様子を見にもどってくる前に、登りきってしまわなくてはならない。

耀子は濡れた岩場に取りついた。

セックスのさなかに無我夢中でジョーの肌を傷つけてしまったことがある。以来、爪を短く切っていた。岩登りをするために爪を切ったわけではないが、運がいい。長いままだったら、生爪を剝《は》いでしまうのではないか。

垂れさがったロープのところまで登れば、あとはなんとかなる。濡れた着衣がまとわりつくのにいらつきながらも、じわじわと登っていく。

やせっぽちだが、体力には自信がある。子供のころは鉄棒なども得意だった。スカートの裾をパンツのなかにたくしこんで鉄棒に飛びついていたころを反芻《はんすう》し、ロープまであと一息、思い切り右手を伸ばして——。

軀が中空にあった。

水中に没し、下が硬い岩場でなくてよかったと安堵しつつ、ふたたび登らねばならないと思うと烈しい失望が迫りあがる。失敗を幾度も繰り返せば体力を喪《うしな》うだろうし、長兄たちがもどってきてしまいかねない。

滝壺の水流に攪乱《かくらん》されて軀がぐるぐる回転する。まったく自由がきかない。チノパンと下着の奥、臀の割れめに挿しいれたカッターナイフを落としてしまえば、一切の手立てがなくなりそうな気がして、耀子は両手で臀を押さえて浮かびあがるのを待つ。

浮かびあがった。

眼前に、敏雄の崩壊した顔があった。

唇を喪って、紫色の舌を力なくはみださせて、真っ赤に染まった白眼で静かに耀子を見つめていた。敏雄の屍体は水中十センチほどの岩の張りだしに引っかかって、滝壺の水流に不規則に揺れている。

驚いたことに、その顔面からはみだした肉のあちこちに鋏《はさみ》が体軀よりもはるかに長いテナガエビが無数にまとわりついていた。あきらかに肉食である。異様に長い鋏をせわしなく動かして敏雄の肉を貪《むさぼ》り食っている。

口の中、青紫に変色してはみだした舌の上を二匹のテナガエビが絡みあいながら滑り落ちてきた瞬間、息ができなくなった。こんなわずかの時間のあいだにも、テナガエビの群れは敏雄の軀の中にまで入りこんでいるということだ。

殺人を犯した実感が迫りあがったというよりも、自分が無数の肉食テナガエビが棲む水中にあることに叫び声をあげそうになりながら岩盤に取りつき、必死で登り、気付くと滝の上にあがっていた。

四つん這いになって息を整えたいところだが、猶予はない。淵は深く、背が立たない。歩けるような場所はない。水中を泳いで遡上《そじょう》するしかない。下とちがって水温が高いのが救いだ。

テナガエビの淵という名からすると、滝の下はテナガエビの湖で、滝の上こそが真のタナガーグムイだ。

黒い岩肌も露わに、V字型にえぐれた、かなり深そうな淵が上流までゆるやかに左右に蛇行しながら続いている。透明度も高くなって、群れなすテナガエビが水底でゆらゆら揺れているのが見える。途轍《とてつ》もない数だ。沖縄の生の過剰さを目《ま》の当たりにしたかのようだ。生きているものは襲わない。そう念じて、見ないようにして全力で遡《さかのぼ》っていく。

百メートルほど遡上したあたりに、ようやく小砂利が流れだした岸があり、長兄たちが待っていた。銃を濡らさぬために用意してきた防水ケースに、いっしょに入れてきたのだろう、タバコの煙がゆらゆら長閑《のどか》に流れている。

殴られたのだろう、ジョーの口の端が捲《まく》れあがって出血している。とたんにこの人たち全員、殺してやる！　と決心した。

とはいえカッターナイフ一本ではどうしようもない。耀子は間髪をいれず、叫んだ。

「敏雄君が崖から落ちて、動かないの！」

長兄たちの顔つきが変わった。耀子は大仰な身振り手振りで続ける。

「私を押し上げてくれていて、敏雄君もほとんど上まであがりかけたんだけれど、滑り落ちてしまって、運悪く下の岩にぶつかったみたいで」

「どんな具合さ－」

「それが、水中の岩に引っかかったきり、動かないのよ。私にはどうしようもないから、お兄さんたちを呼びにきたの」

兄弟は額を突き合わせ、素早く相談し、銃を構えている次兄だけ残して、淵を下っていった。次兄が心配そうに滝壺にもどる兄弟たちの背を見つめている。

間髪をいれずに耀子はジョーに駆け寄った。飛びかかるように抱きつく。耀子は自分の背が次兄から見えぬようにジョーを誘導し、回転させ、過剰な甘え声をあげる。

「ジョー、ジョー、ああ、こんなに殴られてしまって、ああ、ひどい」

タイラップで縛《しば》られたジョーの両手をバンザイさせて、その両腕のあいだに軀をねじ込む。接吻をせがむ。次兄が横目で見て、舌打ちした。けれど敏雄が心配で、せわしなくタバコを喫いながら下流に視線を投げる。

ジョーに頬ずりしながら、素早く耳打ちする。お臀、割れめ――。

即座にジョーはバンザイしていた手をおろし、両腕のあいだに耀子をとおすと、チノパンの臀に手を挿しいれ、カッターナイフをさぐりあて、引きぬいた。

刃をだすときのキチキチキチ――という音を聞き咎められぬよう、耀子はさらに大声をあげる。

「ひどいわ、ひどすぎる、歯がぐらぐら、ぐらぐらになっちゃって、あんまりよ、ひどすぎる」

もちろんジョーの歯はぐらぐらになどなっていない。乳白色のタイラップが水面に落ちた。ジョーが頬笑《ほほえ》んだ。こんなときなのに耀子にこすりつけてきた陰茎は、着衣越しにもきつく強ばり、漲《みなぎ》っているのがわかった。

次兄が険しい眼差しを向けてきた。流れにむけてタバコを吐きだすように棄てた。荒い声を投げる。

「あんた、離れろ。もう充分抱き合っただろう。こいつ、死んじゃうからさ、大目に見たけど、もういいだろ」

耀子がしょんぼりした顔をつくって離れると、次兄は兄弟たちが消えた下流に視線をもどした。銃口がさがっている。

ジョーが近づいた。

銃を持っている手首をカッターナイフで撫《な》でた。銃が小砂利の上に落ちた。その上に大量の血が降りかかる。

ジョーは手首の腱を切断したカッターナイフを反転させ、その首を撫でた。

撫でているように見えるが、刃の棟に人差し指をあてがい、添わせて、ぶれないようにしていた。力ずくで切開するというよりも速さで裂いた。ぱっくり菱形にひらいた傷口が見えた。ジョーは噴きだす血飛沫を顔を反らせて素早くよけ、銃をひろいあげた。

次兄は健在なほうの手で首の傷を押さえ、よろめきながらも砂利を踏みしめ、軋《きし》ませてジョーに近づく。首からだけでなく、その口からも大量の血を噴いている。血は烈しく泡立って、次兄の胸を深紅に染めていく。ジョーが満面の笑みで耀子に囁《ささや》いた。

「喉仏を切りひらいてみた。やっぱ声が出せないみたいだね」

間近まで次兄が迫った。ジョーは横目で次兄を一瞥し、大きく軀をひねった。踊るような後ろ回し蹴りで次兄を蹴り倒した。思わず目を瞠《みは》るほどの美しいフォームだった。ジョーが空手をこなすことなど知る由もなかった耀子が感嘆する。

「琉球の人間だからね、俺もちいさなころから鍛《きた》えられてるさー」

得意げに言いながら、銃を確かめる。回転式拳銃だが、タイかどこかでつくられたS&

Wの三八口径の粗悪なコピーだった。米軍の超越的な武器が横流しされる反面、鍛造《たんぞう》ではなく鋳造《ちゅうぞう》の、いつ銃身が裂けるかわからないような安価な武器も大量に出まわっている。海の道を伝って台湾や東南アジアからいろいろなものが入りこんでくるのが沖縄だ。

「弾は六発か。リボルバー標準、なんちゃって」

言いながら次兄の口に銃口を突っ込む。ぼっ、と濁った音がした。とても銃声とは思えなかった。口中と濡れた小砂利が銃声を吸収してしまったようだ。

次兄は烈しく痙攣《けいれん》している。流出した血をめがけて、周囲からテナガエビが迫る。放射状に集合してきた。

「私、水の中にはいるの、怖い！」

ジョーは耀子の視線を追った。

「だいじょうぶ。生きているものを襲いはしない。もっとも共食いは凄まじいけど」

「共食い、するの」

「する、する。まるで人間だよ」

「まるで人間――」

「そんなことより、敏雄だっけ。あの小僧、耀子が？」

「これで私も人殺し」

「どうやって」

「さんざん誑《たぶら》かしておいて、色仕掛け」

「悪ぶるなよ」

「ほんとだもの。岩壁に取りついてから、ずっと敏雄君の後頭部に手を置いておいたの。ジョーの頭を撫でてあげるときみたいにやさしく置いておいて、私に顔を向けて岩に蜂谷が向いた瞬間に、全力で――」

「落ち着いてるな」

「そうでもないの。テナガエビが敏雄君を食べているのを見たとたんに」

大きく震える耀子をぎゅっと抱き締める。

「ありがとう」

「どういたしまして」

「俺さ」

「なに」

「なんでもない」

ジョーは言葉を呑んで、耀子に頬ずりしはじめた。たとえようもないよろこびを覚えつつ、耀子は醒めた声で促した。

「さあ、残りを始末しちゃいましょう」

「忘れてた」

ジョーは次兄の軀を素早くあさった。ナイフや免許証などを耀子にわたす。漁師が使う刳小刀《くりこがたな》がでてきたが、敏雄のカッターナイフのほうを示し、耀子に囁く。

「俺、これを大切にする。切れなくなったら、刃を替えよう。一生使うんだ」

「お守りになるかな」

「どんなものよりも」

ジョーは流れをくだる。耀子も追う。水面が燦《きら》めく。ジョーといっしょになったとたんに力がよみがえってきた。もうテナガエビの群れも怖くない。

水音が高まり、やがて滝の上に至った。ジョーは下から見えぬように腰をかがめ、岩の上を匍匐《ほふく》前進だ。耀子にはさがっていろと手で命じる。すこし不服だが耀子は滝の真上から離れ、木陰に姿を隠した。

ジョーは岩の上に腹這いになったまま、タナガーグムイ全体を俯瞰した。長兄と三男が敏雄を向かいの岸に引きあげて進入路から離れた位置に安置し、万が一、人がきたときに露見しないように屍体を隠し、尋常でない勢いで泳いで滝壺にむかってくる。

亜熱帯のジャングルである。鳥の声が滝の水音にも負けぬくらい、囂《かまびす》しい。三男が先に滝壺脇の岩壁に取りつき、憤怒《ふんぬ》の形相《ぎょうそう》も凄まじく、ぐいぐい登ってきた。

ちょうど腹這いになっているジョーの真ん前だ。

真っ赤に力んだ金剛力士じみた三男の顔があらわれ、ジョーは満面の笑みで迎えた。額に銃口を押しあてる。

ぱん、と軽い音がして、背後に霧状の血飛沫を噴き、三男は即座に力を喪い、反転し、落下していった。

ぱーん、ぱーん、ぱーん、ぱーん——タナガーグムイの岩の窪地に間の抜けた銃声が反響する。風で流れてきた青白い硝煙の香りが心地好く、耀子は大きく胸に吸いこんだ。

三男は後ろから登ってきた長兄を巻きぞえにして落下した。もちろん長兄は撃たれていないし、落下したのは岩場ではなく水面なので怪我《けが》もない。

ジョーは振り返ると、木陰の耀子にむけて銃を投げた。耀子が綺麗にキャッチすると、嬉しそうに親指を立て、即座に反転すると、そのまま岩壁から滝壺めがけて頭から飛び込んだ。

耀子は銃を構えて、岩壁の上に急いだ。滝壺でジョーと長兄が組み合っていた。年季の入った海人《うみんちゅ》の長兄である。水の中ではジョーと遜色ない、いやそれ以上の動きを見せる。耀子は気が気でない。

そんな耀子の気持ちを知ってか知らずか、長兄とジョーは滝壺に没した。

完全に姿が消えた。

落下する膨大な白銀が水面に激突し、烈しく爆ぜる。その瞬間、瞬間で水が完全におなじかたちをとることはないはずだが、耀子は静止画を見つめているかのような錯覚に取りこまれ、凝固した。

集中のせいで滝の水音も聞こえなくなり、耀子は完全な無音の中にあった。やがて自分の鼓動と荒く不規則な息が聞こえはじめ、それを意識したとたんに爆ぜる水音と鳥の囂しい鳴き声がもどった。

滝壺からすこし離れたあたりの水面が乱れた。長兄が浮かびあがった。生きている。ものすごい形相で立ち泳ぎしている。

ジョーは――。

耀子は狼狽《うろた》えた。同時に怒りにすっと平常な意識が消え去って肌が冷えた。長兄にむけて銃を構えた。もともと色白だが、銃を保持した腕から血の気が完全に失せていた。耀子は下膊を一瞥し、自分が真の怒りを覚えると、軀が冷たくなり、青褪めるほうであることを悟った。

引き金を引こうとした瞬間、長兄に重なりあうようにしてジョーが浮かびあがった。耀子にむけて手を振り、滝の音に負けぬ大声をあげた。

「俺に当たっちゃったらかわいそうだから、撃つな！」

耀子は大きく頷き、けれど威嚇《いかく》目的で長兄に銃口だけは向けておく。ジョーの声を聞いた瞬間に我に返り、気付いたのだが、銃の撃ち方がよくわからない。引き金を引けばいいのだろうが、心許ない。

ジョーは余裕の表情で額にかかった髪を後ろに撫でつけ、長兄の近くで立ち泳ぎしている。

長兄も立ち泳ぎしているのだが、どういうわけかほぼその場をくるくる回って、微妙にあたふたしているようだ。

やがて、長兄の姿が水中に没した。

すぐに浮かびあがったが、もはや土気色をしていた。死相という言葉が耀子の脳裏に泛《うか》んだ。青黒く澱《よど》んだタナガーグムイの水が濁った朱に染まっていることに気付いたとき、長兄はゆっくり沈んでいった。

ジョーは即座に潜り、長兄を引きあげ、長兄と背を向けて浮かんでいる三男の首にそれぞれ腕をかけ、両脇に保持し、背泳ぎの体勢で足だけで水中を蹴り、ゆっくり対岸にむかって泳いでいく。屍体には浮かぶ屍体と沈む屍体があることを、耀子は知った。

対岸には大木からロープがぶらさがっている。これに摑《つか》まってターザンよろしくジャンプし、グムイに飛び込むという趣向で、米兵たちがくりつけたらしい。

ジョーは長兄と三男、そして敏雄を並べてタナガーグムイへの進入路から離れた岩場に隠し、大木に登るとターザンロープを結び目から切断した。長さは十メートル強ほどもある。

ふたたびタナガーグムイを横断し、滝壺近くの岩壁から上にあがり、声をかけた耀子を制し、疲れも見せずに上流にむかい、次兄の首に手をかけて泳いでもどり、次兄の首にロープを括りつけ、滝壺に落とし、いっしょに飛び込んだ。

首に括りつけたロープで引っ張って次兄を対岸まで運んだ。息もつかずに長兄、次兄、三男、敏雄とまとめてターザンロープでぐるぐる巻きにし、さらに大岩をロープに括りつけ、死体を沈めた。

タナガーグムイは岸の周辺のほんのわずかな部分だけは足が立つが、そこから先は急激に抉《えぐ》られ、落ち込んで深みとなっている。だからこそ水死者が続出するわけだが、死体を沈めるにはうってつけだ。

処理を終えると、ジョーは抜き手で悠然ともどってきた。耀子はジョーを滝の上に引きあげて、いちばんの疑問を質《ただ》した。

「お兄さんは、どうやって」

「うん。ここんとこ、切った」

ジョーはアキレス腱を示した。

「片方だけ切ったから、立ち泳ぎしてても、片脚しか使えないだろう。くるくる回ってたなあ。もちろん、最後はとどめを刺してやったよ」

耀子は首を左右に振った。安堵と、昂ぶりが一緒くたで、烈しく虚脱した。黙ってジョーを見つめるばかりだ。ジョーは委細かまわず、淡々と続けた。

「どういうわけだろう、水の中だと、刃物がじつによく切れる。漁師をしてたときもふしぎに思っていたけれど、陸の上だったらとても歯が立たないようなタイヤのゴムなんかも、水中だと鋏でジョキジョキ切れちゃうんだよね。だから、こんなカッターだって、充分な武器になるよ。これは、凄い。間違いなく俺のお守りだ」

「——四人、まとめて沈めたの？」

「ああ。すぐに骨になっちゃうよ」

「なぜ。真水は海水とちがって腐りやすいとか？」

「もう、忘れちゃったのかよ。あいつら、無数のタナガーがたかって、即座に肉を食いちぎられて、二度と浮かばない」

　耀子は目を見ひらいた。胴震いした。

「いまなら、テナガエビは全員、あの人たちに群がってるから、私のほうにはこないよね」

「テナガエビが全員？」

「――だから、すべてのテナガエビが」

　テナガエビを人扱いしてしまった。決まり悪そうに訂正して、ジョーの肩口を加減せずに叩く。そのままジョーに密着して泣き崩れる。ジョーは黙って耀子を抱き締め、その頭を撫でてやる。

「なあ、耀子」

　ジョーがそっと硬直しきった股間を押しあてて意志表示した。耀子はしゃくりあげながらもジョーの前にひざまずき、その強ばりを解放した。

　涙を流したままジョーを含む。

　ところが、含んだとたんにジョーは低く雄叫びをあげて爆ぜてしまった。

　口の中いっぱいに、しかも喉を突かれて耀子は噎《む》せた。涙も忘れてしまい、ジョーを見あげる。

　ジョーは決まり悪そうに俯いた。どうやら極限の緊張で昂ぶらせていたようだ。耀子は口中に充ちたジョーの精を飲みほし、ふたたび唇をあてがった。

ジョーは余裕がないのか、すぐに耀子の頭の動きを押しとどめた。岩場に四つん這いになれと命じられ、耀子は焦り気味に下半身だけ露わにし、太陽に灼《や》かれた岩場に両手両脚をついた。

すぐにジョーが重なってきた。驚いたことに耀子もあふれさせていた。命の遣り取りをするような瞬間にこそ、性はもっとも燃えあがるのかもしれない。

そんな思いが頭をかすめた瞬間、耀子は鋭く叫んで頽れ、意識をなくした。激烈な快が押し寄せ、駆け抜けていったのだった。

気付いたときは、脱ぎ棄てたはずのショーツもチノパンも着せてもらっていて、しかもジョーに横抱きされて、滝の上の流れに身を横たえていた。

「熱射病になっちゃうからね」

ジョーが頭上を示し、それから熱せられた岩盤を示した。耀子は頷き、ジョーに接吻をせがんだ。

きつい接吻をした。耀子の目尻から涙が落ちた。

「怖かったか」

「ちがうの。こうしていられることが、嬉しいの」

「──俺は恩知らずじゃない」

「なんのこと」

「耀子は俺に命をくれた」

「おおげさ。私は自分がしたいことをしただけ」

「俺の命は、耀子のものだ」

「そんな力まなくていいの。私はあなたといられるだけで、いいんだから。私はあなたを邪魔するすべてを許さない」

「ほんとうに？」

耀子は、深く頷いた。実感はないが、人をひとり、殺したのだ。もう、引きかえせない。引きかえす気もない。ジョーといっしょにいられるならば、怖いものなど、ない。

崖の上に立ったジョーが軽く反る。次の瞬間、惚れぼれするほど美しい弧を描き、飛び込んだ。下から耀子に飛び込めと笑う。ジョーのように頭から飛び込むことなどできないから、耀子は足から飛んだ。

かなりの衝撃がきて、水中に沈んでいく。耳がキーンと鳴るほど沈んで、ところがジョーが耀子の手首をぐっと摑んで引きあげてくれた。

ふたりはじゃれあい、縺《もつ》れあうようにして対岸まで泳ぎ、屍体を沈めたあたりを見もせずに進入路の絶壁を登った。

木陰に駐めてあったにもかかわらず、セレナの車内は途轍もない熱気に充ちていた。しかも兄弟の複合した体臭とでもいうべきものが一気に押し寄せて、耀子は大きく顔を顰《しか》めるのだった。

それでもエアコンを効かせて走りはじめると、兄弟の臭いも気にならなくなってきた。ジョーは奪った免許証の現住所をナビに登録し、道案内させはじめた。耀子がどういうつもりか尋ねると、邪気のない笑顔で答えた。

「長兄、次兄、三男、敏雄は五男だろうな。そして四男の良実。さらにその下に中学生だかがいるって言っていただろう」

あまりに屈託ない笑顔なので、逆に耀子は悟ってしまった。

「その子を?」

「そう。兄ちゃんの仇を討ってくれと言ったそうだから、アレしちゃう。悪い根は断ってやつだね」

耀子は頷いた。復讐の連鎖を断ち切るには根絶やししかない。修羅場をくぐり抜けてきたいま、そんな実感があった。現代の法治社会では許されないことかもしれないが、これがいちばん正しい遣《や》り口だ。そう強く思いもした。

「だったら、良実君だっけ、その人もアレしちゃうんでしょう」

ジョーは嬉しくてたまらないといった表情で、返した。

「もちろん！」

耀子は苦笑した。笑っている場合ではないのだが、ジョーを押しとどめる気など毛頭ない。ナビの目的地経過点をなぞる。

「南風原《はえばる》に東風平町《こちんだちょう》」

南風に東風。沖縄には古い日本の言葉がずいぶん残っている。

「いつのデータだろうね。東風平はいまは合併して八重瀬町《やえせちょう》になっちゃったはずだよ」

「目的地は喜屋武岬《きゃんみさき》？」

「うん。良実の実家は糸満《いとまん》漁港寄りで岬のちょい手前みたいだけど」

「喜屋武岬って本島最南端だっけ。でも、地図で見るとちがうわ」

「うん。ほんとうの最南端は荒崎《あらさき》だよな」

さすがに耀子は疲労を覚えた。遣り取りをしているうちに助手席の背もたれにずしりと軀がめり込んでいくような錯覚に陥った。ちいさく息をつくと、ジョーが眠れと囁いた。

頰笑みかえして、意識がなくなった。

死んだ夢を見た。

絶対的な虚無のなかに、ジョーとふたりだけ、死体になって浮かんでいる。絡みあって浮遊している。

映像のかたちではなく、絶対的な虚無などという言葉が泛ぶ夢を見ることが、夢のなかでも気恥ずかしい。死体になってしまっているのに照れ臭くてたまらない。

けれど、なにもない空間に一糸まとわぬままジョーと浮かんでいるのは、幸せだ。死んでしまっているのに、いや、死んでしまったからこそ、幸せだ。

「でも、ジョーばかり綺麗で、私はちょっとおもしろくないな」

夢のなかで呟いたつもりだったが、実際に口にだしていたようだ。

がっくり折った首を意識しだしたとたんにじわじわと目が覚めていく。タイヤが路面を叩くせわしない音が耳にとどいて、耀子は顔をあげた。

セレナは高速道路上を走っていた。熱帯低気圧が近づいているので船舶は注意とカーラジオが告げていた。なるほど横風が強くなってきたのだろう、唐突に進路を乱される。その不規則な動きが臀《しり》に伝わる。ジョーが頰笑みを泛べて見つめていた。

「前見て、運転しなさい」

「だって耀子、夢見てあれこれ解説するような口調で喋ってるから」

「寝言、解説口調だった?」

「うん。虚無のなかでふたりだけ。絶対的な幸せ」

「――絶対的な虚無よ」

「よくわからないけど、耀子とふたりなら、いいよ」

優しく呟くジョーを突き放して耀子は疑義を呈する。

「虚無って、意味がよくわからないけれど」

ジョーは受け流してぼやく。

「腹空いてきたなあ」

「嘘の無って、なによ」

「俺の空腹は嘘の無じゃなくて、ほんとうの無だってば」

「いま、どこ」

「じき西原《にしはら》のジャンクションだよ。那覇で御飯、食べようか」

「うん。私もはらぺこ。凄いね」

「なにが」

「生きてるってこと。息しなけりゃならないし、おなかはすくし」

「奴らは、空腹から解放されちゃって、テナガエビたちの餌《えさ》になった」

「生き物って、そうしてぐるぐるまわってるのかなあ」

「かもしれないね」

多少しみじみしているうちに那覇のインターチェンジだ。ゆいレールの高架に沿って儀《ぎ》保《ぼ》、古島と抜けていく。経路を検索しなおすナビがうるさい。市立病院を横目で一瞥《いちべつ》して
ジョーが呟く。

「ここに良実君が入院してたんだ」

「もう、退院しちゃったの？」

「うん。大阪で療養してる」

「逃げやがったな」

「耀子」

「なに」

「言葉遣いが悪い」

「お逃げあそばしたのね」

ジョーが声にださずに失笑し、耀子はジョーの脇腹に加減せずに拳をぶつける。セレナの進路が大きく乱れる。驚いた背後の車がおおげさに車間をとる。

耀子にも見覚えがある五八号線だった。とまりんの北になるのだろうか。軽食の店ルビーは赤い看板に白文字の、いかにも軽い感じの店舗だった。西日の時刻だが、けっこう客

がいた。

食券を買う。ジョーに倣《なら》ってAランチにした。セルフサービスのアイスティーが飲み放題だという。味はともかく、飲み放題はうれしい。

なぜかジョーがニヤニヤしている。Aランチがやってきて、そのわけがわかった。おかずと御飯が三〇センチ四方の巨大プレートに載っているのだが、トンカツ、ハンバーグの両巨頭は目を剝く大きさで層を成し、さらにスパム、卵焼き、タコのウインナー、食紅まみれのハムが隠れていて、キャベツの千切りと小山のような白米でとどめといった野方図な陣容で、さらに卵スープがついている。この途轍《とてつ》もない量を食べきれるだろうかと耀子は茫然自失である。

「どこが軽食の店なのよ。ひたすら巨大油物のオンパレードじゃない」

力なく呟いて、箸をのばす。深呼吸して食べはじめる。

「昔、アメリカ兵が喜びそうなものを大量に盛りつければ商売になるだろうって始めて、だからA、B、Cって簡単なランク付けのメニューになってるんだよ」

「アメリカ兵相手だったのか」

「そういうこと。北谷《ちゃたん》にあって、いまはうるまに移ったなじみ食堂のAランチは、もっと凄まじいから。耀子、腰抜かすから」

「腰抜かしたくないし。私、とりあえず、こいつ、絶対に完食してみせるし」

死んだ者たちの分まで食べてやる。どこかでそんな気になって、ほんとうに耀子はすべてを食べ尽くした。食べ終えてから、ジョーに囁かれた。

「A、B、Cはね、順番に少なくなってくんだ。おかずが抜けていく。女の子は普通、Cランチさー」

「それをいま仰有《おつしや》られてもね」

悪ぶって爪楊枝で歯のあいだをさぐる。ふーぅと倦《う》んだ吐息が洩れる。膨張してしまった胃のあたりを押さえる。

ルビーをでて、渋滞の烈しい五八号線の那覇市街を裏道で遣り過ごそうと思案しかけたが、結局は国場川《こくばがわ》をわたらなければならない。どのみち明治橋《めいじばし》に至れば糞詰まりだ。ジョーはセレナを五八号線に進めた。

暗くなるまで時間をつぶすつもりもあってジョーはセレナを坦々と走らせる。明治橋をわたると、とたんにペースがあがった。目的地は那覇空港の南にある瀬長島《せながじま》だが、通りすぎて糸満のA&Wでルートビアをテイクアウトして瀬長島にもどった。

瀬長島は海中道路で本島とつながっているので、車でそのままわたることができる。島の南側は道路が拡幅されていて、そこに点々と車が駐車している。車中で居眠りをしている人が多い。

リアシートを適当にいじっているうちに、すべての背もたれを倒してベッドにすることができた。スライドドアを開け放ち、ジョーと耀子は並んで横になる。

「昔はさ、島の真ん中を横断する道路でドリフトに励んだもんさ」

「鎖《くさり》で通行止めになってたね」

「事故が多くてね。珊瑚《さんご》を砕いたものを混ぜて舗装してあるんで、つんつるてんに磨きあげられて、ドリフトして車輪を滑らせるにはもってこいだったんだけれど、なんせ人も満足に歩けないくらい滑るんだ」

「それは大げさじゃない？」

「耀子は珊瑚の舗装を知らないんだよ。最初のうちはとんでもなくギザギザだけれど、すぐに摩耗しちゃう。雨の日なんか、珊瑚の粉なんだろうな、乳色の汁みたいのが路面から流れだす始末さ。だから原チャリでドリフトができちゃうくらいだったんだ」

ふーん、と気のない声で返す耀子だ。ルートビアを啜《すす》りはするが、まだおなかがはち切れそうなので、すべてはどうでもいい。

「米兵もたくさん走りにきていてね、酔った勢いで四五口径をぶっ放したりするのもいたなあ。銃弾が夜空にオレンジ色の線を引いて楕円を描いて、きれいだったなあ。硝煙の匂いもたまらないよ」

「なんでも規制しちゃうのね」

「まったくだ。こんな無人島、好きにさせておけばいいのにね。だいたい、もともと、ここは米軍の毒ガスの貯蔵庫がある島だったんだぜ。子供のころは全面、鉄条網が張り巡らされてたよ」

「毒ガスなんて、持ち込みが許されてたっけ」

「占領されてるんだもん、今も昔も沖縄は」

耀子はジョーから視線をそらした。安全保障とは、いったいなんなのだろう。ジョーが投げ遣りな声で付け加える。

「それにさ、ここさ、ペット棄て場になっちゃってるんだよ」

耀子は顔をジョーに向ける。ジョーは顔を顰《しか》めてちいさく頷く。

「棄て猫や棄て犬だらけさ。島で繁殖しちゃって、一時期は群れなしてとんでもないことになってたなあ」

「いまは」

「うん。いまは、アレしちゃったから、だいぶ少なくなった」

「アレ、しちゃったのか」

「アレしちゃった」

一呼吸おいて、ジョーがぽつりと続けた。

「沖縄県は、殺人件数と並んで犬とかの殺処分件数日本一だもんな」

「殺人件数？」

ジョーは曖昧《あいまい》な笑みを泛べた。耀子は黙ってセレナの天井に視線を投げる。

瀬長島は那覇空港に隣接していて、離発着する旅客機がちょうど頭上を抜けていく。夕日の時刻には、写真を撮ろうと構えている航空機マニアが散見できる。

ジョーも耀子も旅客機には興味がない。巨大な機影が頭上をかすめていっても、すぐにどうでもよくなってしまった。顔を寄せて大迫力だと頷きあっていたにもかかわらず、ジョーは心臓を下にして横たわり、身を縮めて寝息を立てはじめた。無意識のうちに耀子に密着しようとする。

そっと腕を伸ばして耀子はジョーを腕枕してやり、その頭を優しく撫でてやる。

東シナ海に巨大な夕日が落ちていく。セレナの車内にも夕日の破片じみた朱色が充ちてきた。やがて、耀子も眠りに落ちた。

耀子が目を覚ますと完全に暮れていて、胡坐《あぐら》をかいたジョーが紙コップにたっぷり汗をかいたルートビアを飲んでいた。耀子は手わたされたルートビアを口に含んだが、ぬるくなったルートビアはやたらと薬臭くて、首を左右にふった。

ジーワ、ジーワジーワとせわしなく鳴く声がする。蟬かと尋ねると、ジョーは頷き、ジーワだと応えた。

「そのまんまじゃない」

「うん。ヤマトにいるツクツクボウシの仲間らしいよ。ジーワがジーワジーワって鳴きだすと、沖縄では夏休みが終わるころなんだ。子供のころはジーワが鳴きだすと、なんだか寂しかったなあ」

耀子は上体を起こし、自分からきつい接吻をした。ジョーはあきらかに男の反応を示したが、耀子はそれをそっと窘《たしな》めた。ジョーは素直に従い、シートをもとにもどして、運転席に移った。

周囲はアベックの車だらけで、カーセックスに励んでいる者はエンジンをかけたままドアを閉じてエアコンを効かせている。車体をゆさゆさ揺らしている猛者《もさ》もいて、その烈しさを振動で物語る。

瀬長島から離れ、国道三三一号線を南下していく。ルートビアをテイクアウトしたA&Wを過ぎ、糸満の港を横目で見ながら国道から離れ、小波蔵《こはぐら》のY字路を右にとると、やがて小学校にぶつかった。

　ジョーはセレナを駐めてナビを確かめた。南部は夜が深い。クツワムシやキリギリスが囂《かまびす》しいくらいに鳴いている。耀子は深呼吸し、開け放った窓から忍び込んでくる湿った夜の気配を胸の奥の奥、肺胞にまで充たす。

次兄から奪った銃はリアのジャッキが収納してあるスペースに落とし込んである。ジョーは銃を取りだし、ジーパンのベルトに突っ込んだ。

バス停や郵便局などがある喜屋武の集落の広場を抜け、路地に這入りこむ。やがて集落から離れ、サトウキビやドラゴンフルーツの畑を抜けていくと潮騒が耳を擽《くすぐ》るようになってきた。

　ジョーはセレナをサトウキビ畑の奥に至る未舗装の農道に走らせ、行き止まりで駐め、思案顔だ。耀子が眼で尋ねると、口をすぼめてから呟いた。

「親はどうしようか」

　耀子は脳裏に長兄たちの面影を描く。あの兄弟の年齢からすれば、両親は相当な歳だろう。

「抛っておいても、誰もいなくなったら、アレしちゃうんじゃないかな」

「アレしちゃうかな」

「わかんないけれど」

「一族というか、一家から子供が完全にいなくなっちゃうっていうのも、あんなクズをこの世に生んだ罰としてはなかなかのものかもしれないなあ」

「ジョーの好きにしなさい」

思案顔のジョーの手には乳白色のタイラップがあった。セレナの床に散乱していたものを拾い集めたのだ。もちろんジョーの腕を簡易手錠として結束して身動きできなくしていたものである。

「じゃあ、こうしよう。中坊を誘いだすところを両親に見つからなければ、両親はそのまま放置プレイだ」

「見つかったら？」

ジョーはセレナのナビの時刻を一瞥した。

「多少、力ずくでも、8時だヨ！　全員集合」

耀子もナビの時刻に視線を投げた。二〇時をすこしまわっていた。一家が全員集合するのは地獄か、天国か。

「ジョーの歳でドリフなんか見てたの？」

「それは耀子だっていっしょだろ」

「私はケーブルテレビで見たの。わりと最近よ。けっこうはまったわ」

「ドリフターズはいいよな」

「うん。私は仲本工事《なかもとこうじ》が好きなのね。体操着がたまらない」

「変な趣味。俺は長《ちょう》さんだな」

「長さんなんて仕切ってるだけで、なんにもしてないじゃない」

「そんなことないさー」

「ムキになるなよ、少年」

耀子は軽くジョーの側頭部を小突いて、そのまま顔を寄せて囁いた。

「私が中坊を連れ出してこようか」

「本気かよ」

「うん。あの子、なんていったっけ。敏雄君だ。敏雄君の彼女とかいえば、素直についてくるんじゃないかな」

「頼んじゃっていいかな」

「問題は、うまく中坊の部屋を特定できるかどうかよね。両親に見つかっちゃったら、ジョーの出番だな」

「ああ、まあ、そうだな」

ジョーは耀子の変貌に驚いて、微妙な表情だ。両親だけは助けてあげて——などと口ばしるものとばかり思っていたのだが、じつに淡々としたもので、自ら危ない役を買ってでてくれた。

「なに?」

「なんでもないさー」

「あ、疑ってるんでしょう」

「そうじゃない」

「うん」

耀子は大きく頷き、ジョーの耳朶《みみたぶ》を咬むようにして囁いた。

「押しつけがましいのは趣味じゃないけど、私はジョーの軀の一部だから。好きに使っていいよ」

「——じゃあさ、もし、俺がうるせえ、どこかにいっちまえって言ったら、どうする?」

「前にも言ったような気がするけど、そばにいて迷惑なら、即座に消えるよ。死んでもいいな。死ぬのがいちばんかな。そのときになってみないと、よくわからないけれどね」

「みんな、自分がいちばんかわいいはずだけど」

「もちろん、そうよ。私だって、そう」

「じゃあ、なぜ」

「なぜって、自分がいちばんかわいいからこそ、自分自身よりも好きになった、いちばん好きなジョーに殉《じゅん》ずるのは、当然じゃない。って、まわりくどくて、自分でもなに言ってるのかわからなくなっちゃったけれど」

「じゅんずるって、なんだ」

「自分の命を投げだす、ってこと」

ジョーは首を折った。耀子が怪訝《けげん》そうに覗きこむ。

「どうしたの。ジョー、なんで泣いてるの」

「なんでもない」

「けっこう泣き虫だよね」

「うるさい」

耀子は黙ってジョーを胸に抱きこみ、しばらく泣かせた。本音で、ジョーがなぜ泣いているのかよくわからない。

ただジョーの温かな涙がTシャツに沁《し》み、さらにブラジャーを濡らし、乳房を湿らせていくことに、小刻みに痙攣《けいれん》するかのようなよろこびを覚えた。この滅私は母のよろこびかもしれない。

まるで愛を囁きあうようにひそひそ声で相談した。とりあえずセレナを降りて、良実の実家の様子を窺うことにした。

表札も出ていないが良実の実家だろうと当たりをつけた家は、コンクリートブロック造りの平屋で、浜に打ちあげられた木材などで補強を巡らせてあり、どこか傾いて見える塗料臭い建物だった。

耀子は無意識のうちにうなじに触れた。海が近いのだろう。海鳴りが低く唸るかのように響き、潮風で首筋がべたつく。

家の前に駐まっている軽トラックは、魚を積んだりするせいで、荷台など錆《さ》びてあちこちに穴があいてしまっていた。建物の西側にまわる。

開け放った窓からテンションのやたらと高いヒステリックなギターソロが洩れ聞こえてきた。耀子が耳打ちする。

「Rollyね。これは〈最後の奇跡〉か。コザの暴動を歌ってるのよね」

「好きなのか」

「大好き。沖縄のポップスって、なんか骨抜きされちゃったものばかりじゃない。Rollyは優しく尖《とが》ってて、恰好いいわ」

「俺もワルツのころは夢中になってたな。まだ中坊だった。いつの間にやら、離れちゃって、余裕のない人生を送っていました」

「うーん。ジョー君。よくないなあ」

「まったくだ」

「じゃ、私が誘いだすね。セレナで待っていて」

耀子が笑顔で言うと、ジョーは深く頷き、なにを思ったか耀子の手をとると、その甲にきつく接吻し、すっと背を向け、藍色の闇のなかに溶けて消えた。

〈最後の奇跡〉を頼りに、当たりをつけた部屋の窓際にむかう。

開け放たれた窓から覗くと、敏雄をひとまわり縮めたかのような少年がミニコンポの前に転がっていた。その右手はジーパンをちょん切った短パンのなかにあり、あきらかに股間を握りしめている。頭のほうには兄たちのものだろうか、ずいぶん古ぼけたエロ本らしきものがあった。

本格的に自慰を始めてしまう前に、声をかけることにした。

「こんばんは」

「誰！」

「しっ。敏雄兄さんから頼まれたの」

「敏兄──」

「そう。敏兄」

「あんた、誰さ」

「私は敏兄の彼女」

「——年上かよ」

「年上だったら、わるい？」

「——うらやましい」

「ふふっ。さ、いらっしゃい。敏兄、待ってるから」

立ちあがり、ミニコンポのリモコンを手にとった弟を押しとどめる。

「内緒だから。音楽、鳴らしっぱなしでいいから、窓からでちゃって」

「けど、履き物」

「男は履き物なんて気にしないの。内緒なんだから。敏兄、すぐ近くに駐めたセレナで待ってるから。車ん中に島ゾーリとか投げてあったし、早く、きて」

せっつくと、少年は気負って窓から飛びだしてきた。いままで陰茎を握っていた右手から臭いそうな気がして顔をそむけかけたが、耀子は愛想笑いをくずさない。

少年をいざなって、耀子はセレナを駐めたサトウキビ畑の奥に小走りに駆ける。家からすこし距離があるので疑われないか緊張したが、少年は勝手に気をまわして気配を消す努力をしつつ、素直についてきた。

セレナは無人だった。少年が耀子を振り返った。耀子も無人の理由がわからず、小首をかしげかけた。

その瞬間だ。セレナの反対側からジョーがあらわれ、少年の背後についた。

ようやく少年の頬に緊張の引き攣《つ》れがはしった。ジョーは加減せずに少年の脇腹にリボルバーの銃口をねじ込んだ。

「これ、おまえの兄ちゃんの拳銃さ」

「――兄ちゃんは」

「ちょい離れたとこで待ってるよ」

「どこ」

ジョーは目で天を示した。同時に銃口を肋骨《ろっこつ》に押しつけ、こじる。少年の顔が歪む。

「乗れ」

少年が逆らいかけると、ジョーはさらに銃口に力を込めた。

「音がした！」

「なに」

「骨！　折れた」

「肋骨は折れやすいんだよ」

「痛いよ」

「痛いよね。でも、肋骨はたくさんあるから折り甲斐があるさー」

ジョーは少年の耳許に顔を近づける。

「もっと上の肋骨を折ってねじ込むとね、肺に穴があいて死んじゃうよ」

狼狽《うろた》えているわりに少年はぶつけないように頭をさげ、あわててセレナのスライドドアから車内に飛び込んだ。

セレナの車内はセカンド、サードシートがたたまれていて、広々とした荷室になっていた。耀子が乗り込むと、ジョーはスライドドアを閉めてしまった。

ジョーが耀子に眼で合図した。耀子はジョーの投げた銃をうまくキャッチできて、得意そうに頰笑む。

荷室に座りこんだ少年は不安に硬直している。折れた肋骨も痛むのだろう、夜目にも額に脂汗《あぶらあせ》が浮いているのがわかった。

ジョーは少年に両手をだすように命じた。怯えながらも少年が両手をだすと、タイラップでその手首を固定した。耀子に少年を見張っているように囁いて、ジョーは運転席にいき、エンジンをかけた。

唐突にエアコンの冷風が頭上から降ってきて、耀子の背筋が伸びる。バックでサトウキビ畑をでると、舗装されているというのもおこがましい荒れ放題の車一台分の幅しかない道をそろそろと抜けていく。

「suicide cliffにでも行こうか」

「それは、どんなところ？」

「沖縄戦で、米軍に追いつめられて、みんな飛び込んじゃった断崖《だんがい》」

「自殺の断崖――」

「近くには suicide point というのもあるよ」

「それは」

「サーフスポット。サーフィンの名所。リーフで遠浅で、メットかぶってないと頭が割れちゃうくらい危ない場所」

「どっちも自殺か」

「うん。この子も自殺だ」

少年がびくっと震えた。耀子は口をすぼめて少年を見やる。最後の自慰が終わるのを待ってから声をかけてあげたほうがよかったかな――などと思う。

街灯など一切ないのでヘッドライトだけが頼りだ。羽虫の類が大量発生しているなかに飛び込むと、一瞬、濃霧のなかにまぎれこんだかのような錯覚を覚える。道を横切る黄金色の眼の光は野良猫だろうか。

防風林の際にある駐車スペースにセレナを駐めると、ジョーは荷室に移ってきた。車内灯をつけると、耀子が敏雄から奪ってジョーに与えたカッターナイフで少年の手首の手錠代わりのタイラップを切断し、冗談の口調で命じる。

「指切りするから、小指、だせ」

少年がおずおずと左手小指を差しだすと首を左右に振る。あらためて少年が右手小指を差しだすと、第一関節をタイラップで巻き、きつく固定した。

「足だせ」

右足をだした少年を制する。

「左足がいいや」

少年は、兄ちゃんは——と尋ねたとき、天を見たジョーの視線などから、兄たちの運命を悟ってしまっているのだろう。しかも、荷室でとことん想像をふくらませたのだろう、ついに粗相をしてしまった。

きつい尿の臭いに耀子は顔を顰めた。ジョーは委細かまわず淡々とした手つきで少年の左足小指に、右手小指と同様、タイラップを巻きつけ、きつく固定した。

「さ、行こうか」

ジョーがなにをしようとしているのか、耀子にはまったく理解できない。少年の右手小指、そして左足小指から漠然とタイラップがたれさがってはいるが、指に巻かれただけであるから、それで動きを阻害されるわけでもない。

海辺の断崖上は夜風がきつい。耀子は乱れる髪を片手で押さえ、先を行くジョーと、短パンに仕立てたジーパンから小便を滴らせている少年を追った。

南部のこのあたりは人家もまったくない。もちろん訪れる観光客など殆どいない。満足な道もないのだから、当然だ。

「さ、座って」

ジョーが少年に命じる。少年は震えるばかりで逆らうことができない。手の小指と足の小指にタイラップがぶらさがっているだけなのだから、軀は完全に自由であるといっていい。それでも逃げだしたりしようとせず、ぎこちなくリーフの成れの果てと思われるギザギザのきつい崖の上の岩場に座りこんだ。

ジョーは少年の前にまわり、右手小指のタイラップに新たなタイラップをつなぎ、そのつないだタイラップをさらに足指のタイラップとつないだ。

つまり少年は右手小指と左足小指をタイラップでつながれてしまったのだ。

「立て」

短く命じられたが、右手小指と左足小指をつながれてしまっているので、直立は不可能だ。腰をきつく折って、顎の先が膝頭にぶつかりそうな姿勢でどうにか立ち、脅されるところりと丸まる昆虫のようなかたちで、ジョーに促されるがまま、断崖の端にむかう。もう、自分がなにをされるか悟ってしまったのだろう。少年は断崖の端で首をねじまげ、唇をわななかせて哀願の眼差しだ。

ジョーは満面の笑みで、わずかに少年に重なった。

「膝カックン」

小声で囁くようにいい、丸まった昆虫の少年の右足の膝裏に、ジョーは自分の膝頭を押しつけ、押した。

あっけなく少年は落下した。

悲鳴さえあがらなかった。

熱帯低気圧が近づいているので、波頭が烈しく乱れはじめている。ジョーは照れたかのような顔つきで耀子を振りかえり、膝カックンの体勢をとってみせ、ドリフのギャグにあったと囁いた。

ジョーは踵《きびす》をかえすと、少年が粗相をした荷室のカーペットを引き剝がし、ギンネムの茂みのなかに投げ棄てた。

セレナを発進させる。まだ多少は小便臭いが、窓をあけはなって走っているうちに、気にならなくなってきた。

「あれじゃ、泳げないものね」

「うん。しかも、小指と小指じゃないか。すぐにふやけて、腐って、タイラップは外れてしまうよ」

「あ、それで！」

「そう」

「悪知恵、働くねえ」

「褒められちゃったぞ」

「褒めてないって」

ジョーと耀子は声をころして笑いだした。先ほど駐めたサトウキビ畑の奥にセレナを駐め、ジョーは耀子に待つように言い、セレナから降りた。

充実した一日といえばいいのだろうか。耀子はさすがにこれほど密度の濃い時間を過ごしたことはない。虚脱気味にシートに背をあずけていると、フロントガラスにちいさく朱色が揺れた。

車外にでて振りかえると、少年の実家のあたりから大きく炎があがって、夜空を焦がしはじめていた。火の粉が竜巻状に回転し、真っ暗な虚空に吸いこまれていく。

耀子は大きく深呼吸して建材の燃える臭いを胸に吸いこんでみた。子供のころ、内緒で嗅いだ排ガスの思い出がよみがえった。

早くジョー、もどらないかな。

所在なげに立ち尽くしていると、柔らかな足取りでジョーがもどった。耀子は駆けたジョーに飛びついた。

05

セレナに乗って安座真の港にもどった。巨大なダットラのキャブコンのシルエットが遠くからでもわかる。たいして時間がたっているわけでもないのに、懐かしさに耀子の顔が輝く。

「さてと、とっとと決めちゃおうか」

「まだ、なにかやることがあるの」

「あるんだなぁ。生きるって、大変さ」

耀子がふざけ気味にジョーの側頭部を小突《こづ》く。

「生意気言ってんじゃないよ」

「でも、耀子だってそう思うだろ」

「べつに」

外人のような仕種で肩をすくめる耀子だ。ジョーと知り合って、生きることの大変さなどどこかへ消えてしまった——という言葉を呑み込む。もちろん生と死の異様なテンションの渦中にあることだけはたしかだ。

善悪は、考えない。考える気もない。運命に善悪を当てはめるのは人間の傲慢《ごうまん》にすぎない。そんな実感がある。耀子にとって、ジョーとは運命なのだ。

セレナを港の駐車場に乗り棄てる。抛《ほう》りだしていいのかと耀子が訊くと、港の駐車場はテーゲーだから三月放置しておいてもそのままだと答えるジョーだ。

島の人が本島における駐車場代わりに放置していくことが結構あるらしい。なまじ林道など人が立ち寄らぬ場所に放置するほうが目立ち、怪しまれるということだ。ダットラに乗り換えてから、ジョーが尋ねてきた。

「セレナって、どう思う」

「CMでよく見るよね。すごく売れてるんでしょう」

「耀子は、どう思うかって訊いてるんだ」

「地味な感じはするな」

「ダットラは目立つよな」

「それは、セレナに較べればね」

「車としてはどうだろう」

「セレナ？　よくできてるわ。ちいさいのに広くて、ちいさなお家ね。でもダットラとは比べものにならないけれど。ダットラは高級ホテルよ」

「セレナは庶民のお家かな」

「あ、そんな感じ。嫌いじゃないな」

「ダットラ、売り払っちゃって、セレナに乗り換えてもいいかな。新車がほしい」

「うん。ジョーの好きにして」

国道三三一号線、さらに裏道をつないで那覇にもどったが、たしかに巨大なダットラは運転の巧みなジョーであっても沖縄の入り組んだ裏路地では持てあます大きさだ。耀子にはとても取りまわす自信がない。

べつに沖縄でなくとも、日本の市街地にはまだまだ狭い路地がたくさんある。それを鑑みれば、五ナンバーサイズのセレナという選択は悪くない。

もとより耀子は多くを望まない。ジョーといっしょなら、べつに軽自動車だってかまわないし、車がなくても平気だ。

今夜はホテルをとってくれとジョーが言うので、耀子は携帯から国道五八号線、前島《まえじま》交差点に面したビジネスホテルにツインの予約を入れた。

耀子をホテルの前でおろして、ジョーはダットラを辻のソープ街近くにある鷲王会の事務所に走らせた。

まとわりつこうとする若頭を適当にあやしつつ、ジョーは上地に眼で合図した。どうにか若頭から逃げだしたジョーは、上地に向けて苦笑を隠さなかった。

「いよいよ露骨になってきました。若頭、ちんちん硬くしてるから、まいった——」

「けっこう切ない思い、してるみたいさー」

「純情ですよね」

「ジョーは嫌ってないよね」

「若頭ですか。好きですよ。躯《からだ》の関係は、アレですけど」

そっと上地が耳打ちする。

「やたら計算高いくせにさ、ジョーに対すると計算もへったくれもなくなっちゃう。かわいらしいよなあ」

ジョーは頷《うなず》く。外にでようと促《うなが》す。どこかの軒下でヤモリが鳴いている。組の駐車場に駐めてあるダットラを示す。

「大改造を施しました」

「俺には、どこがどうなのかわからんさ」

「上地さん、買ってくれませんか」

きょとんとした顔で上地がジョーを覗《のぞ》きこむ。自分を指さしてから、ダットラのボディを指さす。

「ひょっとして、これ？」

「はい。ダットラです」

「悪いけど、俺の趣味じゃないさ」

「ほんとうに、そう言いきれますか。明宏《あきひろ》君が喜びますよ。パパとキャンプ！　って」

「痛いとこ、突くなあ」

過剰なほどに子煩悩な上地である。ひとまわりほど年の離れた妻はなかなか妊娠せず、数年前にようやく長男を出産した。息子に対する入れ込みようは尋常でない。

「明宏、喜ぶかなあ」

「当たり前じゃないですか。一家で、動くお家の車。しかも、そんじょそこいらの安物とはちがう。父ちゃん、凄い！　って明宏君、抱きついてきますって」

「うめえこと言うよなあ、なんかその気になってきちゃったぞ」

あながちジョーに合わせているわけでもない。車内を見せてくれと上地はドアノブに手をかける。

いままでまともに見たことがなかった上地は、こぢんまりとしたホテルの部屋を思わせるダットラのキャブコン部分に感心を通りこして、感動の面持ちだ。

「エアコンのバッテリーとか、べつになってんのか」

「そうなんですよ。車外に発電機も据え付けられています。停車中にエンジンをかけてると、排ガスとか、やばいかもしれないじゃないですか」

「よくできてるよなぁ」

腕組みしたまま、感に堪えぬといった顔つきの上地である。ジョーを上目遣いで見つめる。囁《ささや》き声で尋ねる。

「で、値段は?」

「一千万」

「冗談だろう」

「本気です」

「無理だよ、無理」

「まだ上地さんに改造した部分を見せていません」

「改造もなにも、車に一千万はガラじゃないさ」

上地の車は、一応はヤクザの体裁《ていさい》を整えるためにベンツだが、二百万で購入した八年落ちのSクラスだ。ちなみに陽射しのきつい沖縄のヤクザは一般人と同様、黒い車体色を嫌う。上地のベンツも白だ。屋外駐車なので屋根は日に灼けて変色、黄変してしまっているが気にしない。上地にとって、車はその程度のものにすぎない。

ジョーは悪戯《いたずら》っぽい顔つきで、上地の眼を覗きこむ。

「改造部分を見たら、絶対に買ってくれると思いますけど」

ジョーはキッチンの水タンクを開き、中からビニール袋でパッキングした覚醒剤をとりだした。

なにがでてくるのか。上地は怪訝《けげん》そうに濡れた青いビニール袋を見つめる。ジョーは黙ってビニール袋を差しだした。眼で開けてくれと促す。

「おい、これは――」

上地は絶句してしまった。

「浮原島での取引のあげく、浜比嘉島で沈んだジェットスキーがあったでしょう」

「――ジョーが沈めたのか」

「まさか。浜比嘉島で潜るのが俺のガキのころからの趣味で、たまたまヘドロん中に半分潜ってるのを見つけたんです」

上地はジョーの言葉を信用していない。ジョーならばやりかねない。だが現実に、常軌を逸した量のブツがこうして眼前にある。呻《うめ》くように呟《つぶや》く。

「あいや、驚いたさあ。奴ら、すべて回収したんじゃなかったのか」

ジョーは肩をすくめた。その途轍《とてつ》もない量に、上地は瞬《まばた》きを忘れてしまっている。ジョーが促す。

「ちょっと抜いて、純度をみてください」

「みてくださいって、こりゃあ、欠片《かけら》が見事な針になっちゃって、一目でわかるさあ。一目瞭然さぁ。まいったなあ。俺、蟲《むし》、湧きそうだ。湧きだしそうだ、湧き湧きさあ」

「湧かしちゃいけませんて。明宏君のお父さんでしょう」

「やばい、やばい。心で抑えても、軀が覚えてるじゃねえか、マブのよさ」

ジョーは頓着《とんちゃく》せずに純度確認用の塊を床に落ちていたコンビニのレジ袋に入れて雑によじり、上地に手わたし、残りの大量の覚醒剤は、元通り水タンクに沈めた。

上地の喉が鳴る。

「──この改造、ジョー以外には、誰も知らねえんだよな」

「はい。俺だけ」

上地はきつく腕組みし、斜め下方を睨《にら》みつけて思案し、溜息をつく。

「ここで気張れば、明宏に財産、残してやれるさなあ」

「ばっちりですよ。ほんとうは」

「ほんとは？」

「はい。ほんとうは自分で捌《さば》こうと思ってました。でも無理ですね。ルートがないというか、俺が動けば、足がつく。それ以前にやりようがないというのが正直なところ。こういうことはやっぱプロでないとね。上地さんなら、なんとかなるでしょう」

「内緒で漁船に積んで、北海道にでも持ってくかな」

「北海道はシャブシャブ天国だって言いますもんね。それだけ離れたところで捌ければ、騒ぎにもならんだろうし。かといって俺が北海道まで持ってってもルートがないし」

「いやあ、こんな改造がしてあるなんて、思いもよらなかったよ」

「一千万はお買い得でしょう」

いきなり飛び込んできた大チャンスに上地は昂ぶりを隠せない。上気した顔で幾度も頷いた。

「いきなりは無理だけどさ、数日中に」

「わかりました。じゃ、キーです」

「キーですって、おまえ、金受けとる前にいいのか」

「だって、俺、上地さんが大好きだから」

「──わからねえよ。俺には、ジョーがわからねえ」

邪気のないジョーの表情に、上地は感極まってしまった。ジョーがすまなさそうに切り出す。

「お願いがあります。かわりの車がほしいので、三百万くらい、いま、なんとかなりませんか。セレナってあるでしょう。ワンボックス。あれがほしいんです」

「それくらいなら手慰みの博奕《ばくち》で動く額だから、どうにでもなるさ」

苦笑まじりに付け加える。

「五百あたりまではどうにでもなるけど、一千というのは、難しいなあ。なんなんだろうなあ、この境目というのは」

「はい。でも、アレをうまく捌けば——」

上地は震えた息を吐く。

「ぶっちゃけ、あれは、億の量だぜ」

「俺、沖縄を離れるので、上地さんにプレゼントです」

上地が眼を見ひらいた。

「なんて言った？」

「沖縄を離れるって」

「本気か」

「本気です」

上地は腕組みして考え込んでしまった。やがて眼をあげた。

「たちの悪い冗談を言おうか」

「はい。親父ギャグですか」

「ドアホ。親父ギャグなもんか。いいか、心して聞けよ、ジョー」

「どうぞ」

「――おまえが沖縄からいなくなっちゃうとさ、ますます人口十万人あたりの殺人件数が減っちゃってさ、香川に負けちゃうかもな」

ジョーは笑った。満面の笑みだった。

「なんで上地さんは、こんな人殺しの俺に眼をかけていてくれたんですか」

「なあ。まったく不思議だよ。でもさ、俺、若頭とは違った意味でおまえが好きだよ。あ、若頭、寂しくなっちゃうさー。荒れるかもなあ」

そういう上地も困惑と感情の波立ちを隠せぬ顔をしている。上擦った声で続ける。

「自分でも、どう好きかって尋ねられたらよくわかんねえけどさ。いや、じつは好きじゃねえかもな。だいたいさぁ、おまえと飲み屋に行くと、どうにもおもしろくねえじゃねえか。女がみんなおまえに靡《なび》きやがるからな。そんときは、大嫌いだけどな。でも、おまえがさ——」

「はい」

「沖縄からいなくなるなんて」

「はい」

「なんでだろう。凄く寂しい」

「ありがとうございます」

「俺、なんだか泣きそうだよ」

実際に上地は酸っぱいものを食べたような顔をして俯《うつむ》いてしまった。

「俺にはできねえじゃないか。俺にはおまえみたいな生き方、できねえわけだ。安いヤクザだからな、怖いものだらけだもん。守らなければならないものだらけだもん。俺はジョー、おまえが羨《うらや》ましいんだ、きっと」

「ありがとうございます。上地さんは男の中の男です。いつも尊敬していました」

見交わした。ジョーの笑みが深くなった。上地に顔を近づける。頬が触れあわんばかりで囁く。

「だから、良実君の居場所。教えてください」

とたんに上地の呼吸が止まった。ジョーが諭《さと》すように続ける。

「もう、良実君の家族って、誰もいないんです。この世から消えてしまった」

「——けっこう大家族だったぜ」

「はい。でも、消えました」

呆然とした顔でジョーを見やる。

「なんで、そこまで——」

「俺も消すつもりはなかったんですけど、家族総出で俺を消そうとしたので」

「そうか。わかった」

上地は目頭を指圧するかのようにきつく押さえ、しばらく黙り込んだ。やがて自嘲気味に呟いた。

「俺、意気地ないからさ、おまえに逆らってまでアレする気はないさ。明宏のこともあるしさあ」

上地は苦く笑った。すぐに溜息をついた。一応は盃《さかずき》をやった良実であるから、とても組事務所内では教えられないと呟いて、キャブコンからでていった。

車内のソファーに姿勢よく背をあずけて上地を待つジョーの顔は半眼の仮面じみていた。唇の端には幽《かす》かな笑みらしきものが泛《うか》んでいた。

すぐに上地は車内にもどり、もってきた手帳を参照し、ジョーが差しだしたガソリンスタンドの領収書の裏に住所を書き、御丁寧《ごていねい》に電話番号まで記した。

「なんだかしんどい思いをさせてしまいました。俺、あと二人、殺さないとならないわけです」

「いいんだよ」

もう割り切りが働いて、大量の覚醒剤をどう処分するかで頭がいっぱいの上地はちいさく頷いて、ようやく聞き咎《とが》めて顔をあげた。

「あと二人って言ったか」

「はい。言いました」

「良実だけじゃなくて」

「はい。上地さんには無関係な人で、俺もまだ会ったことがありません。でも、存在していてはいけない人なんです」

上地は黙り込んでしまった。ジョーも静かに頰笑むばかりだ。やがて沈黙に耐えられず、上地が繰り返した。

「存在していてはいけない人なんです――って、凄い科白《せりふ》さぁ」

ジョーはちいさく笑った。

「俺は、良実君の次にこの人を殺したら、もう人殺しから足を洗おうかって思ってるんですけれど」

「本気で言ってるのか」

さぐる眼差《まなざ》しの上地に、真顔を返すジョーだ。抑えてはいるが、強い調子で言う。

「とことん本気です。なんだか必要がなくなるような気がするんです」

上地は首を左右に振った。真に受けていないのである。

「ま、なんだかんだいって、人でないもののさ、気配を読めねえ奴が死んじまうんだ」

ジョーの笑みが苦笑に変わる。

「俺は人じゃないんですか」

「気を悪くするなよ。俺はおまえが大好きだけれど、怖いよ、正直」

微妙な間ができた。ジョーの苦笑が、掛け値なしの頬笑みにもどった。

「セレナを買う金を」

「うん。もってきたよ。俺の手持ちと、みんなから借りて、五百ある」

帯封のある札とちがって、ズクの状態のものを輪ゴムでとめてあるのだろう。上地が手わたしたレジ袋は厚みが五センチほどあった。ジョーは中を確かめもしない。残金を受けとる場所だけを確認しあう。

「もう、ここにくることもないのかなあ」

「そうですね。でも、沖縄からいなくなるってことは、来月までは黙っていてください」

「ジョーからさ、ダットラを買ったってみんなに自慢したいんだけど」

上地はダットラが自分のものになったという既成事実をつくってしまいたいのだ。それを察したジョーは、ソファーから立ちあがった。上地とジョーは父子のように肩を寄せあって鷲王会組事務所に入っていった。

＊

翌日、ジョーと耀子は大きいところがいいだろうということで、五八号線沿い、浦添《うらそえ》のニッサンディーラーに行った。求めたのはセレナ20Gというグレードで、車体色は白、納車は一週間後とのことだった。

ダットラのキャブコンでの生活も終わり、ジョーと耀子は安里《あさと》三叉路から三三〇号線をすこしだけ北上したところにあるウィークリーマンションで暮らしはじめた。契約は九月初旬までだ。

セレナが納車されてからは、慣らしもかねてあちこちのビーチに出かけて泳ぎ、またオランダ製のポルタ・ポッティという携帯用トイレなどを購入して車中泊がしやすいように改造を加えていった。

　はじめからすべてが完成されていたダットラのキャブコンもいいが、ふたりで顔を寄せあってあれこれ相談し、ときに失敗しつつも工夫を加えながらセレナの車内を改造していくのは、じつに愉しい。

　沖縄自動車道を北上している。助手席の耀子はさりげなく立ちあがり、車体最後部左側に設置してあるトイレでしゃがんだ。助手席にもどると、ジョーがからかう。

「大か」

「小に決まってるでしょう」

「だってセレナが重みで左に傾《かし》いだぜ。絶対に耀子の大の重みだ」

「失礼ねえ」

　鼻梁《びりよう》に猫のような皺《しわ》を刻みながら耀子はジョーの脇腹を抓《つね》り、ジョーが身悶えするとしみじみとした声で言う。

「凄いわ、このトイレは」

「臭わないよな」

「トイレだけはダットラの水洗だろうって思ってたんだけれど、よくできてる。だってジョーの立派なのを産み落としてあるのに、だいじょうぶなんだもの」

「そう言う耀子も便秘しないなあ」

「お生憎様。ジョーみたいに一日に二度も三度も産みません」

「ちゃんとしたかたちのがでるから、自分でも不思議なんだよなぁ」

携帯用トイレはダットラのように電動でこそないが、ちゃんと水洗で、汚物収納タンクは完全密閉できる。沖縄のビーチはシャワーだのトイレだのといった設備などないところも多く、早くも重宝している。

新車のシートを外してしまうのはすこしもったいない気もしたが、結局は納車されてすぐにセカンドシートを外した。ふだんは跳ねあげて中空に収納しておけるサードシートがあるから、いざとなれば五人乗れるのでよしとした。ゆったりしたいときはサードシートをおろして、ふたり並んでベンチ代わりだ。

セカンドシートを外すと、奥行き二メートル以上の空間ができあがった。背の高いジョーも楽に寝られる。布団の下に敷く折りたたみの桐の簀子《すのこ》をフロアに拡げた。フロアに多少ある凹凸《おうとつ》を避けるためだ。この上に低反発マットレスを敷けば、ふたりのベッドのできあがりだ。

セカンド、サードシートを展開してベッドにすることもできるのだが、どうしても段差ができるし、雨の日などに車内で活動することを考えれば、マットレスをたたんでちいさなアルミの卓袱台《ちゃぶだい》で調理し、食事のできる全面フロアのほうが生活は快適だ。とにかくシートがなければ天井の高さがちがう。中腰ではあるが、着替えも楽々だ。

食器はちまちましたキャンプ用や登山用は使い勝手がよくない。どうせ車で運ぶのだから、基本的に家庭で使うもののなかでもコンパクトなものを揃え、ホームセンターで購入した合成樹脂製の衣装収納ボックスを転用して収めてある。

調理は鍋物などのときに使うカセットガスのコンロだ。日本全国、どこのコンビニでもガスを入手できる。水は合成樹脂製の二〇リッター入りのタンクをふたつ用意した。入っていないときはくしゃくしゃにたためてしまうものなので嵩《かさ》ばらない。

夜間の車内の灯りはダットラのように発電機があるわけではないから、天井から吊したLEDの懐中電灯主体だ。

それでもセレナには一〇〇ボルト電源が附属しているので、携帯などの充電には不自由しないし、懐中電灯には充電式のニッケル水素電池を用いている。

慣らしだから極端な高回転は使わないものの、セレナは流れをリードするような走りをしてもリッターあたり一〇キロを割ることはない。ＣＶＴの加速の違和感は完全に払拭できているわけではないが、やたらと背が高く空気抵抗の大きいこの姿からすれば、燃費はずいぶんよい。

「横風には弱いさー」

耀子は窓外の吹き流しが真横になっているのを一瞥《いちべつ》して、呟く。

「けっこうふらつくね」

「ま、スピードを落とせばいいんだけどな」

言いながらも台風の前触れの強風の中を時速一四〇キロほどで走行している。許田《きょだ》インターで高速を降り、国道五八号線をひた走る。目指すは沖縄本島最北端である辺戸《へど》岬の付け根に当たる宇佐浜《うざはま》だ。

五八号線を外れて、石斧《せきふ》や土器が出土して古くから農業が行われていた痕跡の残る宇佐浜の遺跡の脇を抜け、海に向けて建てられた亀甲墓の前を抜けると宇佐浜ビーチの駐車場だ。

太平洋に面したビーチには、まだ八月だというのにほとんど人がいない。ジョーも耀子もウォーターシューズを履いているからいいが、粗めの砂に拳大の石が無数に混じっている浜は、素足では歩きにくい。

台風の低気圧の先魁《さきがけ》のせいで、波がかなり荒い。耀子は乱れる髪を押さえて彼方に霞《かす》んで浮かんでいる与論《よろん》島を見つめた。ここまでくると、いわゆる沖縄の海のトロピカルブルーとでもいうべき色彩ではなく、濃く深い青で、独特のねっとりとした重みがある。

「これも沖縄の海なのね」

「熱帯ぽくなくて、俺は好きだな」

「どうして色彩が変わるのかしら」

「ほんと、不思議だよな。多少なりともヤマトに近いからかなあ」

シャワーだのトイレだのといった施設は一切ない。それでもシャワー代わりにと農業用水のポンプがぽつんと設置されている。耀子の顔が思わずほころぶ。

「優しい人がいるのね」

「琉球の人間は、優しいさ」

「ええ」

「ときに、優しさに逃げ込んで、狡《ずる》く立ち回りかねないくらいに」

「それを言っちゃったら酷じゃないかな」

ジョーはちいさく肩をすくめた。ウォーターシューズのまま、ずぶずぶと海に入っていく。ひとりでは波が高くて怖くてとても足を踏み入れることなどできないが、耀子も即座に追った。

ふたりは、とりわけジョーはビーチにいる者たちの注目の的だが、この世界にふたりだけしかいないかのように振る舞う。

ジョーに助けられながら沖まで泳ぎ、そっと陸を振りかえると、山中に巨大なヤンバルクイナの展望台が覗いていた。この圧倒的な大自然の中でやたらと不釣り合いだが、波浪のあいまに浮かんで眺めているうちに、なんともユーモラスな気分になってきて、耀子はちいさく頰笑む。

「なに」

ジョーは短く問いかけ、耀子が答える前に視線を追い、巨大ヤンバルクイナを一瞥すると、そっと耀子の首に手をまわす。

烈しいうねりの中、耀子は背泳ぎの体勢のままジョーに首をあずけ、身をまかせている。こうされていると、いつのまにか眠りに落ちてしまいそうなほどに平安な気分になる。

ジョーは耀子が沈まぬように気配りして、耀子が満足するまで、いつまでも波間で耀子の浮遊を手助けする。

海も青いが、空の青さときたら、あきらかに背後の宇宙の暗黒が透けて見えていて、ジョーは半眼で虚無を凝視する。耀子は完全に眼を閉じているので、血の色をした日輪が収縮と拡大を繰り返しながら回転するのを至福のうちに眺めている。

＊

沖縄と内地を結ぶフェリーには、鹿児島、大阪、そして東京と三つの航路がある。目的を達するためには大阪南港に到着する便がいちばん手っ取り早い。

けれどジョーはしばし思案したあげく、鹿児島行きのフェリーを選択した。鹿児島から北海道まで日本縦断だ――と、まるで子供のような表情で笑う。

九月上旬、朝七時、ジョーと耀子は那覇港から青と白に船体を塗りわけたフェリーに乗った。奮発して四つしかないツインのバス、トイレ付きの特等をとった。

フェリーは六層構造というか六階建てで、その五階、進行方向前面に四つ並んで特等室が設えられている。鋼鉄製のホテルの一室とでもいえばいいか。防音がしっかりしているので、ジョーと耀子は濃緑のベッドカバーの上で即座に交わった。

交わりを終えて微睡《まどろ》んだころ、二時間ほどでフェリーは本部《もとぶ》港に入った。まだ沖縄本島である。本島北部の乗客や車を積んで、二〇分ほど停泊して出港だ。

与論島、沖永良部《おきのえらぶ》島、徳之《とくの》島、奄美《あまみ》大島とフェリーは停泊し、二五時間半かけて鹿児島新港に到着した。右側に噴煙を上げる巨大な桜《さくら》島が迫り、ふたりは歓声をあげた。ジョーが失礼なことを口ばしる。

「よく、こんなとこに人が住んでるなあ」

耀子は否定も肯定もしないが、たしかに眼と鼻の先に活火山島が烈しく噴煙を上げているのである。人の営みに不思議な感動を覚えずにはいられない。

「俺さ、沖縄から離れたことがなかったから、びっくりしてるよ。実際に生きている火山を見るのは初めてかも」

鹿児島新港からの運転は、耀子が買ってでた。沖縄からのフェリーから下船したばかりだが、遠い記憶を手繰り、そのまま鹿児島本港に向かい、桜島行きのフェリーに乗る。一五分ほどの船旅だ。

耀子は桜島行きを一切口にしなかった。桜島行きに気付いたジョーは子供じみた昂奮しかただだった。桜島港から桜島岳の四合目にある湯之平《ゆのひら》展望台にセレナを走らせる。

昼間だというのに薄暗い。ヘッドライトが自動点灯するほどだ。セレナは路肩に分厚く積もった火山灰を捲きあげながらのぼっていく。やがて車内にまできつい硫黄の臭いが充ちてきた。

湯之平展望台は南岳の噴火口に最も近いところにある。車外にでて、じっと凝固して地球の鳴動を聴く。

道程のあちこちに、大噴火が起きたときのための分厚いコンクリート製のシェルターが設えられていた。それをジョーが昂ぶった顔つきで訴える。

大きく首をねじまげて見あげた桜島岳を覆う分厚い噴煙の黒雲の中で、火山雷が烈しく引き攣れを疾《はし》らせて明滅した。ジョーと耀子は飽かずに地球の裂けめの威容を見つめ続ける。

桜島以来、ジョーは観光に目覚めてしまった。耀子が光を観《み》ると書いて観光などとよけいなことを言ったせいもあるが、日本という島国をじっくり見たいので、北海道にわたるのは来年の春でもいいと言いだした。好きにしなさいと耀子が笑う。

金はある。覚醒剤込みでダットラのキャブコンを売り払った大金がある。

けれど車中泊ということでガソリン代と食費が支出の主なもので、あまり遣《つか》わない。しかも、その土地のスーパーや道の駅などで購入した地の物などを使って自炊するので、食費もたいしたことがない。

稲作文化に属さないという椎葉《しいば》の山深さ、阿蘇《あそ》の威容と圧倒的な緑に驚愕し、これが普賢岳《ふげん》かと感慨を覚え、鄙《ひな》びた国東《くにさき》半島を一周して福岡県に至り、聳《そび》えたつボタ山に遠い昔を思い、海の底を走ってみたいと関門《かんもん》トンネルで本州に渡った。

「本州といっても、べつに変わらないな」

「それは、そうよ。ちょっと引き返すと、たしか源氏《げんじ》と平家《へいけ》が戦った壇《だん》ノ浦《うら》だよ」

「ああ、なんか聞いたことがある」

「椎葉村は平家の落人《おちうど》集落っていわれてたはず。これから先、北海道まで源氏と平家の絡んだ伝説の土地だらけよ」

「そんなにたくさんか」

「うん。なんせ、日本人は系図を辿《たど》ると、必ず源氏か平家に行き着いちゃうらしいから」

悪戯《いたずら》っぽい顔つきの耀子である。なんとなく系図というものの胡散《うさん》臭さを悟って、ニヤリとするジョーだ。

「俺は琉球王国だから、源氏も平家も関係ねえや」

「沖縄の人の系図は、みんな琉球王朝に行き着くのかな」

「そんなこともないと思うよ。首里《しゅり》のごく一部分の奴が威張《いば》ってるだけだ」

下関《しものせき》で思案した。太平洋に沿って走るか、日本海に沿って走るか。すぐにジョーは結論をだした。

「俺はやっぱ裏日本がいい」

「裏ね」

「裏だ」

まだ道が整備されていない部分もある山陰だが、交通量も少なく、旅情に充ちていた。印象に残ったのは但馬《たじま》海岸で、無数に飛翔する赤とんぼのなかを走った。赤とんぼはセレナにぶつかる直前に、空気の壁に押されるようで、ふわりと身を翻《ひるがえ》し、ぶつかることがない。赤とんぼの姿が消えても、しばらく無数の朱の残像が見えるほどだった。

ずいぶん寄り道をして走ったが、十月半ばには丹後《たんご》半島に至った。ジョーはカーナビゲーションを操作して地図を睨《にら》み、呟《つぶや》いた。

「そろそろ本州横断しないと——」

「大阪に行くのね」

「うん。早めに片をつけちゃおう」

移動するカーナビの拡大地図を見つめた耀子が小首を傾《かし》げる。

「住所って、このあたりなの？」

「うん。西成《にしなり》区花園《はなぞの》北××アーバンハウスってとこ」

「電話番号もあるんでしょ。さりげなく電話してごらん」

「なぜ」

「なんでも。これ、たぶん、マンションとかの名前じゃないわ」

ジョーが携帯をダイヤルした。すぐに相手がでたらしく、にこやかな調子で遣り取りしている。携帯を押さえて声が伝わらないようにしてジョーが囁《ささや》いた。

「耀子の言うとおりだった。ホテルだって」

「ホテル、ね。訊いてみて。一泊おいくらですかって」

「もしもし、一泊おいくらですか。──あ、はい。すごくリーズナブルですね。あ、そうですか。つなげるんですか。凄《すご》いですね、はい。わかりました。はい」

ジョーは怪訝《けげん》そうな顔で携帯を切った。

「一泊八百円だって。フロントのおばさんかな、光でネット接続できるって関西弁で威張《いば》ってた」

「普通のホテルが一泊八百円なわけないでしょう」

「──ラブホ？」

「なわけないでしょ」

「わかんないよ。世間知らずの俺にはわかんない」

耀子はナビの地図をすこしだけ北東方向に移動した。

「ほら、あいりん労働公共職業安定所ってあるでしょ」

いよいよジョーの困惑が深まる。

「釜《かま》ケ崎《さき》っていう地名、知らないかな」

「聞いたことがあるような。いや、ある。けっこう沖縄の奴が——」

　いったん言葉を呑み、ジョーが控えめに目を見ひらいた。

「ドヤって言うんだっけ。希望を抱いて沖縄の人間は大阪に就職するわけ。けれど、うまくいかない。訛《なま》りをバカにされたり、いろいろ非道《ひど》い目にあう。ま、我慢のないテーゲーな人間も多い。で、結局、ドヤに流れ着くって聞いた」

「大学の学生運動をしてる人に誘われて、あいりん地区にボランティアで出向いたことがあるの。一年のときだったから、けっこう衝撃を受けたわ。たしかに九州沖縄から出稼ぎにきたまま、釜ヶ崎のドヤ街に居着いてしまった人が多かった」

　耀子もいったん言葉を呑んだ。ちいさく息をついて続ける。

「あいりん労働公共職業安定所って表示がナビにでてきたときは、すこしだけ驚いたな。通称、センター。たしか昔はあいりん労働福祉センターって名前だったの」

　ジョーは頭の後ろに腕を組んで、センターか、と呟いた。耀子が低い声で言う。

「どんなところかを象徴的にあらわしているのは、四五〇《ヨンゴーマル》ね」

　ジョーが怪訝そうに耀子を見やる。

「西成警察署の警察官は、あいりん地区の日雇い労働者を指して四五〇って数字で呼んでるの。ヨンゴーマルって、読み方を変えるとヨンゴーゼロ——ヨゴレ——汚れ——。一応は通信時なんかに使う略称ということだけれど、はっきりいって蔑称というやつね」

「警官が」

耀子は抑えた声で受ける。

「そう。警官が。あいりんに暮らす人々を人扱いしていないのね。うろ覚えだけれど簡単に歴史を。そもそもは明治になって木賃宿の規制なんかがあって、住むところをなくした人たちが釜ヶ崎に流れ込んで集落ができあがったみたい。戦後は大阪市ってずっと社会党系の市長だったんで、浮浪者及び貧困対策に熱心だったの。それで西日本各地の貧しい人たちが大阪市に集まるようになって、やがて釜ヶ崎に集中してドヤ街ができあがったってわけ。皮肉なことに、いまは関東のドヤ街が浄化できれいになっちゃって、居場所をなくした人たちが西成に流れ込んでるっていうわ。それはともかく釜ヶ崎の暴動って、聞いたことないかしら」

「なんとなく聞いたような気もする」

耀子は静かにあいりんという地名の成立を語る。

「まだ釜ヶ崎、短くカマって略して呼ばれてたころ、六〇年代初期ね。私たちが生まれるずっと前。日雇いのお爺さんが車に轢《ひ》かれちゃって、西成署の警官が救急車を呼びもしないで派出所の前にお爺さんの遺体を転がしたまま、だらだら現場検証をしたのね。それを見ていた日雇い労働者たちが、人間扱いしろって怒りだして、車をひっくり返したり放火したり――」

「四五〇だもんな」

「死亡判定って規則では医師以外にはできないはずなんだけど、派出所の警官が勝手に死亡って決めつけたあげく、ずっと死体を路上に放置して転がしたままだったから、みんな、キレちゃったのね」

「いやな話だね」

「うん。いやだね。で、高度経済成長時代だったけれど、使い棄ての労働力として釜ヶ崎はいいようにされていて、経済成長から見事に取り残されて」

「ちょっと待って。どういうこと？」

「戦後、日本は大きく立ち直って経済的に豊かになっていったわけ。でも、その実態はというと、保険も保障もなにもない日雇いの労働者を狡《ずる》く使って成しとげたものなの」

「正社員とかじゃなく」

「うん。一日だけ雇うから日雇い。究極の使い棄て。朝、寄場《よせば》で手配師が必要な人員を確保して、現場に送りこむ」

「無駄な給料とか払わなくてすむわけだ」

「そういうこと。事故が起きたって抛《ほう》りだしちゃう。もともとが住所不定だから、知ったことじゃない。こんな扱いだったから以降、暴動が続発したのね。で、行政としてもイメージ最悪ってわけで、体裁《ていさい》を繕《つくろ》うために大阪市と大阪府警と大阪府が三者連絡協議会とかいうのをつくって、地域のイメージ向上を狙って釜ヶ崎という地区名を愛隣《あいりん》と変えたの。隣人愛をひっくり返したのかな。愛の隣り、愛隣よ。でも、画数が多いじゃない。あるいは照れちゃったのか、いつのまにかひらがなで、あいりん」

「暴動か。沖縄はみんな人がいいからコザの暴動だけだ」

「ちゃんと喧嘩《けんか》しないと、なにも得られないんだけどね。民主主義に期待してたって、誰も沖縄のことなんか見てないもの」

ジョーは答えず、ちいさく伸びをした。

「良実君は、ずいぶん凄いとこに潜り込んじゃったなあ。親戚の家じゃなかったのか」

「いまもアーバンハウスだっけ、そこにいるかどうか」

「そうだなあ。だいたいなんなんだよ、アーバンハウス。横文字だもんな。一泊八百円のくせして光でネットとか言ってたもんなあ」

「あ、それはね、最近、外国人旅行者なんかがけっこう泊まってるの。外国人は差別意識とかと無関係だから、一泊八百円ならジョーの言うとおり、やたらとリーズナブルじゃない。だから簡易宿泊所が洋風な名前に変えて商売しているみたい。彼らはネットで情報を得るからね、どんなに安くても必須なのね。で、日雇いのおっちゃんとバックパッカーの外人が同居してるわけ。山谷《さんや》とかも、ネット接続できるようにして、外国人を当て込んでるよ」

ジョーは納得した。いつまでもアーバンハウスにいるとも思えないが、とりあえず上地が記した住所、大阪市西成区に行ってみることにした。

いままでは有料道を避けてのんびり走っていたが、京都縦貫自動車道から舞鶴若狭《まいづるわかさ》自動車道で南下し、山陽自動車道で大阪というルートを設定した。

その気になって自動車専用道を繋いで走ると、日本海側から太平洋側まで一五〇キロ強、三時間もかからず、昼過ぎ大阪市に入った。一号環状線で、高速道路にもかかわらず運転しづらいとジョーが苦笑する。

沖縄の人間の車の運転もなかなかにテーゲーだったが、大阪の車の運転はやたらと自分勝手だ。割り込みなどにもルールらしきものが一切ない。声の大きな者、態度のでかい者が勝つ、といったところだ。

国道二六号線で南下し、通天閣《つうてんかく》を横目で見ながら西成にはいった。たしかに、皆、恣意《しい》的な運転だ。耀子など気後れしてしまい、まともに走れないかもしれない。

花園北の交差点を抜けたあたりで、ジョーは路上駐車している車がやたらと多いことに気付いた。これがボトルネックになってしまって、渋滞の原因となっている。

「このあたり、取り締まりがないらしいわ」

「そりゃ、いいや」

もう西成である。ある種の治外法権だ。郷に入りては郷に従え。雑然と駐められている車の隙間にねじ込んで、ジョーは強引に路上駐車した。アーバンハウスは近いはずだ。ついでに社会見学で、あいりんを歩いてみたいという。耀子は口をすぼめた。

大学一年のときに訪れたのは、あいりんで活動しているNPO絡みの運動家といっしょだった。だから好奇の視線を感じはしたが、あるいはもっときつい、刺すような視線を浴びはしたが、実際に危ないめにあうことはなかった。

「私とジョーじゃ、目立つもの。正直、やばいかも。階級違いというか、住んでる世界が違う人に対しては、やっぱり厳しい対応されちゃうから、ちょっと――。だいたい、よけいな軋轢《あつれき》は避けたほうがいいよ」

「女はいないのか」

「うん。釜ヶ崎っていう地名は、売春婦がいなくて、そのかわりに春を売るオカマが闊歩《かっぽ》してたからっていう俗説があるくらいだよ。ぶっちゃけ路上生活者の街だから」

「路上生活」

「そう。家じゃなくて、路上で生活。皆さん、どこでも焚《た》き火しちゃうから、道が黒く煤《すす》けてるわ」

ジョーの顔が輝いている。

「嬉しそうだね」

「そんなことないさあ」

「嬉しそう」

「まあ、ちょっとわくわくしてるかも」

「へんだよ、ジョー」

「とにかく俺は社会見学したい。けれど、よけいな軋轢ってのは、俺も避けたい。良実君の行方を捜すって目的もあるし、あれこれ起きたら面倒臭いもんな。だから耀子は……どこがいいかな……ええと……天王寺《てんのうじ》公園に市立美術館がある。ここがいいんじゃないかな。美術鑑賞」

ナビの画面を一瞥して、耀子は露骨に顔を顰める。

「冗談じゃないわよ。私は飛田《とびた》で職探しでもするわ」

「飛田って？」

ナビをわずかに右にスライドさせる。あいりん地区の東側、山王三丁目《さんのう》を示す。

「真栄原みたいなとこ。飛田新地っていって料亭がずらっと並んでいて、ま、三〇分二万円だったかな、恋愛がお金で買える街」

「凄えな、このあたり。真栄原みたいのまであるんだ?」

「大正時代からだから、規模がちがうけど。かなり大きいよ。広いんだから」

ちいさく頬笑むと、耀子はジョーの腰を押した。

「私が釜ヶ崎に入るのは失礼にあたる。見学なんて図々しい。わかるでしょ。連絡は携帯でできるから、私は適当に時間を潰してる。ジョーは行きたいところに行ってきて。ただし飛田で悪さしちゃ、だめよ」

「さあね。約束できないな。ま、あとで通天閣にのぼろう」

ジョーは冗談交じりに言いながらセレナから降り、脳裏で素早くナビの地図を反芻する。まずは西成区花園北××アーバンハウスを訪ねることにした。場所を尋ねると、ニッカボッカに雪駄履《せったばき》という労務者がまじまじとジョーの顔を見る。

「にいちゃん、どっからきよったん? 外人やろ。日本語達者やん」

面倒なのでジョーが頷《うなず》くと、男は要領よくアーバンハウスの場所を教えてくれた。ジョーは以前から気になっていたことを、ついでだから訊いた。

「そのボンタンじゃねえ、ニッカボッカっていうのか。そのズボン。なんで、ダボダボなの？　作業のじゃまじゃないの？」

「アホ吐《ぬ》かすな。ええか。これはやな、猫のヒゲや」

「猫のヒゲ」

　男はニッカボッカのふくらみを、腰をかがめてバサバサ音たてて払ってみせる。

「ええか、にいちゃん。高い場所での作業とかあるやん。せまい足場をひょいひょい行くときな、このダボダボをわざと建物の側に沿わすんや。触れさせる。ちゃんと先さえ見とればな、いちいち下を見んでも、安全なとこ歩けるいうわけや。それとな、いろいろ障害物いうんか、じゃまもんも多い。そこに弁慶の泣き所ぶつけて大泣きする前にな、このダボダボが触れるやろ。で、事なきを得るいうわけや」

「なるほど。それで猫のヒゲか」

「ん。ほな三百円」

「なんのこと？」

「くれ。アーバンとニッカボッカの秘密教えたったやろ。ハイライト喫《す》うねん」

「喫うねんて、まあ、ええか」

「ええやろ。じつにええやろ。他になんぞ知りたいこと、あるか」

ジョーは満面の笑みでジーパンのコインポケットに指を挿しいれ、五百円玉を男の掌に落とした。

「にいちゃん、あまりにおおきすぎて、つり、あらへんわ」

ジョーは笑顔のまま、片手をあげて路地に踏み入れた。あいりんは南海《なんかい》電車の線路をわたった東側らしいが、このあたりにも簡易宿泊所があり、また暴力団事務所が目立つ。労務者や得体の知れない男たちが路上に漠然と立ち、あるいはしゃがみこんでいる。丼のなかで跳ねるサイコロに夢中な者以外は誰もがジョーに一瞥《いちべつ》をくれるが、ジョーは尖《とが》った気配を発さずに視線を受け流す。

アーバンハウスは古びたモルタルの壁を白塗りした三階建てだった。一応は自動ドアだが、振動がひどい。踏み入れると、湿気と汗や垢《あか》の入り交じった臭いが迫った。どう見ても煤ぼけた帳場といった雰囲気だが、FRONTという真新しいプラスティック板の表示があり、おそらくはジョーの電話にでたオバチャンだろう、ほじりかけていた鼻の穴から人差し指を抜いた。

「あんた外人さんか？　そやったら、ここ読んで。ルック、ヒアー、ヒアー、ヒャー」

最後はヒャーと驚いたふりをして派手に仰《の》け反《ぞ》ってみせた。ジョーは笑う気にもなれず、黙って指し示された紙片らしきものに顔を向けた。

それはワープロの英文をプリントアウトしたもので、宿泊規定などが書かれていた。ジョーはちいさく肩をすくめ、呟いた。

「一応、日本人なんで日本語、わかるから」

「わかるんかぁ。わからんわぁ。ほんま、わからん。どないしよ。掃き溜めに鶴やわあ。オバチャン、ファンになってまうでー」

ジョーは顔を思いきり近づける。年甲斐もなく頬を赧《あか》らめてしまったオバチャンに囁き声で良実のことを訊く。

「顔がグシャグシャやったら、おったで。どないしたら、あないになるんやろなあ。瞼垂《まぶた》れさがってもうてな、お岩さんみたいやったで。新聞読むときとかな、瞼自分で持ちあげとったで。顔面、へこんでもうて、縫い目だらけやんか。ケロイドいうんか。ひどいもんやった。幽霊みたいなやっちゃなあ、思てたら、案の定、陰気な顔して日がな一日、こもりっぱなしやったなあ。阿倍野《あべの》に親戚がおるいうてたけど、親戚の家がな、アパートやからな、とても野郎なんぞ置いとく隙間があらへんて。で、優雅にホテル住まいや。優雅なホテルて、うちとこのことやで、うちのこと」

まったくジョーが言葉をはさむ隙がない。捲《まく》したてて、カカカ――と高笑いするオバチャンである。ジョーは咳払いして、訊いた。

「いつごろまで、いたの」

「月頭には、おったで。ま、うちんとこ、高級ホテルやんか。さすがにドヤ代――ちゃう、ちゃう、ホテル代払えんとなったんちゃうかなあ。ここ、笑うとこちゃうで」

ジョーは愛想笑いさえうかべていない。オバチャンもまったく笑っていない。さぐる眼差しでジョーを見やる。

「あんた、追っかけとんのか」

「うん」

「――よう魘《うな》されとったわ。ジョージョージョージョーって。あんたがジョーか」

「うん」

「ジョージョーうるさいから、おしっこ洩らす夢でも見てんのか、思てたけど、あんたの名前か」

「うん」

「あんな顔に、あんたがしたんか」

「うん」

「むちゃしよる」

「ほんまや」

「あんたの関西弁、ひどいな」

「あかんか」

「あきまへん」

バックパッカーらしき白人がコニチハ――と挨拶《あいさつ》し、下駄を履いてでていった。

「あれ、ええやろ。外人さんの下駄姿。いざちゅうときには武器になるしな」

「物騒なんだね」

「まあな。聞いた話やけど、ここいら、人口密度いうのんがな、半径三〇〇メートルほどの面積に三万、おるんやて。三万人や。誰かて苛《いら》つくわ」

「俺は、けっこう和《なご》んじゃってるけどな」

「おにいさん、どこにも力、はいっとらんなあ。あそこもフニャフニャか？」

「試してみる？」

「ふん。あんた、顔グシャグシャの居場所、知りたいんやろ」

「うん」

「うち、ほんま、知らんで」

「守秘義務？」

「なんや、それ。醬油かけて食うの？」

ジョーがちいさく笑う。オバチャンも笑う。

「ここはカマや。義務いうもんとは縁がないねん」

「うん」

「ギブ・アンド・テイクはあるで」

オバチャンが顎で帳場の背後の引き戸を示す。誰もいなくなってしまっていいのかとジョーが訊くと、鼻で嗤《わら》った。

「うち、名器やん。誰かくる前に、あんた、すぐ終わるわ」

見交わす。オバチャンが頷く。ジョーも頷きかえす。オバチャンについて小部屋にはいる。急須などがのったデコラのテーブルをオバチャンはすみに押しやり、座布団を縦に並べて横になった。

「にいちゃん、ショーツ脱がしてえな」

ジョーが膝をつくと、カカカと笑う。

「いちど、言うてみたかったんや。ショーツ。パンツちゃうで。エロ小説読んでたらな、でてきよってん。ショーツ」

ジョーは柔らかな笑みを泛べたまま、オバチャンのスカートを捲り、ゴムがバカになったショーツに手をかけた。白髪まじりの陰毛に覆われて、オバチャンの性が拡がった。

「うちな、あかへんねん。うちな、自分の御面相棚にあげてな、面食いやねん。にいちゃん見たら、もう、あかん。ほら、もう、こないになってもうて」

オバチャンは密度の濃い白濁した体液をあふれさせていた。ジョーはオバチャンに合わせて下だけ脱いだ。可能な状態になっていた。オバチャンがうっとり囁く。

「あんた、ちんぽもきれいや。たまらんわ。はよ、いれて」

そっとジョーが重なった。オバチャンは声を洩らさぬよう自分の握り拳の掌の側を口にあてがった。

「オバチャン、キスしたい」

「ええの？　ほんまにええの？　こんなオバチャンで、ええの？　オバチャンの唾飲んでくれはるの？」

ジョーは黙ってオバチャンの口をふさいだ。控えめに動きだす。ところがオバチャンが下から烈しく振動し、突きあげる。オバチャンの脚がジョーの腰に絡みつく。ジョーとオバチャンはきつく接吻し続けていたが、たいして時間もたたぬうちにジョーが訴えた。

「やばい。でちゃう」

「ええよ。オバチャンもいくから、いっしょな。ええよ、おいで、はよ、おいで」

ジョーが烈しく痙攣《けいれん》した。オバチャンも百戦錬磨、即座にジョーの射精に合わせて極め、大暴れだ。オバチャンの半眼からは完全に黒眼が消えていた。

しばらくジョーは荒い息でオバチャンに全体重をあずけていたが、小声で哀願した。

「もういちど、もういちどやらせてくれ」

「ええよ。幾度でも。おいで」

ジョーは眼を見ひらき、オバチャンを凝視して、加減せずに動きだした。ジョーの腰から汗が飛ぶ。オバチャンが雄叫びをあげる。二度目も、たいして時間のたたぬうちにジョーは炸裂した。

「――オバチャンのあそこ、ええやろ」

「うん。夢中になった」

「嬉しいわあ。オバチャン、女の自信、とりもどしちゃうわ」

ジョーは呼吸をどうにか整え、渋るオバチャンからなかば無理やり外し、オバチャンの脚のあいだに座り、その性器を見つめた。

「泡立ってる」

「あんたとうちのんや」

「すごく泡立ってる」

「テクもなんもないけど、おにいさん、ええわぁ。こんなんきついの、久しぶりや。腰、立たへんもん」

ジョーはオバチャンの脚のあいだに猫背で座って、開ききったオバチャンを凝視し続けている。オバチャンは、余韻に声を詰まらせながら天井を気怠《けだる》げに見つめ、他人事《ひとごと》のように言う。

「良実やろ。京都に行ったはずや。沖縄の親戚から逃げろて連絡があったみたいや。殺されとうなかったら、逃げろてな」

上地さんかな——とジョーの口が動いた。声は発せられなかった。

「なんやろなあ、ああいう抜けた小僧は貧乏籤《くじ》引いて、引いて、引きまくって死んでくんやろなあ」

「貧乏籤引いて、死んでくのか」

「そや。貧乏籤て、永遠に当たらん宝くじの別名や。そんなもんに夢中やから、貧乏人は、永遠に貧乏人や」

「よく、わかんないけど」

「顔はグンバツやけど、アホなんやね」

「俺は、わからんことだらけだよ」

「ええよ。許したる」

「で、京都のどこ」

「知らん」

「捜しようがないな」

「オバチャン、言わんかったか。阿倍野に親戚がおるて」

「――なんで味方してくれる」

「好きだからや。人殺し、ええやん。うちからすれば甲斐性持ちや」

オバチャンは息をつき、けれどすぐに揶揄《やゆ》の口調で続けた。

「にいちゃん、女殺しで人殺し。凄いなあ」

＊

オバチャンから信金の名がはいったメモ用紙を手わたされた。アーバンハウスをでて、ジョーは萩《はぎ》ノ茶屋《ちゃや》駅の下を抜けてあいりん地区に入った。オバチャンはゆるかった。それなのにジョーは没入し、すぐに爆ぜた。まだ腰のあたりが懈《だる》い。

半径三〇〇メートルほどの面積に三万という人口密度は決して誇張ではなく、昼間だというのに路上には人々が群れていた。

ジョーは膝に手をついて軽く上体を折り、ナニワ・ウィークリーという週刊誌のような名前の簡易宿泊所の前の路上ではじまったチンチロリンの丼を覗きこんだ。サイコロを手にした男が言う。

「まいったな。まぶいにいちゃんや。照れるがな。おっちゃんのちんぽ、舐めてくれ」

ジョーは含羞《はにか》んだように笑いかえす。

「舐めてくれるんやったら、寝床と飯、世話するで。にいちゃんは働かんでええから。舐めてくれるだけでええねん。おっちゃん、やたらとちいさいうえに早撃ちやからな、実働三分やし、口も疲れへんで。お口に優しいおっちゃんや」

サイコロが丼の中で思いのほか涼しげな音をたてて踊る。目なしだ。他の男が茶々をいれる。

「なんだかんだいうて結局、括約筋、切れてもうて、高《たこ》うつくで」

「あれは、たまらん。脳天までブチッいう音が響きよるからな。あとは、自動糞便垂れ流し機の出来上がりや」

「おまえ、切れたこと、あんのか」

「アホ吐かせ。体験談を聞いたんや」

「体験談ときよったか。どうせ、紙おむつ云々て続くんやろ」

「あれがバカにならん。やたら金がかかるらしいな」

ジョーはそっとチンチロリンの場から離れた。すっかり表情が和《なご》んでいる。目をつけられていたのだろう、悪目立ちするくらいに身なりのパリッとした男が近づいた。

「にいちゃん、悪いこと言わん。うちの組にきいや」

「沖縄出身の人、いますか」

「ぎょうさんおる。事務所の前にはゴーヤも植わっとる。わしは大嫌いやけどな」

「ゴーヤ、嫌いですか」

「あんなん、ヘチマやろが」

「ニガウリです」

「真顔でいうなや。どーでもええやん。気が向いたら、うちに遊び、こい」

ジョーは手渡された名刺を路上に棄て、名残惜しそうにあいりんから離れ、ゆっくりした足取りで阿倍野にはいった。

タクシーに乗る。車窓から百貨店や映画館などを見てとることができた。思いのほか整然としている。けれど良実が世話になっていたというアパートのある一画は、西成と大差ない雑然としたところだった。

だいたいこのあたり、ということでアパートを特定することはできず、ジョーはタクシーを降りた。

米軍基地もあることから沖縄では混血児の数もそれなりだが、こてこての大阪人のあいだで日本人離れしたジョーの姿は、やたらと目立つ。

いつの間にやらジョーのあとに、ぞろぞろと近所の子供たちが従って、列ができてしまった。物怖《お》じしない浪速《なにわ》のガキ共に苦笑しつつ、西成と同様、ジョーは和んだ表情だ。

帰宅途中だろうか、三つボタンのブレザーにチェック柄のスカートという制服の女子高生が向かいからやってきて、ジョーと子供たちを見較べた。

ジョーが頬笑みを泛《うか》べかけた瞬間、女子高生の頬に引き攣《つ》れが疾《はし》った。その唇が伊禮ジョーと動く。声は放たれなかった。

女子高生は立ちすくみ、自らを守るかのように革鞄を胸の前できつく抱き締める。

子供たちは怪訝《けげん》そうにジョーと女子高生を見やり、その中のひとりが女子高生に声をかけた。

「珠美《たまみ》、こいつに惚れたんか」

すると他の子供たちが囃したてる。

「こないな男前、ここいらへんにおらんもんなあ」

「イケメンなんてもんやないで。ジャニーズかて真っ青や」

ジョーがゆっくり、子供たちを見まわす。騒いでいた子供たちは徐々に鎮まっていき、決まり悪そうに俯《うつむ》いた。やがていっせいに駆けだし、逃げだした。

珠美とジョーだけになった。

ジョーが一歩踏みだすと、珠美は鞄を抱いた腕に力をこめる。着続けている制服の袖口から肘《ひじ》にかけてがてらてらと光っている。

珠美は顔をそむけた。それなのに視線はジョーからはずすことができない。

ジョーがそっと手をのばす。珠美の眉に触れる。

「沖縄の血さあ。関西の顔とちがう。綺麗だなあ」

囁《ささや》きと共に、中指の先が珠美の濃いめの眉を撫でつけるように動く。運動でもしてきたのだろうか、額や頬にはうっすら汗が浮いている。指先が唇に移った。ジョーの指先がとまる。

「皹《ひび》割れてる。荒れてる」

胸の前で抱き締めていた鞄がゆっくりおろされた。ジョーの指先が唇から離れると、珠美は舌先で唇をさぐった。

「うち、鞄おいて、着替えてくるし」

逃げるようにジョーの脇をすりぬける。ジョーは黙ってその背を見送る。なんとなくアパートの場所はわかったが、確かめることはしない。

小一時間ほどもたっただろうか。西日が強くなり、幾度か退屈の欠伸《あくび》を洩らしたころ、純白のスクーターで珠美がやってきた。その腕にはジョーのぶんのヘルメットがとおされている。

「よう待っとったな。うちがほかす、思わんかったんか」

「うん」

「どっちや」

「だから、うん」

フルフェイスの奥で珠美の瞳が揺れ、次に苦笑がにじんだ。

「でかいな」

ジョーの呟《つぶや》きに、シールドを跳ねあげて珠美がかえす。

「マジェの四〇〇や。兄貴の、勝手に乗ってきた」

ジョーを上目遣いで見て、訊く。

「免許、あるか」

「うん」

「ほな運転さしたるわ」

「珠美、免許、もってないだろ」

「ここいらへんでは無免、おおむねＯＫや。ま、あんたに運転さしたるし。はよ、メットかぶり」

差しだされたフルフェイスのなかには、使いこまれたレザーのライディング・グローブがはいっていた。掌《てのひら》や指先は繊細な操作ができるようにごく薄手の牛革だが、甲側にはプロテクターが仰々しく取りつけられている。サーキット走行まで想定されたものだろう。

「兄貴、ちょい昔、峠《とうげ》、攻めてたんやけど、スクーターに日和《ひよ》りよった」

「車でもオートマに乗っちゃうと、マニュアルとか、バカ臭くなっちゃうもんな」

言いながらヘルメットをかぶり、律儀《りちぎ》に顎紐を締め、ライディング・グローブをはめるジョーだ。

ジョーに車体を支えているように言い、珠美は地面に足をつかずに馬跳びの逆のようなかたちでリアシートに移った。

フロントシートにおさまって、ハンドルを握り、だいたいの操作系のあたりをつけてジョーが訊く。

「どこにいく」

「ここいらは、あかん」

「どうすればいい」

　珠美は控えめにジョーの腰に手をまわし、小首を傾げるようにして思案し、呟いた。

「口さがない奴ばかりやねん」

「噂になるか」

「もう、なっとるやろうけどな」

「ガキどもか」

「うち、裏切り者扱いされとうないし」

「教える気はない、と」

「まったく、あらへん。けど」

「けど？」

「良実さんをあないにした奴やん。うちの家族にかて手えだすやろ」

　ジョーは曖昧《あいまい》に肩をすくめる。珠美は眦《まなじり》決して、続ける。

「うちがせなならんことは、伊禮ジョーをこの場から遠ざけることや」

「当人を前にして、よく言うよ」

「けど、そうやろ」

「まあ、そうかもしれない」

珠美は黙りこんだ。

シャンプーだろうか、石鹸だろうか、ジョーは珠美から控えめな芳香を嗅ぎとった。もどるまでに時間がかかったのは、シャワーを浴びるなりしていたからだ。

いきなりジョーの腰にまわした腕に力をこめて、珠美が言った。

「うち、京都に行きたい」

西の空でだいぶ低くなってきた太陽に視線を投げ、ジョーは思案顔だ。

「京都まで行ったら、うちの知っとる奴なんてまったくおらんやろ」

「そりゃ、おらんだろうけど」

「車やったら渋滞にはまったら身動きとれんけど、スクーターや。うまくすれば一時間からへんで」

「そんなもんか」

「そんなもんや。はよ、走らせ。道は指図したるし。ここで無駄にエンジンまわしとったらエコやない」

ジョーは声をださずに笑った。そのちいさな揺れが伝わり、珠美はジョーに遠慮がちにしがみついた。

次の瞬間、マジェスティ四〇〇は走りはじめていた。無段変速のCVTがトルクのいちばんでるあたりを繋いでいくので、加速は思いのほかよい。

阪神高速松原《まつばら》線阿倍野入口まですぐだ。すぐに環状線にはいり、一一号池田《いけだ》線で淀川《よどがわ》をわたり、豊中《とよなか》から名神高速だ。

夕刻なので渋滞がひどいが、走行、追い越し両車線のあいだを時速一〇〇キロ以上で抜けていく。車線がふさがれていればいきなり方向転換をして路肩を駆け抜ける。

ブレーキディスクが灼ける匂いがしはじめて、珠美は烈しく前後左右にシェイクされ、必死でしがみつくばかりだ。

京都南インターで名神高速をおりた。阿倍野から京都まで五〇キロ弱ほどの距離だが、常軌を逸したジョーの走行のせいもあって三〇分強で着いてしまった。

一般道におりて、常識的な走行に切り替えても、珠美は虚脱気味にジョーの背にしがみつくばかりで、まだ満足に言葉も発せない状態だ。必死に踏ん張ったせいか、腹筋や太腿が疲れきっていて、鈍く痛みさえする。

それでも東寺《とうじ》の五重塔が見えたころ、強烈なすり抜けから解放されて安堵した珠美は唐突に空腹を覚えた。ジョーは指図に従ってたかばしの新福菜館《しんぷくさいかん》前にマジェを駐めた。

珠美のすすめに従ってジョーは肉多めの中華そばとチャーハンを頼んだ。珠美は竹入《たけいり》を頼んだ。竹とはなにかと思ったらメンマがたっぷりだった。肉多めとチャーハンがテーブルにやってきて、ジョーはこんなに食えるだろうかと目を剝いた。

「こうして、肉をうちのほうに移してな、うちは竹をジョーに差しあげる。チャーハンは、半分こや。どや」

「よろしいですね」

「浮かん顔や」

声を潜めてジョーが言う。

「だって汁、真っ黒だぜ」

「京都とは思えんか。下々の食い物はどこかてこんなもんや。黙って食べ」

不服そうに割り箸を割り、汁で黒く染まってしまった麺を啜って、ふたたび目を剝くジョーだ。

「真っ黒だけど、塩辛くない」

「美味しいやろ。チャーハンも同じくや。真っ黒やけど、辛ないで」

ふたりは貪り食った。新福菜館からでると、暮れかけていた。わざわざ京都まできたということは、珠美になんらかの意図があるのだろう。そう推察したジョーがさりげなく良実の居場所を訊く。

「そろそろ教えてくれよ」

「――うち、平安神宮に行ってみたいな」

「それは、どこ」

「平安神宮、知らんのか！」

「聞いたことはあるような気もするけど」

「ほな道案内するし」

「けど、もう、暗くなるぜ」

「ええから、いこ」

「どれくらいかかるかな」

「さあな。うちの言うとおりせえへんかったら、今日は帰れんかもな」

視線が絡む。ジョーが小声で念押しするかのように訊く。

「そもそも良実は京都に逃げたってアーバンハウスのおばちゃんが言ってたけど」

「うち、知らん」

焦《あせ》り気味にそらした視線は、知っていると口ばしっているのといっしょだ。ジョーは待っていろと珠美に言い、すこし離れたところから耀子に携帯をかけた。

京都にいることを知って、耀子はすこし驚いたようだった。けれど細かいことを尋ねることをせず、西成から離れて適当にビジネスホテルにでも泊まると言い、ジョーは無理に帰らなくてもいいと物わかりがよい。

携帯を切る。珠美がじっと見つめていた。マジェを走らせると、珠美はジョーの背とすこし空間をつくって尋ねてきた。

「彼女？」

「うん」

「どんな人？　綺麗？」

「うん」

「なにしてはる人」

「女やってる」

「それやったら、うちも、そうや」

指図に従って川端《かわばた》を北上していると、珠美がきつくしがみつき、体重をあずけてきた。

「ジョーは運転がうまいね。とても抜けられへんようなとこにも突っ込んでく」

「そんなむちゃしてるつもりはないけど」

「むちゃくちゃや。わやや。それで事故らんからふしぎや」

進行方向を見つめるジョーの眼差しが遠くなる。

「沖縄のスクーターは、むちゃくちゃな走りをするからな。秘技、センターライン走り。まったくテーゲーだけど、かち合うときはスリルがある」

「うち、沖縄、行ったこと、あらへんけど、ええとこか？」

「うん」

「また、うん――か」

「うん」

「ええよ。なんとなくジョーの気持ちはわかるわ」

「わかるか」

「わかる。うん、わかる」

「わかってないと思うな」

「わかるて。もちろん完全にはわからんけど」

「珠美はいい匂いがするじゃんか」

「うち、ええ匂い、するか？」

「する。シャンプーかな。石鹼かな。それに肌の香りだな」

「ジョーが言うと、なんとなくエロいわ」

「エロいときたか。俺な、おまえの匂いの刺激でな、とりわけ肌の香りな、それでマジエ、転がしながら、ちんちんカチカチ」
「アホ！」

「ほら、俺の気持ち、わからなかったじゃないか」

「わかるはずないやろ！」

一呼吸おいて、さらに怒鳴る。

「それにな、カチカチは気持ちやのうて、軀《からだ》や！」

「そんなに怒らなくたっていいだろう」

三条を右折し、神宮道《じんぐうみち》に至る。巨大な鳥居の下を抜けて、ようやくジョーの脳裏にも漠然としたものではあるが左右対称の朱塗りの平安神宮の姿が泛んだ。ところが珠美は平安神宮の門の前で、さらに右折を命じた。

「平安神宮、見なくていいのか」

「見たくもないわ」

ならば、なぜ――。まったく珠美の考えていることがわからない。ジョーは逆らわずにマジェを右折させた。

すぐに岡崎《おかざき》通にぶつかった。細い路地に真っ直ぐ入るように珠美が指示し、ジョーは一方通行でないことを確かめて進入した。

珠美が喉の掠《かす》れたような声で言う。

「うち、疲れてもうたし」

ジョーは派手な造作の建物を見やり、マジェの速度を落とす。裏路地はラブホテル街だった。

「あんたの運転がむちゃやから、揺すられてぼろぼろや」

「どこのホテルで休む？」

「うちが知るわけ、ないやろ」

「なら、休むのはやめるか」

「うち、疲れてもうたていうたやろ」

ジョーは苦笑しながらなるべく地味なホテルを物色し、適当な一軒に乗りいれた。珠美は硬い表情だが、平安神宮の東側にラブホテルが林立していることを知っていたわけだ。誰かときたことがあるのだろう。部屋に落ち着いて、ジョーはわざと快活な声で言う。

「ちょうど、いいや。俺も汗を流したかったんだ」

実際は、アーバンハウスのおばちゃんと溶けあったので陰毛がまだ微妙に湿っている状態で、おばちゃんの香りが染みついている。ジョーは硬い表情の珠美が可愛らしくてならない。これからどうなるにせよ、おばちゃんの匂いは落としておきたい。

所在なげに立ち尽くしている珠美に、ソファーに座るように言い、ジョーは浴室にむかった。シャワーだけ浴びるつもりだったが、ずいぶん立派なジャグジーだったので、浴槽に湯を充たすことにした。

湯がたまっていくのを見守りながら、素早く股間をシャワーで流す。商売柄、ボイラーだけは高効率のものをいれてあるので、併用しても湯の勢いが衰えることもない。

湯気が揺れた。

思い詰めた顔つきで、視線を合わさぬようにして珠美がはいってきた。

ジョーは骨格のしっかりした珠美の裸体を黙って見つめた。珠美は左手で胸を、右手で股間を隠している。あくまでもジョーと視線を合わせようとしない。

それなりに湯もたまってきたので、ジャグジーのスイッチをいれる。烈しく泡立つ湯に軀を沈め、珠美にもはいるように促す。珠美は胸と股間を隠したまま、そっと浴槽を跨《また》いだ。

ジョーと向きあうようにして、距離をつくって珠美は湯のなかに沈んだ。ジョーが大きく伸びをすると、食いいるように凝視してきた。ジョーが目で問うと、口をすぼめてから尋ねてきた。

「うち、毛深いやろか」

「彼に言われたのか」

珠美は首を曖昧に動かした。否定したようにも、肯定したようにもとれる。

「見せてごらん」

「見せる――」

ジョーが浴槽の縁に座るように促す。珠美は泣きそうな顔で、両脚をぴっちり閉じて座った。ジョーは珠美の膝頭に手をかけ、拡げた。

「確かに毛深いな」

「――手入れしたほうがええやろか」

「このままでいいよ。俺は、毛深いのも好きだし」

「毛深いの、も――」

上目遣いで呟いた珠美だった。艶々《つやつや》した陰毛に囲まれて、濡れて鮮やかな朱の傷口がひらいている。ジョーが見つめると、身をよじるようにした。

「さわってやろうか」

「いらん」

「じゃあ、やめておこう」

「――優しく、なら、ええよ」

ジョーは頷き、表情だけは優しく、けれどなかば顔を見せている宝石に爪を立てた。

とたんに珠美は浴槽の縁から滑り落ちて湯に没し、そのままジョーに軀をあずけてがくがく震えだした。

ジョーは抱きとめると、湯気が舞う中空に漠然と視線を投げる。

震えながらも珠美がジョーの顔を観察している。やがて、大きな溜息をついた。ジョーが我に返り、珠美に問う。

「どうしたの」

「どうもこうもないわ」

「痛くしたから、怒ってるのか」

「それもある」

「それも、というと」

「あんた、伊禮ジョー、死んだ人みたいや」

「俺は、死体か」

「死体や。そやから死体放題や」

「駄洒落かよ」

「本気や」

「そうか。俺は死んじゃってるのか」

珠美を横抱きにして、抑えた声で語りかける。

「俺な、自分で言うのもなんだけど、始末に負えないわけだ。そこでな、決めたんだ」

「なに、決めはったん」

「うん。あと二人殺したらな、もう殺さないって」

「あと二人……良実さんはその二人のうちにはいっとるのんか」

「はいってる」

「殺すんか」

「あと二人、だから」

「あと一人は、誰？」

ジョーは答えない。やがて、珠美の鼻の頭をそっと押して囁く。

「おまえじゃないことだけは、確かだな」

とたんに珠美がしがみつく。二人は静かに縺《もつ》れあった。

「はいっちゃったな」

「いれたんやろ」

「協力しなければ、絶対にはいらないって」

「ええわ。許したる。けど、動いたらあかんよ」

ジョーは声にださずに失笑し、けれど命じられたとおり動作せずに珠美を支える。

「──あえて言うで」

「うん」

「良実さんな、伊禮ジョーとはちがった意味でな」

「うん」

「死体に見えた」

「そうか。まあ、希望がもてる立場じゃないよな」

「ところがな、死体になりかかってるくせにな、うちにちょっかいだしてきよってん」

「そういうもんか」

「そういうもんみたいや」

珠美が憎々しげに続ける。

「西成にやられたんもな、うちに手ぇだそうとしたからや。うちに手ぇだそうとする前からな、うちの下着とかな、かぶってな、オナニーばかりしとった。変態や」

「死体どころか生きる気、満々じゃないか」

「伊禮ジョーとはちがうわ」

「俺って、そんなに死体かな」

「言葉の綾《あや》、いうやつや。気にせんといて」

いったん言葉を呑み、ジョーの耳朶《みみたぶ》を咬むようにして囁く。

「こないにな、どくどく脈打ってる死体もあらへんわ」

「珠美」

「なに」

「あんまりやったら、いけないよ」

「なぜ」

「押し寄せてくるみたいだから。蠢《うごめ》くっていうのかな。使い慣れると、きっと喪われちゃうものだ」

憎々しげに珠美がかえす。

「自分は使いまくっといて、よう言うわ」

「口のへらない奴だな」

珠美は俯き加減で視線をそらす。

「――うち、あかんかも」

「なにが」

「伊禮ジョー、好きになってもうたかも」

すがりつくような上目遣いで、問う。

「伊禮ジョー、好きな人、いてはるの」

「うん」

「おるのか」

「うん。大好きな人がいる」

「——うちではないよね」

「うん」

「はっきり、うん、言うな！」

「怒るなよ」

ジョーはごく抑えた、柔らかな声で言う。

「俺な、変わったんだよ。もう、むちゃしなくてもいいって本気で思えるようになった」

「その人のおかげで？」

「そう。ふしぎだよな。わけがわからない。だいたい俺、自分がむちゃしとるとも思ってなかったしな。でも、知り合ってから、景色の見え方が変わってきた」

「どう、変わったんや」

「ちゃんと色つきになってきた」

「色、見えんかったんか」

「信号とかは、わかるよ。青い空もわかる。色はちゃんと見えてたよ。けど、なんか色味がなかったなあ。世の中、くすんでたさ。なんか幕がかかってたみたいだった」

「いまは」

「くっきり、はっきり、鮮やか。曇りがないっていうのかな」

強い声で答えたジョーよりも、さらに強い声で珠美が言う。

「愛の力や」

「それは、どうかなあ」

「愛に決まってるやろ！」

「じゃあ、それで、いいや」

「愛なんだってば」

「そうだな。愛だな」

「うちかて、愛してるよ」

「うん」

「また、うん、か」

「うん」

「処置なしや」

ジョーの顔に笑みが拡がる。

「珠美のなかにな、精液、だしたい」

「――ええよ。けど、お風呂場はいやや」

「じゃあ、いったん、はずそう」

「それも、いやや」

「じゃあ、もうすこしお喋りだ。俺な、その人と知り合うまでな、どこか女が苦手だったような気がする」

「ホモやったの？」

「いや、誘われたことはあるけど、男の体験はないよ。でも、なんか男といっしょにいるほうが愉《たの》しかったりしてな」

「それ、ホモやん」

「そうかなあ。男の軀は苦手だよ。いまも、昔も」

「なんで彼女と知り合《お》うたら、女が平気になったん？」

「なんでだろうなあ。たぶん、その人が、俺に先に命をくれちゃったからじゃないかな。

女ってさ、みんな、慾しがるばかりだったんだぜ。愛の押し売りだった」

珠美が考え深げな瞳でジョーを見つめた。

「あと二人、言うてたやろ。その人、殺すんか」

「殺すわけないだろう。俺が死んでも、その人は生かすよ」

「先に命をくれたから？　押し売り、せえへんから？」

「よくわからない。貸し借りでもないしな。ただ、その人といると、独りじゃないって実感するんだ。いままではどんなによくしてくれる女といても、独りぼっちだったんだけどな。誰といても、おふくろといても、独りだったよ」

「お母さん、あかんやったんか」

「うん。だから殺した」

現実味がないのだろう、珠美の顔に苦笑が拡がった。

「むちゃくちゃや」

「そうかな。おふくろ、俺にも悪戯《いたずら》であれこれするからさ。いやだったなあ」

「悪戯って」

「うん。ちんちん、いじくったり――」

「子供のころやろ」

「うん」

珠美の眼差しが鋭くなった。

「ほな、ええわ。殺してもええわ」

「それだけじゃないんだけどね」

「他に、なにされたん」

「言いたくない」

「ええよ。言わんでも」

すっかりちいさく柔らかくなってしまったジョーは、珠美のなかから追い出されてしまった。けれど珠美はいままでにも増してジョーを愛おしそうに見つめ、きつく口付けしてきた。

ベッドに移って、ジョーは丹念に珠美を愛撫した。軀つきはしっかりしていても、まだ性的に未成熟で内側の快楽は知らないが、それでもこらえきれぬ様子で甘い泣き声をあげはじめた。

ジョーが射精して頽《くずお》れると、珠美は自分のうえに突っ伏して動かぬジョーの背や臀を丹念に撫で続けた。ジョーが深い眠りに取りこまれていることに気付くと、珠美の頰に深い安らぎが泛んだ。

「目ぇ、覚めた？」

「──ごめん。重かっただろう」

「ええんよ。重いのが嬉しいし」

「そうか。でも、おりよう」

ジョーの重みが消えて、寂しげな頰笑みを泛べる珠美だ。

「珠美、赤ちゃんできたら、どうする」

「いままでも、できたこと、あるん？」

「わからん。できたかもしれん。けど」

殺してしまった、という言葉を吞むジョーだ。珠美はジョーの腕を枕にして、軀を縮《ちぢ》めた。ジョーの腋毛《わきげ》を含むようにして、囁く。

「できたら、ええなあ。うちのせいで、ちょい不細工になってまうかもしれんけど、絶対かわいいで」

「産むか」

「当たり前やろ。産むに決まってるわ。ジョーには迷惑かけんし」

「──幸せになるかな」

「どうやろ。うちかて不幸せやし」

「珠美は不幸せか」

「いろいろあるんや、うちかて。けどな」

「けど？」

「うん。ときどき幸せな瞬間がある。たとえばな、いまや」

「幸せって、そういうものなのかな」

「そやろ。瞬間やから、ええんや。瞬間やから、幸せなんや。こんなんずっと続いたら、苦しくなってまう」

ジョーは考え深げな顔つきで、落とした照明の天井を見つめた。珠美はジョーの腋に顔をうずめたまま口をひらいた。

「いちどしか言わんよ。まず白川《しらかわ》通にでて真っ直ぐ北や。花園《はなぞの》橋いうところにでたら、右にはいる。そのまま道なりに行くと三千院《さんぜんいん》とかがある大原《おおはら》や。もう、すごい山の奥や。大原んとこのY字路を左や。益田《ますだ》工芸いう木工所みたいなとこがある」

益田工芸――と呟いて、ジョーは起きあがった。表情をなくして虚ろな眼差しで転がっている珠美を見もしない。手早く身支度すると、洗面所にこもった。

敏雄のカッターナイフをとりだし、タオルで丹念に拭って指紋を消す。Gジャンの胸ポケットにカッターを挿す。ベッドにもどり、囁き声で言う。

「ここで待っててくれ。用事がすんだら、必ずもどるから。マジェは借りるよ」

珠美が跳ね起きた。ジョーを凝視する。ジョーはとびきりの笑みを泛《うか》べると、軽く片手をあげて出ていった。

すっかり暮れた京の街を、ジョーは流れるように抜けていく。道を間違えたら、そのときはそのときだと開き直って走っているのだが、ふしぎと違うところに行ってしまうことはない。

バスターミナルだろうか、錦林車庫《きんりんしゃこ》前というバス停があって、老若男女がバスを待っている。私服だが、女子高校生ふうの女の子と視線が合った。

なかなか綺麗な子だったが、沖縄の女の子とはずいぶん顔つきが違う。その美しさにはどこか靄《もや》がかかっているかのようだ。ジョーはくっきりはっきりした珠美の顔を思い泛べる。ヘルメットの中で呟く。

「やっぱ、上地さんにどこか似ているさー」

遠縁とはいえ、血とはすごいものだ。感心していると、信号が赤に変わりかけているにもかかわらず市バスが煽《あお》ってきた。ミラーで確認した直後、ジョーはブレーキレバーから指を離し、アクセルを大きくあけ、交差点を突っ切った。

加速ではマジェスティに追いつけるはずもないが、ミラーを一瞥すると、それでもバスは赤信号の交差点を、巨体を揺らせて突っ切ってきた。

そういえば、人口十万あたりの殺人件数などを調べたときに偶然行き当たったのだが、バスの車内事故、つまり乗車中の老人が荒い運転によって転倒して怪我《けが》をしたりといった事故の発生件数は、京都の市バスが日本一だった。

絶対に赤信号に変わるとわかっていて煽ってくる運転のしかたは、とても公共交通機関とは思えないが、なるほどなあ、と妙な感心のしかたをするジョーだ。

バスに限らず、大阪とはまた違った自分勝手な運転をする車が京都は多い。権利意識とでもいうのか、絶対に道を譲ろうとしない。とりわけ歳をとった人が頑《かたく》なだ。

鹿児島からずっと北上してきて、ジョーはその土地その土地の暗黙のうちの運転ルールというべきか、決まり事というべきか、気質というべきものをわりと素早く悟ることができるようになっていた。

「郷に入ってはGO！　GO！　GO！」

京都市バスの戦闘的なところを好ましく感じているジョーであった。強いもの、大きなものが勝つという仕組みは、割り切りをはたらかせれば、中途半端な譲り合いよりもよほどうまく流れていく。自動車なんて、どうせ人殺しの機械。路上の平等、路上の民主主義など糞喰《くそくら》え、といったところだ。

白川通今出川《いまでがわ》にでた。表示によると右折すると銀閣寺《ぎんかくじ》だ。ひとりでマジェを走らせながら、ジョーは強い旅愁を覚えていた。すべてを終えて耀子を迎えにいき、あらためて京都を観光しよう。そのためにも地理を覚えておこうと意識するジョーであった。

片側二車線が続き、車線を移りながら走ると、けっこうよいペースで進んでしまう。標識を一瞥すれば詩仙堂《しせんどう》とか曼殊院《まんしゅいん》、修学院《しゅうがくいん》といったなんとなく名前だけは頭の片隅にある寺院に至る道があらわれる。

いささか癪《しゃく》だが、琉球王朝など比較にならぬ歴史がぽんと投げだされている。いままで満足に寺など眺めたことのないジョーだが、耀子ならば京都の寺社にも詳しいだろう。

左、右と大きくカーブしている陸橋を駆けあがり、抜けた。自分ひとりでスクーターを走らせていることが信じがたい。耀子とふたりだったら、どんなに充実していることか。居たたまれぬような孤独感を覚えた。

花園橋三〇〇メートルの道路標示が頭上にあらわれた。珠美の道案内を反芻《はんすう》する。右折だ。高野川《たかのがわ》に沿ったせまい一車線に入った。左から右へと切り返す橋を抜けると、街灯もほとんどない寂しい道となった。道路標示には国道三六七号線とある。

誰に聞いたのか、習ったのか、八瀬《やせ》大原という地名は漠然と脳裏にある。その八瀬を抜けているようだ。明るい白川通の喧噪《けんそう》が嘘のように沈みこんだ国道は、先行する車が道の分岐で消えてしまうと、自車のヘッドライトだけが頼りだ。道はおおむね上っていく。緑の匂いが濃くなってきた。長いトンネルを抜け、幾つもの橋をわたった。気温がぐっと下がった。

道路がほぼ平坦になったところだった。カーブの曲がりもゆるく、見通しのよいところだ。マジェのハイビームを浴びて、影が跳躍した。巨大さに、愕然《がくぜん》とした。

「まじかよ！」

激突寸前だ。ジョーは全力でブレーキをかけた。前輪がロックしかけて烈しく軋《きし》む。それでもどうにか停止すると灼《や》けたタイヤの匂いが立ち昇ってきた。

なにが起きたか、なかなか理解できなかったが、まちがいなく眼前を優美な曲線を描いて鹿が跳躍し、抜けていったのだ。道路を横切っていったのは立派な角の牡鹿だった。

「奈良だっけ」

いや、京都だ――と、停止したマジェを支えながら困惑する。

牡鹿は横断した道路の林の入り口に佇み、跳んできたほうを見守っている。

牡鹿の視線を追うと、向かいの闇のなかに幾匹かの鹿が重なりあっていた。角はない。牝の群れだ。どうやら牡鹿が引きつれているらしい。

ジョーが様子を窺《うかが》っていると、マジェが停止したままであることに牝鹿たちは安心したのか、軽々と跳躍して道路を横切りはじめ、牡鹿と合流した。

牡鹿が偉そうに頭を振ると、牝鹿たちは牡鹿を追って林の中に消えた。

記憶の中の奈良の鹿は、観光客からなにやら煎餅らしきものをもらっていた。人慣れしていた。けれど闇の中に消えてしまった鹿の群れはあきらかに野生だ。

「まいったな。ずいぶん山深いところにきてしまったみたいだ」

ぼやきながらマジェを発進させる。けれど冷静になって考えてみれば、整然としてはいるが繁華街といっていい白川通を外れて十分も走っていないのだ。

なにがなんだかわからない気分をもてあましてマジェを走らせていると、鹿があらわれたところから一分も離れていないところにサークルKというコンビニがあった。

路上にまであふれている白いコンビニの光に、ますます困惑が深まる。それでも、どうにか起きたことから結論すると、京都という土地は人と野生動物の距離がやたらと近いということになるだろうか。

ジョーはUターンしてサークルKの駐車場にマジェを駐め、ペットボトルの茶とカレーパンを買って店員に鹿の出現を訴え、よくあらわれるのかと尋ねた。店員は、ぶつからんでよかったですね——と真顔で応えた。

「ここいらへん、いろいろでるんですわ。ここいらへんでなくとも銀閣寺あたりまで猿はでるわ、イノシシはでるわ、鹿はでるわ、とりわけ鹿は道路を闇雲に横断するから自動車とぶつかるんですよ」

「白川今出川だったな。ビルがいっぱい建っていたけど、そこを右に曲がると銀閣寺の表示がありました。白川今出川から銀閣寺までどれくらいですか」

「車やったら三分くらいやろか」

「あんな街中で、三分行くと猿やイノシシや鹿」

「鞍馬《くらま》、わかりますか。京都の北、叡電《えいでん》の終点で、ちょうど大原の西やろか。ところが鞍馬、熊がでますから」

「ちょうどいまから大原のほうに行くんですよ」

「五分も走れば、大原です」

「大原は熊、でないですよね」

「山中にはいったらわからんけど」

おどけて首をすくめる店員に愛想よく笑みをかえして、ジョーはコンビニをでた。マジェにまたがってお茶を飲む。激突しなくてよかったとしみじみ思う。

沖縄ではたしか慶良間《けらま》諸島にケラマジカがいると聞いたことがある。薩摩《さつま》から持ちこまれ、ちいさな島に合わせて小型化した鹿で、天然記念物だったはずだ。

けれど、じつは、ジョーは映像以外で鹿を見たことがなかった。実物を見たのは、これが初めてだ。その跳躍は、まるでスローモーションのようで、鹿の軀《からだ》は、呆気《あっけ》にとられるくらいの時間、空中にあった。

「滞空時間の王様さあ」

呟いて、頷く。沖縄だけに引きこもっていたら、いろいろなものを見逃してしまう。そんなことを思って闇の中を走って、五分もしないうちにコンビニの店員の言うとおり、大原の集落に至った。

Y字路を左と珠美は言っていた。だが最初にあらわれた三千院に向かうY字路は、道なりに走るとすると、右に入ってしまうことになる。

このY字路ではないと当たりをつけ、土産《みやげ》物屋などが散見できる通りをもうすこしだけ走ると、信号があった。赤信号で、周囲が仄《ほの》かに赤く染まっている。

信号はずいぶん久しぶりだが、Y字路になっている。ジョーは信号待ちしながら、ここを左だと確信した。

Y字路の左は高野川をわたる橋になっていた。珠美は、益田工芸という木工所みたいなとこがある——と言っていた。

静かな大原で白く巨大なマジェはずいぶん目立つような気がする。人通りはまったくないが、ジョーはできうるかぎりおとなしくマジェを走らせる。小学校の脇を抜けた。高野川はずいぶん川幅を狭くして、そのぶん急流になっていた。

若干、山中に入っているようだ。熊はでないだろうが、しんしんとした夜の気配がジョーの両肩に重みをかけてくるかのようだ。アクセル控えめなので、秋の虫の声が囂《かまびす》しいくらいにとどく。

道路から奥まったところに益田工芸があった。凝《こ》った木彫の看板を設えていた。ジョーは即座にマジェスティのエンジンを切った。バックで切り返し、手前の林の中に尻から突っこんで隠す。

益田工芸の建物は前面が木材などの資材置き場とかなり広い駐車場があり、その背後に本宅と思われる立派な二階建てと、作業場と思われるプレハブ棟がある。そのどちらにも灯りがついている。

さて、どうしたものか――。

ジョーは闇の中、腕組みして思案した。良実を呼びだすために珠美もつれてくればよかったか。さしあたりは手近なプレハブを覗いてみることにした。

益田工芸の敷地に一歩踏みいれたとたんに犬が鳴きだした。声からすると大型犬ではないだろう。ジョーは即座に軀を低くして、鳴き声のほうにむかった。

柴犬だった。ジョーは犬とおなじ目の高さを保ち、先ほどのコンビニで買ったカレーパンの包装を裂き、鼻先に突きだした。
見合う。ほんとうは俺の餌《えさ》だったんだぞ、と囁《ささや》く。すぐに柴犬は甘え声をあげた。ジョーが上から見下ろすのではなく、地面に膝と手をついておなじ目の高さなので、あっさり籠絡《ろうらく》されてしまった。

ジョーはカレーパンを与え、柴犬がそれに夢中になっているうちに、そっと鎖をはずしてしまった。

行きたいところに行け――。

柴犬の臀《しり》を軽く叩く。ところが、なにを勘違いしたか、あとをついてくる。ジョーは肩をすくめて柴犬を従え、忍び足でプレハブに近づいた。

良実はプレハブ棟にいた。隔離といった気配だ。たぶん、プレハブにいるだろうと当たりをつけていた。招かれざる居候《いそうろう》なのだ。しかも顔面を破壊されている。どのような縁故かわからないが、誰だってあまりいっしょにいたくないだろう。

プレハブの中には黒光りする木工の旋盤《せんばん》らしき機械などが並び、床には木の削りかすが散乱していた。杉だろうか、檜《ひのき》だろうか、ジョーは清々しい木の香を嗅いだ。

壁の棚には、こけしのようなかたちに削られた白木が整然と並んでいる。未完成と思われる。ほかのところで彩色などを施すのではないかとジョーは推察した。土産物をつくっているのかもしれない。

その作業場の一角に休憩室と思われる四畳半ほどのスペースがあり、良実は、壁に背をあずけてずいぶん旧型のテレビと向きあっていた。

隅には三段のカラーボックスがあり、折りたたまれた衣類やタオルなどがおさめられ、いちばん上には古い目覚まし時計が鎮座している。敷きっぱなしの布団の脇には、箱の歪《ゆが》んだティッシュと幾冊かの週刊誌がおいてあった。じつに質素な全財産だ。

古びてくすんだブラウン管の中では関西の芸人だろうか、ジョーにはまったく見覚えのないチビとデブの二人組が、なにやら大仰な顔つきで遣り取りしながら山深い谷間らしきところを恐る恐る歩いている。

窓越しにジョーは良実を見つめ、胸の裡《うち》で独白した。考える人さあ――。

一見、それぞれの手で左右の蟀谷《こめかみ》を押さえて俯き加減、良実はなにやら考えこんでいるかのようにみえる。

見守っているうちに、じつは垂れさがってしまう瞼《まぶた》を持ちあげていることがわかった。

こうしないとテレビを見ることができないというわけだ。

良実はタバコを咥《くわ》えた。下方にあるものは瞼を持ちあげなくてもそれなりに見えるらしい。使い棄てライターで火をつけると、まずそうに煙を吐いた。

上地から聞いたところによると、後遺症で匂いがわからなくなってしまっているとのことだから、タバコを喫《す》ってもうまくないのかもしれない。もっとも、タバコに限らず、これではなにを食べてもうまくないだろう。

ジョーは軽く腰を折って窓枠に顎をつけ、片手で甘える柴犬の鼻先をあやしながら良実を観察した。

ガラスが息で曇る。ジョーは無意識のうちにも息にリズムをつける。ガラスの曇りが息に合わせて拡がり、収縮する。

良実は鼻が完全に欠損しているばかりか、顔面全体が抉《えぐ》れて半球状にへこんでいる。真横から見れば、太めの三日月といったところだ。三日月が首に載っかっている。ただし顎がなくなりかけているので、やたらと上方が大きく悪目立ちする三日月だ。

頭蓋骨を切り開く手術をしたのだろう、まばらな頭髪しか生えていない額には鉢に沿って縫い目の痕《あと》も生々しい手術痕が残っていて、側頭部はケロイドのようになっていた。

顎も手術したらしく、やはり手術痕が複雑にはしっていた。顔の鼻から下あたりが左に曲がっているのは、たぶん折れた顎がそのまま固まってしまったからだろう。

切れて捲れあがった唇がギザギザの裂けめもそのままに癒着してしまい、黄ばんだ歯が露出している。もっとも叩き折られたせいで歯も額の頭髪並みにまばらだ。

そこにタバコを咬んで咥えているわけだが唇が欠損しているので露出したまばらな歯のあいだから煙が洩れ放題である。髑髏《どくろ》が喫煙しているかのようだ。

頭や顎の手術痕も凄まじいが、やはりなによりも、大きく垂れさがってしまった瞼が滑稽《こっけい》だ。

なにをどうしたら、このようになってしまうのか、まったく理解できないが、ジョーは神妙な顔つきで、自分が手を下した結果だろうな、と口をすぼめる。

なにしろ手指をはずすと、完全に引力に負けて肉のサングラスのように眼を隠してしまうのだ。

眼の下からY字型をした支え棒で瞼を持ちあげてやりたい。どこかで、そんな絵を見たことがある。ダリの絵だったか。

人の顔の皮だろうか、それを支え棒で保持して顔のかたちに保っている絵だ。

ここまで人の顔は壊せるものなんだなあ、などと他人事《ひとごと》の感想を抱きながら、ジョーは見つめる。

そんな化け物じみた顔貌であっても、見つめていると慣れてくる。飽きてくる。ジョーは欠伸《あくび》をしかけ、そっと口を押さえた。

なにげなく脇に視線を落とす。退屈したのか柴犬はいなくなっていた。時刻は判然としないが、月が明るい。そろそろ始めよう。ジョーは窓をノックした。

ときどき、ちいさな野鳥がガラスの存在に気付かずに窓にぶつかってくることがある。加減のないノックを、逆に良実は鳥がぶつかったのだと思い込み、しばらく反応を示さなかった。

ふたたびノックされて、さすがにその規則性に気付き、両の中指で両の瞼を持ちあげ、首をねじまげて窓を凝視する。良実は、そのまま腰を抜かして凝固してしまった。

「あけてよ」

なんとも長閑《のどか》なジョーの声だ。友人宅に忍び込んできたかのような、屈託のない愉《たの》しそうな笑みが泛んでいる。

良実は烈しく首を左右にふった。ジョーは窓に息を吹いた。ジョーの顔が曇りに隠された。しばらくすると、曇りが消えてジョーの笑顔があらわれる。

「あけてくれよ」

ジョーは窓に息を吹いて笑顔を消したりあらわれたりさせている。良実は首を左右にふるばかりだ。腰が抜けてしまって立ちあがれないのだ。

「あれ――」

間の抜けた声をあげて、ジョーはサッシの枠に手をかけた。

「なんだ、あいてたさー。不用心だなあ、鍵かけないと」

からから軽い音させて、ジョーは窓をひらき、そこに顎をあずけ、サッシの下枠から肩がでないようにして大きく目を剝《む》き、顔を歪ませた。

「生首！　なんちゃって」

もちろん良実が笑うはずもない。ジョーは無表情になり、つまらなさそうに良実を見つめる。

「散歩しようか」

良実はかろうじて首を左右にふった。

「さっきから首ばっかふってるのな。いやなら、ここから押し入っちゃうよ」

柔らかな声で付け加える。

「いっしょに散歩して、あれこれ語り合うなら、絶対に俺は良実君に手をださないから」

「殺さないで――くれ」

「だから、散歩に付き合えば、俺は絶対に良実君を殺さない。約束するし」

真顔で続ける。

「俺は良実君と喋りたいだけなんだ。言葉が足りないから、いろいろ誤解がおきたりするわけじゃないか。勘違いして、暴走したりして、しなくてもいい諍《いさか》いをする。ちゃんと言葉を交わそうよ。腹を割って話そうよ」

　ジョーが手招きすると、良実は我《われ》に返ったかのような表情で立ちあがり、ジョーのところに行きかけ、けれど上がり框《かまち》に取ってかえして踵《かかと》を潰《つぶ》したスニーカーを手にして窓のところにもどってきた。

　ジョーが頷くと、良実は窓から地面にスニーカーを投げ、瞼を持ちあげて周囲の状況を確かめてから窓から外にでた。新たな行動をおこすときには必ず瞼を持ちあげて確認することが習い性になってしまっているようだ。消え入るような声で良実が尋ねる。

「どこに行く」

「すこしだけ裏山に登ろうか」

　プレハブの背後はいかにも里山といった様子の植林された杉が主体の傾斜だ。

「これ、なんて山？」

「——焼杉山《やきすぎやま》。標高七一七メートル」

「高さまで知ってるんだ？」

「ここにきたとき、教えられて、なぜか頭にこびりついてる」

「月がでててよかったよ。真っ暗だったら、とてもじゃないけど動けない」

「どのみち俺は前がよく見えないから――」

「手を引いてやりたいとこだけど、男同士じゃ気持ち悪いよね」

ジョーは思案するかのような顔をつくってみせる。

「じゃ、ここからあまり離れないようにしようか。プレハブの近くでいいや」

斜面を登りはじめる。男同士では気持ち悪いと言いながらも、足場の悪いところでは良実の手を引いてやるジョーだ。いつのまにやら柴犬があらわれて、尻尾を振りながらジョーと良実のあとに続く。

もっとも時間にして五分強ほど登っただけで、あらわれた岩場に腰をおろすよう良実を促した。南側の眼下に、街灯が主体のまばらで寂しい大原の光が見える。

「軀の調子は、どうなの」

「調子――。最悪だよ。神経をやっちゃった後遺症で瞼が下がりっぱなしだし、匂いがわからないせいか、物の味がしないよ。味気ないとはよく言ったもんだよな。けど、それはどうでもいいんだ。瞼の不自由も匂いも、慣れちゃったよ」

一呼吸おいて、目頭を押さえて訴える。

「つらいのは頭痛だよ。それと、眠れない。だから薬漬けだよ。毎回、十二錠くらい服《の》んでるさあ。それでどうにか頭痛を飛ばして、眠る。でも、二時間も眠れない。眼が覚めてしまう。薬の副作用かな、鬱《うつ》っぽいっていうのかなあ、懈《だる》いなあ。懈いよ。息するのも面倒なときがある」

そこまで喋って、良実は、いったい誰がこんな軀にしたんだよ、といった責める眼差《まなざ》しになった。ジョーは上目遣いで頭を掻《か》く。

「そんなしんどい思いしてるんだったらさ、やっぱ、手を尽くして、ここまで来てよかったよ」

なんだか、まるで善意の人のようなジョーの口調である。良実は小首をかしげ、唐突に気付いて、吃音《きつおん》まじりに訊く。

「ど、どうしてここが」

「わかったか？　まずは上地さんがあっさり教えてくれた」

「上地さんが」

声といっしょに魂まで抜け落ちてしまったかのような気配だったが、それでもジョーの言葉を聞き咎《とが》め、尋ねかえす。

「まずは、って」

「裏切ったのは上地さんだけでなく、珠美って女の子も」

「上地さんに珠美――」

「綺麗な女の子だよね。ま、上地さんの面影があるんでセックスしてもなんだか変な気分だったけど」

「珠美と」

「毛深いほーみーだったな」

良実は奥歯を噛み締めていた。珠美に強く惚れ込んでいたようだ。信じがたいといった表情で訴える。

「とても優しい子だったさあ。清純な子だったさあ」

ジョーは嘲笑うようにかえす。

「それは、どうかなあ。腰、烈しく使ったさあ。だして、だしてって言うから、なかに直接だしたさあ。ほーみーからあふれでてきた精液、指にとって舐めろって言ったら、よろこんで舐めたさあ」

「やめてくれ」

「上地さんにも裏切られ、珠美にも裏切られて、そして、誰もいなくなった」

「やめてくれよー」

耳をふさいだ良実だが、ジョーは接吻するかのように顔を近づけ、淡々とした、けれどくっきりとした声で言った。

「そして誰もいなくなった、か。良実君の家族、ここしばらくで、ずいぶん不幸があったみたいだね」

良実は硬直しかけ、けれど烈しく身震いした。座りこんだ膝のあいだの黒々とした岩を睨みつけて訊く。

「――ほんとうのことなのか」

「うん」

「うん、て、ほんとうに――」

「ほんとの、ほんと。不幸って連続するんだよね」

念押しをするように続ける。

「不幸、不幸の連続で、良実君の家族、全滅だ」

おまえがやったんだろう！　喉元まで出かかった叫びをかろうじて抑えこむ。瞼で覆われた目から涙が流れ落ちる。

泣くと発散してしまう。涙はいつだってすべてを洗い流してしまう。いちばんつらいのは、泣けないことだ。折れて打ちひしがれた心を持続させるには、泣かせないことだ。ジョーは良実の脇腹を加減せずに抓《つね》った。

思いもしなかった唐突な痛みに良実は覚醒し、泣きやんだ。ジョーは良実の耳朶に唇が触れんばかりにして囁く。

「お父さんとお母さんは、焼け死んだよ。台所の火の不始末だよ。炭になっちゃってて、どっちがお父さんかお母さんかわからなかったってさ」

良実は息をするのを忘れている。

「どうも、火の不始末をしたのは中坊の、なんていったっけ」

「康夫《やすお》」

「そう。康夫君だった。康夫君が火を出しちゃったらしいよ。警察によると、放火の疑いもあるってさ。康夫君、火事のあと行方不明になっちゃってね。一週間くらいして、康夫君の水死体が浮いたさあ。どうも suicide cliff あたりから飛んだみたいだね。康夫君が放火して、御両親を殺しちゃって、そして居たたまれなくなっちゃって、自分も断崖《だんがい》からジャンプって筋書きだね」

「筋書きじゃねえだろう。おまえが――」

怨嗟に暗く沈みこんだ良実と正反対に、満面の笑みでジョーが答える。

「知らないよ。俺は知らない。そういうことを言うなら、お兄さんたちのこと、もう喋らないよ」

「兄ちゃんたち！」

「行方不明なはずだよ」

「どこへ」

「さあ」

「──頼む。兄ちゃんたちのこと、教えてくれ。行方不明ということは、まだ生きてるかもしれないんだろう。生きてるのか」

ジョーは良実の肩を抱いた。引きよせる。柴犬が羨《うらや》ましそうに見あげ、ジョーの太腿《ふともも》あたりに御機嫌伺いをするかのように鼻先をこすりつけ、腹這いになった。

「生きてるわけないさあ。不幸、不幸の連続で、良実君の家族、全滅と言ったはず」

もう良実に言葉はない。がっくり首を折り、微動だにしない。そんな良実に顔寄せて、委細かまわずといった調子でジョーは囁き続ける。

「タナガーグムイって知ってる？　知ってるよな。お兄さんたちが俺に銃を突きつけて案内してくれたんだもんね。良実君も泳ぎに行ったことがあるのかな」

「グムイ──」

「そう。いまごろ、いちばん上のお兄さん以下、四名、無数のタナガーに肉を、内臓を喰いちらされて、たぶん白い綺麗な骨になっちゃってるよ。だいじょうぶ、絶対に浮かばない処置してあるから」

言い含めて、ひとりで頷き、ジョーは能弁に続ける。

「いちばん上のお兄さんはさ、滝のところで右のアキレス腱を切られて、立ち泳ぎもできなくなっちゃって、くるくる回って沈んじゃった。次のお兄さんは、言いづらいんだけどね、敏雄君だっけ。敏雄君のカッターナイフで首を切られちゃってさ、声もなく死んじゃった。もちろん、いちばん上のお兄さんのアキレス腱を切ったのも、敏雄君のカッターだよ。よく切れるね。まったく、カッターナイフとはいえ、敏雄君もよけいな刃物、もってなければねえ」

敏雄のカッターナイフ――声にならない声で呟いた良実だ。

「三番目のお兄さんは、滝んとこの崖を登ってきたところを、安物の三八口径で額を、ぱん！　て撃たれて、はい、お仕舞い」

「――敏雄は」

「カッター所持のヤクネタ敏雄君は、滝んとこの崖に、とことん顔面を打ち据えられて、はい、お仕舞い」

「顔面――」

「他人事じゃないってか」

軽やかに笑い、ちいさく息をつく。

「かわいそうにね。世界にたった独りになっちゃったね、良実君」

ジョーが見据える。

冷たい眼差しで、良実を見据える。

良実が顔をそむけようとした。ジョーは許さない。変形した顎を摑《つか》んで、無理やり自分のほうに顔をむける。

「良実君、生きてるの、つらいだろう。息するの、面倒だって言ってただろう。力になってやるよ」

ジョーはGジャンの胸ポケットからカッターナイフを取りだした。良実の眼前で示し、刃を押す。

きちきちきち――。

やや錆《さび》が浮いているが、月明かりを青く撥ねかえした。

「ほら。わざわざもってきてやったよ。敏雄君のカッターナイフ」

そっと、手わたす。諭すように言う。

「首の横んとこな、ドクドクいうところ。そこを切ればいい。スッて切っちゃえばいい。もし、根性があるなら、喉仏のほうまで刃を動かしてごらん。早く楽になれるから」

手わたされた敏雄のカッターを凝視して、良実は動かない。

「俺が手助けしようか。でも、それって、良実君にとって、すごい屈辱ってやつじゃないかな。それでもいいなら、俺が良実君の喉、切りひらいてあげるよ」

さらに顔を近づけ、囁く。良実の頰をジョーの唇が擽《くすぐ》った。

「みんな、待ってるよ。天国で、待ってるよ。良実君、まだかな——って。一家総出で、待ってるよ。早く行ってあげないと」

ジョーの囁きに誘導されて、良実は頸動脈にカッターナイフの刃をあてがった。

「さ、行っちゃえ」

投げ遣りでごく軽い調子のジョーの呟きと同時に、良実はカッターを引いた。

ちいさな傷がついただけで、頸動脈を切断するまでには至らない。

ジョーはそっと立ちあがり、良実の背後に立った。

背後のジョーの気配に良実は恐怖し、闇雲にカッターを動かした。小傷を首にたくさんつけるばかりだが、ジョーは嬉しそうに頰笑んでいる。

「ほら、あと一息。いったん息を整えて、思い切り強く真横に引いてごらん」

誘いこまれるように良実はカッターを使った。

切開していた。

数メートルも血が噴いて、柴犬の軀を濡らした。

返り血を浴びぬように気配りして、ジョーは腰をかがめ、良実に囁く。

「ついでだから、喉を切っちゃえ。そうすればすぐに親父やお袋や兄ちゃんのところに行けるさ」

もはや操り人形の良実は、手指をさんざん切りながらもがき苦しみつつ、どうにか喉仏を自ら切開した。笛を吹くような音がする。ジョーが頷く。

「二番目のお兄さんと同じ死に様だよ。よかったね」

良実の目が力なく動き、ジョーのほうを見つめた。けれど瞼で覆われているので、ジョーは良実の視線に気づかない。

急激に命が失われていくのを見守って、ジョーは優しい眼差しで良実に言う。

「自殺する人って、躊躇《ためら》い傷をいっぱいつけるんだってさ。良実君、まさに自殺だね。絵に描いたような自殺だね」

ちいさく咳払いして、付け加える。

「俺さ、そのカッターナイフ、お守りにしようと思ってたけど、やっぱ良実君にプレゼントだよ。もともと敏雄君の物だしね、おさまるところにおさまるってやつさあ。ちなみにね、俺さ、ホテルでカッターの指紋、きれいに拭ってきたし、こうしてあれこれしているあいだ中、絶対にライディング・グローブ脱いでないからね。ま、実際、どこをどう見ても良実君が勝手に自殺したんだけどね。俺、手助けできて、嬉しいよ。家族みんなで、仲良く暮らしてよ。もうひとつ言わせてもらえれば、俺は絶対に良実君に手を出さないって言ったじゃないか。俺は絶対に良実君を殺さないとも言った。俺、ちゃんと約束、守ったからね」

もう、良実は息をしていなかった。柴犬がジョーの顔色を窺いながら、良実の血を舐めはじめる。

ジョーは欠伸して、ゆっくり斜面を下りていく。月が隠れた。ジョーを追ってきた山からの風は、幽《かす》かだが血の匂いがした。

06

マジェスティを隠した林にもどる。益田工芸の柴犬もいっしょについてきてしまった。ジョーは思案し、マジェのシートをあけてみる。ヘルメットがふたつほどはいるかなり広い空間がある。

「ここにいれちゃうのはあんまりだな」

呟《つぶや》いてシートをもどし、抱きあげようと手をのばして顔を顰《しか》める。

「おまえ、血まみれじゃん」

投げ遣りに付け加える。

「良実君の血は、やたら臭えなあ」

柴犬はフットボードの真ん中の盛りあがった部分に四つん這いで座らされ、ジョーは満足に後ろも見ずに器用に足で漕いでマジェをバックさせる。

国道三六七号線をしばらくもどり、高野川の河原に降りられる場所をさがす。マジェごと河原に降りて、フットボード上の柴犬を川に投げ込む。

柴犬は狼狽《うろた》え、大慌てである。ジョーはその姿を指さし、声をころして笑った。もっとも柴犬はすぐに犬かきでジョーの足許に泳ぎ着き、上目遣いで御機嫌伺《うかが》いだ。ジョーは柴犬を洗ってやり、性別を確かめる。牝《めす》だった。ついでに血で汚れたフットボードも洗い流し、呟く。

「よし。おまえの名前は珠美な」

返事のかわりに軀《からだ》を震わせて水を跳ばす珠美だ。

「さ、珠美、帰ろうか」

ふたたびフットボード上に四つん這いになった珠美だが、なんとも不自由な体勢だ。ジョーは途中の道路際の駐車スペースを区切っていたナイロンロープを盗み、珠美の首輪と繋《つな》いだ。タンデムシートに座らせ、バックレストのフレームに首輪からのロープを通して縛《しば》り、珠美が落ちないようにしてやる。

三六七号線から川端通を南下し、出町《でまち》の脇を抜けて京都駅をかすめ、名神高速道路にはいった。大阪を目指す。犬の珠美はタンデムシートで丸まって、ジョーの背に密着して夜のライディングを愉《たの》しんでいる。

そのころ、人の珠美は岡崎のラブホテルでもどらぬジョーを待ちわびて、途方に暮れていた。

阪神高速を阿倍野でおりて、ジョーは自販機のミネラルウォーターを珠美に口うつしで飲ませてから、路肩で耀子に携帯をかけた。耀子は思いのほか近くのビジネスホテルに泊まっていた。

「いいから引き払っちゃえよ」

宿泊代がもったいないと言いながらも、耀子はあっさり夜の街に飛び出してきた。ジョーの顔が輝く。合わせて珠美も烈しく尻尾を振る。耀子は目を丸くした。

「ついてきちゃったんだ。珠美っていう」

「牝なんだ」

「うん。かわいいだろう」

「セレナにこの子のトイレもつくってあげないと」

さしあたり、ということでコンビニでドッグフードの小袋と水飲み用の紙皿、そしてトイレシートを買った。耀子に珠美を抱かせ、ノーヘルでマジェのタンデムシートに乗せて路上駐車しているセレナのところにまでもどった。

セレナの車内でトイレシートを敷いて促すと、珠美は軽く匂いを嗅いで、すぐに用を足した。耀子が感心する。悧巧《りこう》な珠美にジョーも鼻が高い。

マジェは路上に放置して、セレナを走らせる。阪神高速松原線阿倍野入口から環状線にはいる。車中でジョーがぼそりと言う。

「ふたりとやった」

「許せない」

ジョーがちらっと助手席を窺《うかが》うと、耀子は本気で怒っていた。その腕に抱かれた珠美が上目遣いで耀子の顔を見る。

「ごめん」

「——なんで、よけいなことを言うの」

「秘密をもちたくなかった。必要だから、抱いた。そういうことだけど」

「あなたは、なにを、しても、いい。私にとってジョーはそういう存在だから。でも、よけいなことは言わなくていいの」

「うん。以後気をつけます」

「なんでそんなに素直なのかな」

「俺、素直じゃないよ」

「素直だよ。世界でいちばん。素直だからこそ、自分をごまかさないで、なんでもしちゃうじゃない」

「そういう考え方もあるのか」

「ま、私が買い被《かぶ》ってるだけだけど」

「そういう言い方もあるのか」

耀子は息を詰め、そっとジョーの太腿に手を置く。ジョーは耀子の掌の熱に、とたんに和《やわ》らいだ表情を見せる。

「どこに行くの」

「京都観光。耀子は京都に詳しいか」

「もっちろんよ」

「俺、京都に凄《すご》く興味があるんだ」

「どんなところに」

ジョーの脳裏に真っ先に泛《うか》んだのは、岡崎のラブホテル街の手前の、平安神宮の赤い鳥居だった。

「ま、なんというか神社だね」

「へえ。神社か。普通はお寺っていうじゃない。ジョーは渋い趣味の持ち主だね」

「神社って、まずいかな」

「いいよ。まず、基本的に無料じゃない」

「神社は無料」

「そう。お寺はなんだかんだいってお金を取るけれど、神社は、ただ」

「そりゃ、いいや」

「だいたい宗教施設なんて、無料で当たり前だよね。京都のお寺はおかしいよ」

耀子は憤《いきどお》り、けれどすぐに穏やかな声で付け加える。

「神社って、御嶽《うたき》に行き着くみたいよ」

「まじかよ！　琉球の御嶽だよね」

「そう。御嶽は神社の原始形式って折口信夫《おりくちしのぶ》が言っている。もっと遡《さかのぼ》ってしまえば、やはり朝鮮半島に行き着くみたいね。それを認めたくない人が多くて、神社を無理やり縄文に結びつけるんだけれど、播磨《はりま》国風土記や古語拾遺《こごしゅうい》には、渡来人が神社を造ったことがはっきりと記されているわ」

「認めたくない人って、日本人だろ」

「うん。神社は日本固有のものって思いこみたいのね」

　耀子自身も寺はともかく神社は日本固有のものと思いこんでいた。けれど聖なる森を祀《まつ》る文化は日本固有のものではなかった。もちろん日本人として森と縄文を結びつけたい気持ちも理解できる。けれど最近の研究からすれば残念ながらそうもいっていられない。

「京都にはとんでもない数の神社があるわ。どのあたりから始めようか」

「見当、つかない」

「とりあえず今夜の寝場所ね。某警察本部前が駐め放題って噂もあるけれど、警察の前になんて駐めたくもないわよね。そうだ、銀閣寺の市営駐車場って、確か夜は無料開放だったわ」

銀閣寺——と口のなかで呟くジョーだ。近くを通ったばかりだとも言えず、耀子を横目で見る。それにしても無料で駐められるところを知っているということは、よほど京都に詳しいのだろう。

川端を北上していると、行ったり来たりといった奇妙な気分になった。それでも耀子の指図どおり運転し、はじめて走る道のふりをした。もうバスも終わってしまって、錦林車庫前には誰もいない。

白川通今出川にでた。右折すれば銀閣寺であることを知っているが、耀子に言われるまで右折車線に向かわなかった。こんな俺のどこが素直なんだろうと秘かに苦笑する。

耀子の言うとおり、市営銀閣寺駐車場は朝まで無料開放になっていた。有料になる前に駐車場から出てしまえばいいわけだ。セレナを駐めると、耀子が訊いてきた。

「疲れてる？」

「ぜんぜん」

「じゃ、散歩しようか」

「珠美の奴、散歩って言葉に反応したぞ」

「尻尾、びゅんびゅんね。じつは、このあたりにも神社が結構あるの」

LEDの懐中電灯をもって外にでた。参道を銀閣寺に向かう。首輪にまわしたナイロンロープで引っぱられる珠美は、ぴったりジョーに寄り添っている。

銀閣寺は当然ながら門を閉めているが、ジョーはしばらく案内図に見入った。山門前を左にはいると、すぐに八《はち》神社の真下にでた。銀閣寺よりも古いという。夜露に濡れた石段を懐中電灯で照らしてあがっていく。

本社で耀子が手を合わせると、ジョーも神妙な顔つきで手を合わせた。思えば、ふたりの出会いはシルミチューの霊場だった。シルミチューにも鳥居があった。つまり神社なのだ。

「鳥居ってなんなんだ」

「見てのとおり、神社の入口を示す門のようなもの。いちばん流布している説は中国や朝鮮の華表《かひょう》、お墓であることを示す柱ね、それが原型であって、とりいという読みは華表を訓読みしたものだというんだけれど。他には古代インドの聖なる門をトラーナと呼ぶところからきているという説もあるわ」

「トラーナがトリイか」

「トラーナは、見事に鳥居にかたちが似ているの。他には朝鮮の紅箭門《こうぜんもん》や中国東北地区やボルネオの門が起源だという説もあって、いまだ確定していないわ」

耀子もジョーも脇の石段に腰をおろした。肌寒いくらいだ。杉の香が強い。石段においた懐中電灯のＬＥＤの白い光が漠然と地面を照らす。夜の深みが尋常でない。静けさを強調するかのように声を潜めて耀子が訊く。

「また、誰か死んじゃったの」

「うん。最後の二人のうちの一人だよ」

「最後って」

「もう、殺すのはやめる。あと、一人だ」

「東京に、最後の一人がいるの？」

「うん。耀子の彼氏」

あっさり言ってのけた。

耀子の顔が歪んだ。

懐中電灯の光のなかで、まるで笑っているように見えた。ジョーがすまなそうに懐中電灯を消した。

完全な闇のなかで耀子が呟く。

「そうか——。忠彦《ただひこ》さんを」

「忠彦って言うの」

「うん。いい人だよ」

「だろうね」

耀子が呼吸を整える気配が伝わる。ちいさく息を吐いた。

「理由、訊いていい」

「うん」

「なぜ」

「それがね、わかんないんだよ。ただ、嫉妬《しっと》とかじゃないのは確か。忠彦さんは、俺にとって、いてはいけない人なんだ」

「いてはいけない人——」

「ショックだった？」

問いかけに、耀子はしばらく間をおいて口をひらいた。

「なんとなくね」

「うん」

「そうなんじゃないかなって」

耀子は諦めてしまっているのだろうか。ジョーはすこし居たたまれなくなった。

「――俺、よくないかな」

「善悪なんて、もう、どうでもいいの。私も人殺しだし」

耀子は両手で頰をはさむようにして真正面の闇を見据えた。ジョーはあえて尋ねる。

「俺がさ、忠彦さんのところに案内してって頼んだら、つれていく？」

「ええ」

「躊躇《ためら》いがないね」

「躊躇う理由がないから」

ジョーが首を傾げる。

「忠彦さんは、私にとって過去にすぎない。私にとってのいまは、ジョー、あなた」

「女ってさ、みんな、そういうことを言うけど、なんでだろう。耀子はぜんぜん押しつけがましくないんだよな」

頰にあてていた手をおろし、闇のなかで手を組む。耀子は苦笑する。小声で、買い被りだよ――と呟く。嫉妬心もあれば独占欲もある。そっとジョーの手を握る。

「ジョーは幻想を抱いているのかな」

「そんなことは、ないと思うよ。なんか、うまく言えないけどね、男と女ってセックスするだろう。凹と凸が嵌《はま》りあうわけだ。いてもたってもいられない気持ちで嵌りあうんだけど、すぐに気付く」

「なにに」

「躯しか嵌りあっていないことに」

「心は嵌りあっていない」

「そうなんだ。躯しか嵌りあっていない。その躯だって、うまく嵌りあってるともいえない程度。それなのに、平気で心まで嵌りあっているようなことを口ばしるわけだ。躯とちがって、心ってかたちがないじゃないか。それをいいことに、愛だなんだって図々しく飾りたてるわけだ」

「そうか。幻想を抱いてるのはジョーではなくて、私たちのほうだったのか」

耀子は呟いて、それから微妙な調子で付け加える。

「なんとなくジョーのイライラがわかったような気もするけれど」

「いいんだ。耀子は、べつに俺のことなんてわかんなくても」

「寂しいこと、言わないで」

「でも、いいんだ。なぜなら、俺はいつも感じてるから」

「なにを」

「凹と凸が嵌りあってひとつになる。耀子はどう感じてるかしらないけど、俺はいつだって、こうしているときだって耀子と嵌りあってるっていう実感があるんだ」

「嬉しい！　でも、私には、そこまでの実感はないかも」

「悲しそうな声をださないで。俺の実感を言うとね、耀子と俺は、もともと完璧にひとつだったんだ。それがどうしたことかふたつにわけられてしまって、男と女になってしまった。人は誰でも、男と女は誰でも、本来はひとつだった自分を取りもどしたいんだ。不完全な自分ではなくて、完全な自分とでもいうのかな。それを求めてセックスする。ひょっとして自分にピッタリあって、完璧に嵌りあうのはこの女かな――なんてね」

耀子は黙っている。ただ、ジョーを握った手に力をこめる。ジョーは抑えた調子で、続ける。

「それは男だけじゃなくて、女もそうなんだよ。女だって完璧な自分を求めてる。理想の男にうまく嵌りさえすれば、なんか人以上の存在になれそうな気がしてさ。見てると、けっこう他力本願。でも、現実は、なかなか――。俺は気が短いからうまく嵌らないピースを即座に投げ棄てちゃう。踏みつけにして、粉々にして、なくなしちゃう。ところが、ついに、ぴったり合うピースを見つけてしまった！」

ジョーは耀子の手を握りかえし、そのまま持ちあげると頰ずりしはじめた。

「俺は耀子といると、息ができるんだ。目が見える。すべてが聴こえるし、匂いを感じるし、味わえる。触れあっているっていう実感をもてる。いままでは、ひどかったんだよ」

「――感じられなかった？」

「うん。灰色の世界。灰色自体は、嫌いじゃないけどね」

「色がついてしまって、鬱陶しくない？」

「独りだったら、戸惑ったかもしれない。でも、耀子がそばにいると気持ちが乱れない。ほんと、息ができるんだよ」

「なんだか溺れかかっていた人みたい」

「それだ。俺は溺れかかっていたんだ。溺れていて、じたばたしまくって、やたらめったら手当たり次第そこいらにある物を摑んで、いっしょに沈みかけていて、そこを耀子に助けてもらった」

耀子がおどけた声で囁《ささや》く。

「なら、大恩人じゃない」

「ふしぎなんだよ。自分よりも大切にしたいくらいだ。それなのに――」

「なに」

「忠彦さんを――」

耀子は言葉にするべきか、しばらく考えこんだ。こういうことは抽象概念を用いないと語れないからだ。それでも、あえて、口をひらいた。

「ジョーは夾雑物《きょうざつぶつ》を取り除きたいのね」

「きょうざつぶつ」

「よけいな雑《まざ》り物のこと。ジョーは、物事すべてを純粋にしたいという慾求が強いのよ」

耀子は苦笑する。

「私も怖いことを言ってるわ。人の世界って雑り物で成り立っているのにね。純粋は相当に怖いわ」

「純粋にしたいかどうかはともかく、耀子の言うとおり、よけいな雑り物があると、ちりちりするんだよ。肌がちりちりして居たたまれない」

ふたりの前で珠美が軀を丸めて、静かな寝息をたてている。私たちも寝ましょう――と耀子が囁く。ジョーが珠美を抱きあげる。耀子とジョーは肩を寄せあい、神社の石段をゆっくりおりていく。

＊

朝の七時すぎに目覚めて、まず、さりげなく珠美を外に連れていって排尿排便を促し、珠美がすっきりしてから耀子はセレナにもどり、洗顔代わりにウエットティッシュで顔を拭きながら、尋ねた。

「私、よく眠っていたよね」

ジョーは目脂《めやに》をほじりながら、かえす。

「うん。珠美を脇にはさんで大の字で、幸せそうだったよ」

大の字はないわよ――と苦笑しながら紙皿にドッグフードをいれてやる。珠美は朝から旺盛な食欲だ。

「ほんとうはね」

「うん」

「もっと煩悶《はんもん》するかと思ってたの。身悶えしちゃうくらいに、あるいは悪い夢を見てしまうくらいに」

ジョーが視線をそらす。ぽつりと呟く。

「忠彦さんのこと？」

「そう。ひょっとして」

「なに」

「ひょっとして、私も人でない何者かになりかかっているというか、なれそうかも」

「ごめん」

「なに、謝ってるのよ。咎《とが》めてないから。それよりもジョーにすこしは近づけたのかなって」

ジョーは上目遣いで、ちらっと窺う。耀子は照れ、呟く。

「まだか。百年早いか」

ジョーは首を左右にふった。

「たぶん、人間様からすると、すっげー勝手な言い種だろうけど、俺たちはお互いに高めあって、どんどん」

「どんどん？」

「どんどん、潜ってっちゃう」

「沈んでくのか」

「高めあってんだけどね」

顔を見合わせて苦笑し、甘えかかる珠美を転がして名を呼ぶ。

「ジョー」

「なに」

「たぶんね、たぶん、私たちだけが人」

「じゃあ、あとのアレは」

「こんな朝早くからガイドブック片手に銀閣寺に群れてる有象無象《うぞうむぞう》」

「うぞーむぞーか」

「意味、わかってる？」

「なんとなく。うぞーむぞーだ」

「ジョーは、ジョーだけはその他大勢じゃない。凄いことだね」

「凄いのは、凄いことを言う耀子。かなり恥ずかしいよ」

ふざけあい、絡みあうと、セレナがゆさゆさ揺れる。そろそろ駐車場が有料になる時刻だが、このまま放置して、哲学の道沿いにある神社を訪ねようということになった。

哲学の道に沿っている神社として知られているところでは大豊《おおとよ》神社、若王子《にゃくおうじ》神社とあるが、さらに東山《ひがしやま》に分けいると、たとえば若王子神社の奥、猪よけの電流が流れている門をあけて山道の石段を上がると瀧宮神社、福壽稲荷大神、少しもどって本間龍神、天竜白蛇弁天とちいさな滝の落ちる神社が点在している。山深い。荒れ果てている。けれど溜息が洩れそうになるほど神聖な気配が濃厚だ。

この日から一週間ほど、ふたりは京都の神社をまわって歩いた。ジョーは耀子が語って聞かせることを貪欲に吸収していく。耀子は教え諭すことに抵抗があって、どうしても口ごもりがちになってしまうのだが、耀子が俺の学校だとジョーが笑う。

＊

東京に向かう。京都東インターから高速道路にはいり、あえて名神から東名ではなく、小牧《こまき》から中央道にはいった。名古屋を抜けたとたんに交通量が減る。中央道は秋たけなわで、紅葉がたいそう美しかった。

耀子はせいぜい制限速度プラスアルファで走らせるので別段痛痒《つうよう》を感じるわけでもないが、ジョーは中央道の上りでセレナがパワー不足だと苦笑する。

八王子《はちおうじ》のインターを抜けた。いままではひたすら山間部、高速道路上に照明らしい照明もなかったのだが、八王子から先は都市の光に充ちている。

ジョーは初めての東京に昂奮気味だが、耀子はまだ高速道路上にもかかわらず、郷愁に似た胸を締めつけられるような感情をもてあました。

永福《えいふく》で首都高速を降りた。珠美の排尿や運動もかねて幾度もサービスエリアやパーキングエリアに寄ったが、走りはじめれば東京まで、すぐという感じだった。

それでも距離にして五〇〇キロ強、京都を発ったのは昼前だったが、すっかり暗くなっていた。助手席で耀子が思案顔だ。ジョーが目で問う。

「前見て運転して」

「でも、なんだか気もそぞろみたいだから」

「――そうなのよ。どうしようか」

「なにを」

「だって、沖縄に行く前は、いわば忠彦さんと恋人同士だった。ついこのあいだのことだよ」

ジョーは頷《うなず》き、黙って先を促す。

「つまり忠彦さんは私の部屋の鍵をもっている。ジョーが私の部屋にくるんだから、かえしてもらわなくちゃ」

「ま、決心がつくまで、しばらくはホテルにでも泊まればいいんじゃないのかな」

「そうは、いかない。こういうことは先のばしにすると、ますます気が重くなる」

ふと我に返ったような顔つきで、耀子が尋ねる。

「まさか、会ったとたんに、いきなり――」

「だいじょうぶ。俺だって保身ていうのがあるから。無計画なことして、捕まりたくはない」

「結果的に忠彦さんの居場所を教えることになるけれど――」

ジョーは感心したような顔つきで耀子を一瞥し、運転に専念し、赤信号で停止して、口をひらいた。

「ほんと、躊躇いがないね」

「そうかな」

「いざとなったら、もっとごねるかと思ってたよ」

「なんで」

「それが人情ってもんでしょう」

「ジョーに言われたくないな」

耀子は目頭を揉んだ。

「私って、ひどい女かな」

ジョーはなにも言わず、セレナを発進させた。耀子が小声で右左折を指図する。

環七《かんなな》の内側、下北沢《しもきたざわ》からも三軒茶屋《さんげんぢゃや》からも同じような距離のところにある古びたアパートだった。いまどき未舗装の敷地内にそっとセレナを駐める。

「ここ？」

「二階の端っこ。電気、ついてるでしょ」

耀子は深呼吸した。奥歯を噛みしめ、きつく目をとじる。そのくしゃくしゃになった顔をジョーはいとおしげに見つめる。

「行ってくるね。訳を話して、鍵をかえしてもらってくる。私のすることは、それだけだよね」

「うん。あくまでも俺の問題だから」

「じゃあ、ちょっと気合いを入れて」

耀子はジョーに絡みつくようにして接吻した。ジョーの唾をしつこく吸い、軀を離し、ドアをひらく。

「俺も行くよ」

「え――」

「俺も行く」

「だって」

「挨拶するだけ。俺が顔をだせば、あれこれ説明する手間も省けるだろう」

「――むちゃ、しない？」

「しない。約束する」

ひとりで忠彦のところに行くよりも、よほどしんどい。耀子にはジョーがなにを考えているのか理解できない。けれど、いまさら引きかえすことも、拒絶することもできない。

車外にでると虫の声に囲まれた。アパートの外に設えられた鉄の階段をあがっていく。

耀子は忠彦の部屋の前で軽く目を瞑《つむ》って意識を集中し、古びた合板のドアをノックした。

思いのほか大きな音がして、耀子の喉仏が上下する。背後のジョーを振り返り、呟く。

「ここの鍵、もってるんだけどね」

ジョーが柔らかく頷く。耀子が顔を正面にもどしたとき、ドアがひらいた。

「ああ、おかえり。ずいぶん長かったねえ」

そんな長閑《のどか》な声で迎えた忠彦を一目見て、ジョーは呆気にとられてしまった。膝に穴のあいたジャージを着た中年男である。痩せてはいるが、おなかだけがぽこんと飛びだしていて、額は禿げあがり、ずり落ちがちな大きなセルフレームのメガネをかけている。人懐こい声で、耀子の背後のジョーを見つめて尋ねた。

「この人は？」

「私の新しい彼です」

「え——」

「沖縄で知り合いました。隠すのもなんだから、知らせにきました」

「えー」

「ごめんなさい」

「ごめんなさいって、まいったな」

「ほんとうに、ごめんなさい」

ジョーはとりあえず神妙な顔をつくっているが、忠彦の絵に描いたような冴えない中年男ぶりに、笑いだしそうだ。

「新しい彼はいいけどさあ、こうして連れてくるのは、どうかなあ」

不服そうに呟いて、頭をぼりぼり掻く。裸電球の逆光の中、ジョーは雲脂《ふけ》が飛ぶのを見て、耀子の意外な趣味に呆れ気味に感動するのだった。

「夜分、申し訳ありません。伊禮ジョーといいます。沖縄を訪れた耀子さんにとことん惚れこんでしまいました。しかとするのも失礼なので、こうして御挨拶にあがりました」

「なーにいってんだか。キミみたいな人間離れした美貌の男に俺なんかが太刀打ちできるはずもないが、それにしても、あんまりだなあ。なんでいちいち訪ねてくるかなあ。それならそれで、そっとしておいてくれればいいのに」

「――忠彦さんが小説家を目指していると聞いたので、興味をもちました」

こうしてぶらぶらしているうちに、もう三十七だぜ。どうよ」

「どうよと言われても、きっとなにかあるんでしょう」

「大好きだった――。過去形かよ」

不服そうに、しかも子供のように唇を尖《とが》らせる忠彦だ。耀子は緊張しきって満足に言葉もないが、ジョーはすっかり和んでしまっている。

そんなジョーの表情を見てとった忠彦が思案する。

「――ま、立ち話もなんだし、汚ねえ部屋だけどあがりなよ。茶くらい、だすよ」

「おじゃまします」

ごく素直に耀子の脇をすりぬけて部屋にあがりこむジョーだ。汗臭く垢臭く埃臭い。けれど室内にあるのは大量の本の山で、ゴミはそれほどでもなく、どうやら臭いのは万年床らしい。

ジョーは素早く変色したシーツと耀子を見較べる。こんなところで耀子は抱かれたのだろうか――。ジョーの視線に耀子は瞬間頬を赤らめたが、すぐに開き直って見つめかえしてきた。

「おいおい、そんなとこで見交わしてるんじゃねえよ。適当に座ってくれ」

「本とか、どかしちゃっていいんですか」

「机の近辺のは、さわらんでくれ。あとは、どうにでもしろ」

耀子は慣れているのだろう、素直に書籍をのけて座ったが、ジョーはデスクの上のノートパソコンを覗《のぞ》きこんだ。縦書き表示で、改行もなく延々と書きこまれている。ガス台に向かっていた忠彦が振り返る。

「覗くんじゃねえよ。書きかけだよ。恥ずかしいじゃねえか」

ジョーは上目遣いでちいさく頭をさげ、けれど未練がましくディスプレイに視線を投げる。

ジョーが動かなくなった。視線はディスプレイの文字に据えられたままだ。忠彦はあきらめて背後で肩をすくめた。ジョーの口がたどたどしく動く。

悪魔はきわめて深い遠近法をもって神に向かう。だから悪魔は神からあれほど遠く離れているのだ。——もっとも古くからの認識の友である悪魔は。

　口の中で反芻《はんすう》しながら、ジョーが振り返った。縋《すが》るような眼差しで訊く。

「これは、どういう意味ですか」

「どういう意味って、残念ながら俺のオリジナルじゃない。自作の中に引用しようと考えているニーチェだよ。ニーチェの〈善悪の彼岸〉の第四篇、箴言《しんげん》と間奏曲から引っぱってきたんだ」

「意味は」

「てめえで考えろ。安易に尋ねるな」

「すみません」

「で、どういう意味だと思う」

　忠彦が表情を変えて促《うなが》すと、ジョーはつっかえつっかえしながらも解釈してみせた。

「悪魔は……ずばぬけた遠近法の使い手……遠近法というのは喩《たと》えみたいなもので、正確な距離感みたいなもんでしょうか。ちゃんと遠近をわかってるから、昔から、きちっと世界が認識できてて、だからこそ神から距離をおいているって感じで……」

　忠彦はあらためてジョーの顔を見つめなおした。腕組みをして頷く。

「それが正解かどうかはわからんが、おまえはたいしたもんだなあ」

「褒《ほ》められついでに訊いちゃいますけれど、認識って、なんですか」

忠彦は頭をぼりぼり掻いた。雲脂が舞う。耀子は黙って忠彦とジョーを見つめる。

「また、やたらと難しい質問だな。俺の答えだからいい加減だけど、認識ってのは知識に近いんだ。けれど知識ってのは結果だな。知り得た結果だ。だから他人の知識だって話を聞いたり本を読んだりネットにつないだりして情報として知り得ることができて、自分のもののような顔をすることができちまう。知識にはどうしたって卑《いや》しさがある。ところが認識は自分の頭で知ることだ。だから知識と類縁関係があるにもかかわらず、認識には知るための作用とでもいうべきものが重要なんだ。概念、推理、判断──だったかな、認識の主要三契機というやつは。ところが推理を省いていきなり見通しちまう直観的認識という境地がある。願わくば、俺にもこの直観的認識が降りてきてくれればなあ」

「直観的認識が降りてきたら、忠彦さんはどうなりますか」

「神頼みじみてて恥ずかしいが、よい小説が書ける。抽《ぬき》んでた小説が書ける」

「それは悪魔頼みでもいいですよね」

「もちろん。いや、安易に神頼みなんて言葉を遣っちまって、物書きを目指しているというのに気恥ずかしくてたまらん。たぶん小説は悪魔頼みじゃなければだめなんだ。悪魔の認識、その遠近法をものにしなければな」

お湯が沸いていた。けれど忠彦は腕組みしたまま俯《うつむ》いて、動かない。耀子は素早くガスの火を消し、お茶の準備をはじめる。

「おまえ、名前は？　さっき名乗ったっけ？」

「伊禮ジョーと申します」

「申しますときやがったか。伊禮ジョー。イリュージョンみてえな名前だ」

「イリュージョンていいますね。どんな意味ですか」

こんどは、もったいつけずに、あっさり答えてやる忠彦だ。

「幻想とか幻影、場合によっては錯覚だな」

ジョーの頬に子供のような笑みが泛ぶ。

「伊禮ジョー――イリュージョンか。ガキのころは、いれい・じょーをいれ、で区切って、いれ・異常って呼ばれてました」

いれ・異常――自分以外には絶対に口にしないことだと耀子は思っていた。ところがジョーは忠彦に対して構えることなくなんでも喋ってしまいそうだ。

いざとなれば自分の思い通りにできるという思いから、年長者に対して丁寧語で喋っていてもどこか空虚なところがあり、場合によっては露骨なものでないにせよ小バカにした空気さえ漂わせるのだが、忠彦に対するジョーの態度は真摯《しんし》で、ニーチェの言葉について尋ねたときと同様に縋るような気配がある。

忠彦がジョーを上目遣いで見つめ、揶揄《やゆ》する口調で言う。

「いれ・異常か。確かにおまえは見るからに悪魔っぽいよな」

「それは、ひどいですよ。耀子さんは俺のことをシバ神だって言ってくれましたよ」

茎が目立つ安物のお茶っ葉を急須にいれていた耀子は、強烈な羞恥《しゅうち》に聞こえぬふりをした。忠彦は耀子とジョーを交互に見て、露骨な舌打ちをした。

「あーあ、俺は見事に振られたんだなあ」

「耀子さんは忠彦さんのことをなんといってましたか」

「——おなじ神様でも、貧乏神とかハゲオヤジとか言いたい放題だよ」

「羨《うらや》ましいです」

「シバ神がなにを言うか」

ようやくジョーは本の谷間に臀がおさまる程度の空間を見つけ、そこに気配りして腰をおろした。忠彦はスタンバイになって画面から色彩が失せたディスプレイを一瞥《いちべつ》し、その前の事務デスクに腰をおろした。

「忠彦さんの口ぶりだと、悪魔を肯定していますよね」

「心ある人間なら、誰だって自分が神ではなくて、悪魔に近いと悟ってるだろうよ」

ジョーは、背もたれをギシギシいわせている忠彦を見あげた。忠彦も見おろしかえす。

耀子がジョーの前の辞典の小山に盆に載せたお茶をおく。忠彦が、俺は二の次かよ――と拗《す》ねた声をあげる。茶を啜《すす》り、ジョーがしみじみ呟く。

「耀子さんが惚れこんでいた理由がわかりました」

忠彦の顔が歪む。手にしていた茶碗をそっとデスクのうえにおき、上体をかがめると、加減せずにジョーの頭を張った。小気味よい音がして、ジョーの顔が揺れ、髪が乱れた。

忠彦が上擦った、震え声をあげる。

「奪っといて、生意気言ってんじゃねえよ」

「――なんで頬を張らなかったんですか」

「たぶん」

「たぶん？」

忠彦は溜息をついた。息といっしょに諦念《ていねん》がにじみでた。

「おまえが嫌いじゃねえからだよ」

「いい作品が書けるといいですね」

「うるせえよ。これから俺は独りの布団で身悶えしながら啜り泣くんだよ。小説どころじゃねえよ」

「それでも、よい小説が書けるといいですね」

忠彦の表情が変わる。目に力がこもる。

「ああ。これが最後だ」

「と、いうと」

「いま書いてるものが箸《はし》にも棒にもかからなかったら、他の仕事を見つける」

ずっと様子を見守っていた耀子が、口をひらいた。

「忠彦さん、じつは、受賞は逃しているけれど、いくつかの新人賞で最終選考に残るほどなのよ」

「それって、凄いことなの？」

「受賞しなければ一次選考で落ちるのといっしょっていう考え方もできるけど、たとえば〈文學界〉なんて二千以上も応募があるわけ。そのなかの最後の五篇に残るんだよ」

ジョーの眼差しが変わった。忠彦は初めは照れたが、その照れが怒りの眼差しに変わるのを隠さなかった。

「背水の陣てやつだよ。学生時代から小説家を志してもう十五年以上たっちまった。モラトリアムには長すぎる。しかも女をイリュージョンに奪われて」

「俺はイリュージョンですか」

「実体のあるイリュージョンだよ」

ジョーはお茶を飲みほした。

「今日は勉強になりました」

「吐《ぬ》かしやがれ」

「また、遊びにきていいですか」

「おまえ、正気かよ」

「いろいろ教えてください」

「ふざけるな。俺んちに近づくなよ」

「はい。じゃあ、また遊びにきます」

忠彦は怒りを目に湛《たた》えていたが、結局は失笑気味に、投げ遣りに肩をすくめた。ジョーが立ちあがると、即座に耀子も立ちあがる。忠彦にむけて深々と頭をさげる。

「ごめんなさい。あなたを傷つけてしまって申し訳なく思っています。それで、こんなときになんなんですが、私のマンションの鍵、かえしていただけるでしょうか」

忠彦は机上にあったマンションのディンプルキーを握りしめ、耀子に叩きつけようとしたが、結局は力なくその手をおろし、耀子に向けて下膊《かはく》だけのアンダースローで投げた。軽く弧を描いて飛んできた鍵を耀子が受けると、忠彦ならではの呪詛《じゅそ》を吐いた。

「てめえら、許さねえ。小説の中でとことん悪く書いてやる」

ジョーが大きく頷く。

「それは望むところです。なんせ悪魔に近いわけですから」

「悪魔を悪く書くのは当たり前か」

「当たり前すぎますよね」

「だからって賛美できるかよ」

ジョーが頬笑んだ。とたんに忠彦は顔をそむけた。笑顔が美しすぎて、しかも禍々《まがまが》しすぎたからだ。それでも俯きながら独白するように言った。

「いいよ。耀子はおまえのものだ。かわりに俺は屈辱をもらって、執筆のエネルギーをもらった。ひょっとしたら、ありがとうと言うべきなのかもしれない」

悲しい納得のしかただ。人はこういった意識操作をしないとつらい出来事を受け容れることができないのかもしれない。しかも忠彦はインテリジェンスのせいでよけいに逆説に取りこまれるのだ――などと他人事《ひとごと》のように耀子は思い、それでも迫りあがる罪悪感とすまなさに、もういちど頭をさげた。

＊

耀子のマンションに居着いたジョーは、どこからか盗んできたらしい真新しいママチャリと呼ばれる婦人用自転車で忠彦のところに日参するようになった。

　前カゴに珠美を乗せて忠彦のところに行ってしまったときなど、耀子はいいようのない寂しさを覚えたほどで、こらえきれずに珠美だけは連れていかないでと哀願した。

　忠彦のところでなにをしているのかは、まったくわからない。はじめて自転車で忠彦のところに行くとジョーが告げてきたとき、耀子は忠彦が殺されてしまうのだと観念した。ところが機嫌よくもどったジョーは、忠彦にいろいろ教えてもらっていると耀子の懸念を軽く一蹴した。

　いつ殺すの――とも訊けないから、耀子は曖昧《あいまい》に頰笑んでみせたのだが、正直なところジョーの気持ちが読めない。

　季節は秋から冬に移りつつあり、もはや北海道に向けて車中泊で旅立つことなど不可能だ。どうやらジョーは東京で越冬するつもりらしい。

　あれほど冷淡な別れ方をしてしまった手前、なかなか会いにいく決心がつかなかったが、あえてジョーに忠彦と話がしてみたいと断って下北沢で待ち合わせた。

　もちろんジョーは、なぜ忠彦さんと会うのかと尋ねてきた。耀子はジョーを睨みつけるようにして言った。――ジョーが私を蔑《ないがし》ろにして忠彦さんのところでなにをしているか、忠彦さんに直接訊きたいの。

するとジョーは照れたように肩をすくめ、小声で頼んできた。

「だったら、王将の餃子を持ち帰りで」

「下北の王将に行ったこと、あるので」

「うん。忠彦さんとよく行く。二人乗り。俺があのママチャリ、漕がされるんだぜ。絶対、設定重量オーバーだよな」

「あなたたち、なにをしているの」

「べつに」

忠彦と二人乗り。じつに腹立たしいが、これからジョーよりもよほど籠絡《ろうらく》しやすい忠彦に会うのだ。ジョーから無理やり言葉を引き出すこともないと耀子は考えを変えた。

「下北には名前、ど忘れしちゃったけど、餃子の専門店もあったはずだよ」

「いや、あれこれ凝った餃子はいいんだ。王将がいちばん、旨《うま》い」

「わかったわ。車をだすのも大げさだから、あの盗んだ自転車、借りるわね」

「盗んでないって。ちゃんと買った」

「なんでママチャリ」

「なんでって、でかいカゴがついてないと珠美を乗せられないじゃないか」

「珠美だけじゃなく、忠彦さんだけでなく、私を乗せて二人乗りでサイクリングしろよ」

「なに、怒ってんだよ」

耀子は下唇を弄びながら思案し、上目遣いで訊く。

「北海道に行くんじゃなかったの」

「来年、暖かくなったらね」

遣り取りをしていても埒《らち》があかない。耀子は息をつくと、部屋をでた。マンションの駐輪場でジョーのママチャリを見つけだす。銀のリヤフェンダーに空色のペイントマーカーで伊禮ジョーと名が書いてあった。あきらかに忠彦の字だった。

自転車にいちいち自分の名を書いてもらうジョーも幼いが、求められて御丁寧に名を記してやる忠彦も忠彦だ。まるで小学生の子供と父親ではないか。

耀子は苦笑しながら漕ぎだした。たいした距離ではないが、北風が冷たく、本多《ほんだ》劇場近くの喫茶店に着いたころには指先がかじかんでいた。

喫茶店で忠彦は、困惑気味な笑みを泛べて待っていた。さりげなく灰皿の喫殻を見る。相当前からきていたようだ。ホットコーヒーを注文する。亜熱帯の沖縄で自販機の冷たいさんぴん茶ばかり飲んでいた。つい、このあいだのことのように思える。忠彦もお代わりのコーヒーを頼んで、けれどまともに耀子を見ようとしない。

「青天の霹靂《へきれき》なんて言うと、自分を買い被っているようでいやだけど、今回のこと、忠彦さんにとっては、やっぱり青天の霹靂だったでしょう」

「いや、まあ、最初はな、いきなりだったんでリアリティがなくて、アレだったけど――」

ちらっと耀子の顔を見て、すぐに俯いてしまう。けれど照れているといったふうではなく、どちらかといえば隠し事をしている、あるいは浮気をしている男そのものの落ち着きのなさだ。

さりげなく耀子は周囲を見まわした。客はまばらでBGMはそれなりの音量だ。会話を聞かれる心配はない。耀子は肚《はら》を決めた。忠彦に顔を近づける。

「忠彦さんは、ジョーがどのような男か知っているのかしら」

じっと目を見る。忠彦はようやく真正面から耀子を見返した。

「おまえほどは知らないよ」

「ということは、多少は知ってるの」

「リアリティがない言葉を吐こう。人殺しだよ。それも尋常でない」

「なぜ、それを」

「なぜって、当人が無邪気に語るからだよ」

「ジョーが語る――」

「ああ。とても事実とは思えない。ある種の誇大妄想なのかなあ」

「ほんとうにジョーが喋るの」

くどいなあといった顔つきで、忠彦は雑に頷いた。

「はじめて殺したのは母親にまとわりついていた男で小学三年のときだってさ。おなじく小学三年の夏にその母親を殺して、おまえと出会う直前も浜比嘉島だっけ、シルミチューとかいう霊場の近くの漁船が抜ける浚渫《しゅんせつ》された海で、麻美とかいったかな、ジョーに結婚を迫っていた女を海の底にシャブが沈んでるって誘って、いっしょに潜った麻美の手首を海底に仕掛けた手錠につないで殺したって言ってたよ」

いったん、息を継ぐ。タバコを手にする。結局火をつけずに、もとにもどす。

「まったくいやになるな。浜比嘉だのシルミチューだのといった名詞が頭にこびりつきやがる。しかもそれを脳の抽斗《ひきだし》に整理分類しちまうんだ。職業病だよ。いや、まだ職業にもなってないけどさ。とにかく俺は現実のあれこれはみんな忘れちまうくせに、こういう話の細部だけはきっちり覚えているんだぜ」

忠彦はぼりぼり頭を掻くと、爪のあいだにはさまった雲脂を、紙ナプキンを尖らせたものでほじった。

「タナガーだっけ。おまえとジョーの大冒険もじっくり聞かせてもらったよ」

ほじった雲脂の塊を幾つも灰皿に落とす。器用に爪のあいだの清掃だ。

「だいじょうぶ。俺は誰にも喋らないから。だいたい喋るもなにも、こんなこと誰が信じるかよ。おまえが人殺しなんてさ」

タバコに手をのばす。に火をつける。しばらく指のあいだでくるくる回していたが、ふと気付いたかのように火をつける。ハイライト独特の焦げた洋酒のような香りが立ち昇る。さらに灰を落とすようとすと、雲脂が灼けて意外なほど香ばしく艶《なま》めかしい匂いが漂った。

「ここにくる前も京都で、沖縄から逃げた良実という奴を自殺に追い込んだって。良実に触れずに殺したって、すごく得意そうだったな。言葉の圧迫で自殺させちゃったみたいだな。ジョー曰《いわ》く言葉責め、だってさ。サドマゾかよ。いや、そんなんじゃねえよな。サドマゾじゃねえよ。だいたい子供の遊びみたいだもんな」

味わって喫い、ゆっくり吐く。タバコが好きでたまらないといった表情の忠彦だ。

「ジョーの言っていることが嘘か真かは、俺には正直、判断がつかん。殺人が子供の遊び。もし万が一ほんとうだったら、あんまりだよな。あんまりだ」

忠彦はふたたび旨そうに煙を喫いこんだ。ずいぶん深く喫いこんでいる。上目遣いで耀子を窺いながら、ゆっくり吐く。

「エクトプラズムだっけ。鼻や口から変な綿みたいな霊魂がでてきちゃうやつ」

タバコの煙を霊魂に見立てて、独りで笑う。

「で、次は俺だっていうじゃねえか。俺を殺したら、もう人殺しはやめるんだってさ」

ふたたび忠彦は霊魂を口と鼻からじわじわと吐きだして、おどけて言う。

「じつはさ、俺、もう霊魂だけになっちゃってたりしてな」

忠彦の口から、自分が殺されるということが洩れてこようとは。耀子は驚愕に、紫煙をたなびかせる忠彦の無精髭で汚れた顔を見つめるばかりだ。

「あのさ、なんか俺独りで喋ってねえか。こういうのは会話っていわんぞ。独演会じゃねえか」

「あの、ごめんなさい。私、その——。ジョーの言うこと、ほんとうだと思う？」

「よい質問だなあ。もしほんとうなら、おまえは最低最悪の女じゃねえか。ついこのあいだまでセックスしてたなんの落ち度もねえ俺をぶっ殺すってのを、べつに咎《とが》めもしねえで薄笑いを泛べて見守ってるってんだからさ」

「薄笑いなんて、泛べてないわ」

「うん。けどさ、まあ、笑っても笑わなくても、この場合、似たようなもんじゃんか。聞きたくはないだろうけど、俺はジョーに殺されるだけじゃなくて、見て見ぬふりするおまえにも殺されるってわけだ」

こんどは耀子が俯く番だ。忠彦はハイライトを丹念に揉み消した。耀子は俯いたまま、ごく小声で尋ねた。

「知りたいことがあるの。ジョーは忠彦さんのところにでかけて、なにをしているの」

「なにをしているって、けっこう有能な助手だよ」

顔をあげる。

「助手」

「そう。助手。お手伝いさん。部屋にきたら驚くぜ。やりたがるんで五月蠅《うるさ》いからまかせたら、俺の指図どおり、綺麗に片付けてくれたよ。そのノリで俺も綺麗に片付けられちゃうのかなって思ったんだけど、さしあたり俺に手を出す気配は欠片《かけら》もないなあ」

忠彦がケーキを食べたいと当然のような顔をしてねだる。昔と変わらぬと苦笑しつつ耀子は頷いた。甘い物好きで、見事なヒモ体質なのだ。他人に平然とあれこれねだるくせに、金遣いはやたらと荒い。

はじめて耀子とデートしたとき、分不相応なディナーで有り金すべてを遣い果たしてみせた。帰りの電車賃もないということで、そのまま耀子の部屋に転がりこんできた、というわけだ。

　つまりケチではない。他人に奢《おご》るのが大好きだ。けれど後先考えずに所持金すべてを遣いきってしまう。その潔《いさぎよ》さというか、無計画ぶりはいっそ心地好いほどで、それが人間的欠落からもたらされているものであるとしても、計算ばかりしている男たちのあいだで忠彦は見事に新鮮だった。

「それだよ、それ。いまは俺の生活の面倒をジョーがすべて見ているんだ。腹が減ったと言えば奴がチャリを漕いで王将に飯を食いにいく。払うのは、奴だ。で、俺がなにやら偉そうな御託を並べると、それを畏《かしこ》まって拝聴してだな、ありがとうございます、とか吐かしやがるわけだ。唐揚げ齧《かじ》って、餃子つついて、ありがとうございます――笑わせるぜ」

　殺してしまうまで、せいぜい好い気分にさせてやろうということなのだろうか。だが、そういうニュアンスでもなさそうだ。ジョーに直接問い質《ただ》さなければ、実際のところはわかりそうにない。忠彦はケーキを三口で平らげ、唇の端についたチョコを舐め、呟いた。

「俺はこんな具合に適当にあやされて、いい気分にさせられて、それで折を見て殺されちまうのかなあ」

　ふしぎなぼやきだった。現実感がないながらに、なんとなく覚悟しているふうでもあった。

「せめて、いま書いている作品を書きあげるまでは生かしておいてくれって頼んではいるんだがな」

忠彦は耀子から視線をはずすと、烈しく頭を掻いた。耀子はさりげなく顔を背けて雲脂を遣り過ごす。

「へへ。衝撃の告白をしようか。俺さ、用事ができると、いつもジョーにチャリを漕いでもらってあちこちでかけてるわけだ。ま、あいつが運転手ってわけだ。俺が漕ぐって言っても、絶対に漕がせないわけだ。で、あいつの背中につかまって我儘《わがまま》放題してるわけだが、夜中にコンビニとか行くときさ、暗がり抜けてくだろ、そんとき、ふと妙な気分になるわけだ」

「妙な気分て――」

「ああ。勃起こそしないけどさ、なんかにじんじゃいそうな気分。いや、実際に、にじませてるわけじゃないぜ。でも精神的にふしぎな昂ぶりを感じるわけだ」

「なんか、アブない」

「まったくだ。けど俺に同性愛傾向なんてまったくなかったはずなんだ。頭だけの理解、知性的理解しかなかったんだがな。ぶっちゃけ、わかったふり。それがさ、いまや、一歩踏み外したらジョーと肌を合わせかねない不安さえもってるよ」

小声で付け加える。

「よく、わかったよ。俺が性的逸脱をするとしたら、まずは同性愛だな。意外に敷居が低いというか、ジョーとなら、まあ、いいやって感じで」

「勘弁して」

「まったくだ。こうして告白するくらいだから、実際にやることはないよ。あくまでも精神的なものでさ、俺はうまく抑圧しちまうんだな。ずるいというか」

「ジョーの様子は、どうなの」

「ああ、俺ってアホだから隠し事ができねえじゃねえか。だから率直に汁がにじみそうって言ったよ。もちろんふざけているように見せかけてだけどさ。そうしたら俺もです――だってさ。真剣に答えやがった。で、逆に自制するようになったってわけだ」

ジョーには同性愛傾向などなかったはずだ。もちろん忠彦も、自身が口ばしっているように同性愛傾向の欠片もなかった。

頭上の照明が揺れ、乱れ、軋《きし》んだように感じられた。耀子は思わず両頰をはさみこむようにして押さえた。烈しい不安が迫りあがってきたのだ。かろうじて尋ねる。

「ジョーはあなたの執筆にも、創作にも関与しているの？」

「関与ときたか。資料整理とかはさせているけれど、具体的には、なにも。ただすばらしく有能であることは確かだ。先読みの達人だな。重宝しているよ」

「私がわからないのは、執筆中は頑なに独りでいることを求めるあなたが、ジョーを部屋に招いて平気でいること」

「それが、俺もふしぎでさ。平気なんだよ。たとえどんなに親しい間柄でも、執筆中は他人の気配が絶対に許せなかった俺なのに、ジョーには執筆中のディスプレイを覗《のぞ》きこまれても平気なんだぜ！」

「私が覗いたりしたら、あなたは怒り狂ったじゃない。基本的に温厚なあなたが、それこそ私を殺しかねないくらいに」

なにしろマンションに同居することを促《うなが》したとき、執筆は独りでないと不可能だとすまなさそうに言い、あのボロアパートを引き払おうとしなかった忠彦である。

「ジョーに指摘されたんだけど、俺って自分ではよくわからんけど、けっこう独り言をしているそうじゃないか。執筆中、あれこれ喋ってるらしいんだ。ところが、それに対してジョーが受け答えをしてくれる。ときに苦痛の呻きを洩らしたりもしているらしくて、見るに見かねたからだそうだけど、俺はなんとなくノセられちゃってるみたいでさ、ジョーと無意識の遣り取りをしてると、すっげー捗《はかど》るんだよ。ノルマと決めた一日十枚なんて、楽勝だ。苦しまずに書けてしまう」

「——いまのあなたにとって、ジョーはどんな存在？」

「おまえに対しては失礼だが、なくてはならない存在だ。いままでは男と男、認めるのが気持ち悪かったけど、おまえと遣り取りをしているうちに、はっきり自覚した。あの超越的美貌の悪魔小僧は、俺にはなくてはならない存在だ」

ハイライトに手をのばし、結局は火をつけずに、しみじみとした口調で言う。

「俺はおまえという最愛の女をなくして、ジョーを得た。ただしジョーと肌を合わせることは絶対にないよ。それは、断言できる」

「ほんとうかしら。性的逸脱をするとしたらまずは同性愛——って言ってたじゃない」

「うん。でも、逸脱はしない。俺にとってあいつはイリュージョンだから。イリュージョンだからこそ、執筆中もいっしょにいられるんだ。心と心で会話はできても、幻影と肌を合わせることはできないよ。幻影と交わることはできないよ」

また、頭上の照明が揺れ、乱れ、軋んだ。耀子は胃のあたりで凝固していた嫉妬が胃酸の苦みと共に食道を上昇してきて、外に向かって放たれるのを抑えきれなかった。

「せいぜい愉しんで。どうせあなたなんて殺されちゃうんだから」

口ばしってしまってから、呆然とした。愕然とした。

忠彦は上目遣いで、黙って耀子を見ている。

耀子はどうにか呼吸を整えた。泣きだしそうだった。

忠彦が微笑した。頬笑みをくずさぬまま、柔らかい声で言った。

「さっきも言ったとおり、いま書いている作品が完成するまでは生かしておいてくれって、いつも冗談まじりに哀願してるよ」

「ごめんなさい。私、どうかしています。なんか許せなくなっちゃって」

「泣くなよ。泣くようなことじゃないさ。おまえがジョーを愛していることは、俺にだってちゃんとわかってる。ジョーがおまえを愛していることも、な」

「私、愛されてるんだろうか」

「ああ。だいじょうぶ。どこでピッタリはまっちゃったんだろうな。ジョーはおまえに女を見て、母を見ているよ。おまえといると、ジョーは自分に欠けていたものが完全に充たされるみたいだよ」

「ごめんなさい。ほんとうに、ごめんなさい」

「うん。おもしろくないだろうが、もうしばらくジョーを貸しておいてくれ。おかげで、こんどは満足のいくものが書けそうだ。他人の評価はわからんが、自分にとって恥ずかしくないものが、完成しそうだよ」

忠彦が大きく頷いた。確信の眼差しで続ける。

「ジョーといて、悟っちゃったよ。苦労してつくりあげるものに、たいしたものなんてない、って。苦労はいいんだ。その苦労が苦痛でさえなければ。でも、苦痛をこらえてなにかするのは、大きなまちがいだな。俺はずっと勘違いしてたんだ。ジョーと付き合ってると、しみじみ思うよ。好きなようにやればいいじゃねえか——って」

07

震え気味な吐息が聞こえた。漠然《ばくぜん》と百科事典を眺めていたジョーが顔をあげる。遠慮気味に膝行《いざ》って忠彦の背後にいく。褞袍《どてら》を揺らせ、事務椅子を軋《きし》ませて忠彦がゆっくり振り向く。

「完成」

ひとこと呟き、大きく頷く。文學界新人賞に応募する作品の推敲《すいこう》が終わったのだ。烈しい虚脱に襲われてはいるが、成しうることをすべて為尽《しつく》した満足が、その眼を輝かせている。ジョーが素早く置時計を覗きこむ。夜十時をすこしまわったころだ。

「渋谷の郵便局なら、十二時まで受け付けてますよ」

「渋谷か。タクシーを奮発するか」

「距離にして三、四キロでしょう。俺が漕《こ》ぎます」

ジョーは二人乗りした自転車を漕ぐ。立ち漕ぎだ。すごい勢いだ。呆《あき》れ気味に忠彦がしがみつく。そんなに焦《あせ》らなくていい——と忠彦が押し留める。

ふと見あげた夜空は見事に晴れわたって星が燦《きら》めいていた。寒波のせいですっかり気温が下がって、路面によっては表面が危うい銀色に光っている。道玄坂《どうげんざか》をくだって宮益坂《みやますざか》で渋谷郵便局だ。

窓口で原稿をいれた大判の封筒に十二月三十一日の消印を捺《お》してもらって、忠彦とジョーは顔を見合わせた。笑みがこぼれる。

すべてを出し尽くした忠彦はなるようになれといったところだが、ジョーは忠彦に気付かれぬようにうまくいきますようにと念を送った。

郵便局をでる。いまさらのように意外な人出に気付き、顔を見合わせる。明治神宮の初詣までの時間潰しと思われる気の早い晴れ着姿もちらほら見える。

「さすが、冷える。耳がもげそうだ」

郵便局に至るまでは、緊張に寒さのことを口にすることもなかったのだ。忠彦が耳朶《みみたぶ》を抓《つま》んでおどけると、ジョーは大きく頷く。沖縄から出たことのないジョーにとって、この冷え込みは鮮烈だ。

「除夜の鐘——。どこだろう」

忠彦の呟きに、ジョーも耳を澄ます。幼いころ、仲井真《なかいま》の万福寺《まんぷくじ》に除夜の鐘を突きにいったことがある。大晦日《おおみそか》とはいえ、寒いと騒ぐほどもない沖縄である。じつは除夜の鐘の実感はほとんどない。あとはNHKのテレビでしか除夜の鐘は知らない。

「しかし、大晦日に抛っといていいのか」

耀子のことを尋ねると、ジョーは自転車の鍵をはずしながら即答した。

「十二月三十一日消印有効ですからね。忠彦さんの大切な日であることくらいわかってくれますって。ちゃんといっしょにいてあげろって珠美にも言い含めてあるし」

「ジョーは珠美をずいぶんかわいがるよな」

「かわいくありませんか、珠美」

「そりゃかわいいよ」

自転車を押して道玄坂をゆるゆる上っていき、松見坂《まつみざか》に至る。ふと思い出したように、忠彦がぼそりと言う。

「かわいいけど、入れ込みすぎだよ」

「なんの話ですか」

「珠美」

「俺もふしぎです。犬とかって、蹴り殺す対象でしかなかったから」

「無茶言うなよ」

「おいで、おいでって猫撫で声だして、近づいてきたらフルキックですよ。うまく喉を潰しちゃえば、鳴き声もでない」

「そんなジョーが、なぜ」

「――わかりません」

ボロアパートの鉄階段は、白くうっすら凍りついていた。忠彦もジョーも凍え付いた手すりに触れたくない。けれど足が滑ったときのことを思い、中途半端なバンザイのような恰好《かっこう》で階段をあがった。

途中のコンビニでビールや肴《さかな》を買いこんでもどった。部屋のなかは外とほぼ同じ温度になっていて、息が真っ白だ。息の行方を目で追って忠彦が顔を歪める。

「祝杯とはいえ、さすがにビールはきついなあ」

「とりあえず部屋を暖めないと」

ジョーが腰をかがめ、通電すると埃《ほこり》の灼《や》ける甘い匂いの立ち昇る古い電気ストーブのスイッチをいれる。さらに気をきかせて鍋に水を張り、ガスにかけた。沸騰させれば多少は暖かくなる。くるっと振り向いて時刻を確認し、邪気のない声で言う。

「忠彦さん、新年明けましておめでとうございます」

「うん。おめでとう」

「今年もよい年でありますように」

「おまえさ、俺を――」

ジョーはにやっと笑って肩をすくめる。忠彦はジョーの顔色を窺いながら、万年床に胡坐《あぐら》をかいた。〈ゆく年くる年〉だろうか、どこの部屋からか幽《かす》かにテレビの音が流れ込んでくる。

しばらく所在なげに白い息を漠然と見つめていたが、忠彦は胡坐をかいたままの恰好で万年床に転がった。ゆっくり胡坐が崩れる。腕組みのまま天井を見据える。

湯が沸いた。ジョーが火を弱める。忠彦はちいさく胴震いすると掛布団を引っぱった。

ジョーは忠彦の頭上の裸電球を一瞥《いちべつ》する。

「消しますか」

「頼む。眩しくていかん」

電気ストーブの朱色の光だけになった。忠彦は腹這いになって缶ビールに手をのばし、プルタブを引いた。啜《すす》るようにして飲む。傍らにちょこんと座って、ジョーもビールを啜った。一気に飲むのは冷たくて無理だ。

身震いしているジョーを、忠彦が横目で見る。忠彦の視線に気付いたジョーが眉を顰《しか》めるようにしてビールを置いた。他のものにすればよかったと独白する。そんなジョーに忠彦が囁き声で言う。

「耀子が怨んでるぜ」

「女はセックスという武器があるから、逆にそれが役に立たないときは荒れ狂ったりしますね」

忠彦が息をつく。

「わからんよ、俺には。大晦日から正月、パートナーがいる奴はみんなしけこんで、そっと寄り添ってるときだ。俺がジョーの立場だったら、こんな貧乏神じゃなくて女を取るけどなあ」

「貧乏でも、神様だから」

ジョーが柔らかく頰笑んでいるのを見てとって、忠彦はビールを枕許に置き、仰向けになって失笑気味に呟く。

「おまえはほんとうに変な奴だな」

「忠彦さんに言われたくはないですよ」

「けっ。俺はまともだってえの」

「あの」

「なに」

「横に入っていいですか」

「え」

「布団に入っていいですか」

「——おまえ、もう帰って耀子と寝ろよ」

「布団に入りたいんです」

「俺はね、男だよ」

「そんなの、いやっていうほどわかってますよ」

薄闇の中で忠彦は口をすぼめた。

「俺、殺されちゃうのか」

「原稿は完成したし、年も明けましたしね」

「そうか。殺されるのか」

「布団、入りますよ」

「好きにしろ」

冷たい空気を入れないように気配りして、控えめにジョーが身を滑りこませてきた。忠彦はしばらく黙って天井を見あげていたが、布団の真ん中からそっと動いて、ジョーの場所をあけた。

ふたりの吐く息が、薄闇のなかで白い。はじめのうちは凝固していた忠彦だが、やがて緊張を解いた。

「どうにでもなれ、だ」

「覚悟、決まりましたか」

「覚悟なんかしてねえけど、まあ、なるようにしかならねえだろう。運命だな」

布団の中でジョーが手を動かした。忠彦の首にかかる。

「冷てえ手だなあ」

「温まるまで待ちますか」

「殺すのに、温まるもないだろう」

「ですよね」

片肘ついてわずかに身を起こし、もう片方の手で軽く絞めあげて、すっとはずす。忠彦は自分の首のジョーの手が触れていたあたりを確かめるかのように撫でた。

「忠彦さん」

「なに」

「手、握ってください」

首に手がかかったときよりも、忠彦は緊張した。幾度か喉仏を上下させ、天井を凝視する。テレビの音は消え、遠くの車の走行音が幽かにとどく。

息の音ばかりが耳につく。

おずおずとジョーが手をのばしてきて、忠彦の指先に触れた。忠彦は大きく息を吸い、それを吐くのと同時にきつくジョーの手を握りしめた。

そのまま、ふたりは動かない。手を握りあい、仰向けに並んで静かに天井に澱《よど》んでいる闇を見つめている。

湯をかけたガスの火を消していない。いまごろになって乾いた空気が湿り気を帯びてきたのを感じとり、そのとたんに湯泡が弾ける音が耳につく。

「忠彦さん」

「うん」

「忠彦さんみたいな人もいるんですね」

「俺がどうかしたか」

「生きてない」

「俺が？」

「はい。忠彦さんは死んでます」

「わからん。おまえの言ってることがわからんよ」

「生意気を言いますね」

「ああ」

「忠彦さんは現実を生きてません」

「そういう意味か」

「はい。俺が知ってる人は、みんな生きることにしがみついてました。現実にしがみついていました」

「俺だってしがみついてるけどな」

「はい。でも、忠彦さんは死者だと思うんです。俺には死んだ人に見えるんです」

一呼吸おいて、付け加える。

「死んだ人というのは、俺にとっては悪い意味じゃありません。話が飛んじゃうけど、よくも悪くも悟っちゃっているかのようなニュアンスです。現実と距離をおいている。あるいは現実のほうが距離をとってしまっているのかもしれません」

「そうか。俺は死者か」

「はい。うまく言えませんけど、忠彦さんが生きているのは小説のなかだけで――」

合点のいった忠彦が返す。

「虚構にしか生きてないといったところか」

「それです。虚構です。いつもなにか考え、物思いに耽《ふけ》っているけれど、それは現実のあれこれじゃない」

ジョーの手に力がこもる。忠彦が握り返してやると、感極まった言葉が迸《ほとばし》った。

「ああ、僕のお母さん。僕のお母さんも、いま思えば、そうだったようです。なんせ狂っていたので」

「俺は狂ってるか」

「狂っていません。でも」

「うん。虚構に生きていることにおいて、小説書きも狂人も、いっしょか」

忠彦の言葉にジョーは激した感情を抑えて静かに応える。

「はい。幼かったとはいえ、僕は考え違いをしていました。母が男を選ばず、抱かれていることに目くじらたてて、嫌悪――嫌悪っていうんですか。嫌悪しました。でも、母は現実の男に抱かれていたわけではなかったんですね」

「実際のところは知らんが、そういうことなんだろうな。お母さんは、きっと誰にも見えないなにかに抱かれてたんだよ」

「幼かったとはいえ、僕はやらなくてもいいことをしてしまいました」

「終わったことだ。ごちゃごちゃ言うな」

「はい」

忠彦が口調を変えて問う。

「おまえのまわりには、小説を書くような人間はいなかったのか」

「残念ながら」

ぼそっと付け加える。

「慾深い人ばかりでした。慾深い人たちの虚構は、お金や女やメンツやなんやかや——。ぜんぶ現実の尻尾を引きずった見苦しいハッタリみたいなものでした」

「ひどい言い方だけど、強慾な奴らこそが人間だぜ。俺なんか、ゴミだ。妄想にたかる虫だ。いわば、いなくていい人なんだ。おまえに毒されてしまったのかもしれん。だが、わりと率直に思うよ。ほんとうは、殺されてしかるべきなんだ」

殺されて——というところで、ジョーは合図を送るかのようにキュッと指先に力をこめた。すこしはしゃいだ声をあげる。

「でも、俺、忠彦さんの手伝いをしているうちに、忠彦さんの話を聞いて、いろんな本を読み耽って、凄いことに気付いちゃったんです」

「世紀の大発見か」

「大発見です」

「内緒で教えろ」

「はい」

ジョーが大きく息を吸った。合わせて忠彦も息を吸った。忠彦の頬がゆるむ。面倒なことに生きている。息をしている。息を確かめていると、ジョーの声がかぶさってきた。

「人は、どうせ、皆、死んじゃうんです」

「それが世紀の大発見か」

「はい。俺にとっては」

ジョーの真剣さに、忠彦は黙りこんだ。ジョーも黙っている。やがて忠彦がぼそりと呟いた。

「ジョーは困ったことに気付いちゃったな」

「そうなんです。意味なかったです。俺がいままでしてきたことは」

忠彦が失笑気味に返す。

「俺なんか、生きたまま死者にされちまったしな」

抑えてはいるが、ジョーは切迫した声をあげる。

「忠彦さんも死んじゃうんだ」

ごく冷静に返す忠彦だ。

「それを言うなら、おまえだって死ぬ」

「はい」

「確実なものなんてひとつもない人間の生において、いずれ訪れる死だけが確実なんだよな」

「はい」

「誰だって死ぬ。そんなことは、わかりきってるさ」

「はい」

「でもな」

「はい」

「それに対して実感をもっているかいないかはでかい。じつはな」

「はい」

「人はな、みんな、自分だけは死なないと思ってるんだ」

ジョーが弾かれたような声をあげる。

「それです！　そうなんです。なんなんでしょうか。みんな、自分にだけは明日がくると信じこんでいる」

「許せないか」

「許せません」

「でもな」

「はい」

「それこそが、生きるということなんだよ。生きるということ、言い換えると欲望には、
じつは、はじめから楽天的な欺瞞《ぎまん》が含まれているんだ」

ふっと息をつく。嘆息するように続ける。

「自動車を運転する奴は、自分がこれから事故を起こすとは絶対に思っていない。だから
運転できるんだ。運を転がせるんだ」

ジョーは忠彦の口の端が薄闇のなかでちいさく持ちあがるのを見つめていた。忠彦の唇
に泛《うか》んでいたのは皮肉な笑みだった。

「こっぴどく振られた俺が言うことだから憎しみまじりの雑念まじりの妄念漬けではある
が、あえて言う」

「はい」

「耀子の精神状態は、よくないよ」

「そうかもしれません」

「おまえが俺の部屋に入り浸るようになってから、耀子からは、俺とおまえの関係をずい

ぶん問い詰められた。どうせあなたなんて殺されちゃう——とまで言われたさ」

　ジョーが短く溜息を洩らす。

「嫉妬しないと思ってたんですけど、この世には嫉妬しない人間なんていないんですね」

「嫉妬は、たぶん人間の作動原理のひとつだよ。それはともかく、耀子はおまえに夢中、ある意味狂っているよ。おまえが耀子にも話していないあれこれを俺に語っちまうから、般若《はんにゃ》みたいな顔をしてた。その顔を見てるうちにな、俺な、耀子のために死んであげようかなとか思っちゃったよ」

「死にますか」

「自殺は無理だけど、おまえの手にかかるなら、もう、いいや」

「身をまかせますか」

「うん」

「残念ですけど、もう、僕は——」

「どうせ、人は死ぬからか」

「そうです。殺人なんて意味がない」

「殺人とは、自分にとって存在してほしくない人間を排除する暴力だ。いてほしくない奴を消滅させせることができるんだから、意味がないというわけでもない」

「忠彦さんには、いてほしいので」

「虚構に生きる死者だからか」

「そのわりに、体臭がきついですけど」

「うるせえな。俺はな、腐りはじめてんだ、たぶん」

「ふたりで寝てると、それなりに暖かくなってきますね」

「握りあった手には、汗が浮いてるぜ」

忠彦の揶揄に、真剣な声がかえってきた。

「なんか、俺、人の手を握ったことがないような気がして」

「耀子の手をきつく握ってやれ」

「はい。そうします」

忠彦は大きく息を吸いこみ、止めた。ゆっくり吐いた息は、まだ白い。

「ジョーは好《い》い児《こ》だよ。皮肉じゃなくてな、ほんとうに好い児だ」

「俺は悪い子のつもりなんですけど」

「いや、まちがいない。好い児だ」

ジョーは忠彦の手をぎゅっと握りしめ、離した。そっと布団からでると、ガスの火を消し、燃えそうなものがないか電気ストーブの周囲を確かめ、間近な本の山をすこし離れたところに移動し、せまい玄関口に座ってスニーカーを履き、おもむろに立ちあがると、横たわったままの忠彦に深く一礼して出ていった。

＊

ゴールデンウィークも明けた五月七日午前十時、津軽《つがる》海峡フェリーはゆっくり青森の港を離れた。珠美を車内に残したまま乗船したくないのでドッグルームのあるフェリーを選んだ。四時間弱の船旅だが奮発してベッド、テレビ、トイレ、シャワールーム完備のスイートだ。

東京にいるあいだは、ジョーがいつ忠彦のところに行ってしまうかという不安を抑えられなくて苛立ち、荒れ狂い、やがて落ちこんでしまい、沈みこんでいた耀子だった。

大晦日から元旦にかけて以降、ジョーは忠彦に会っていない。だが、それでも耀子は不安を抱き、ときに妄想をさえ抱いた。

けれどセレナを走らせて東京から離れるに従って笑顔がもどり、フェリーが出港して津軽海峡にでたときには、ほぼ以前の耀子にもどっていた。

「俺、たまりにたまってんだけど」

「そんなの、しらない」

「そんなこと、言うなよ。頑張って二部屋しかないスイート、予約したんだぜ」

結局、ふたりはシャワーも使わずに絡みあった。たまりにたまっているはずのジョーよりも、耀子のほうが、まさに貪《むさぼ》るかのように肌をすりつけ、髪を振り乱して歯を立てた。思わずジョーが痛みを訴えるほどだった。

耀子はジョーの脈動を感じとり、烈しく反りかえり、後頭部をベッドに打ちつける。極めすぎて声もなく、やがて詰まった息を細く長く吐いて徐々に弛緩した。

虚脱したジョーは一切加減せずに耀子に体重をあずけて微動だにしない。耀子は気怠《だる》げにジョーの臀の筋肉の盛りあがりをなぞるように撫ではじめた。

「私があんな貧乏神に負けるとは思ってもいなかったわ」

半覚醒状態だったジョーは、耀子の言葉にしばらく反応しなかった。それでも、くぐもった声で呟くように応えた。

「勝ち負けとかじゃない」

「でも、現実は、私が蔑《ないがし》ろにされた」

「それは、あやまるよ。ごめん」

「ごめんですんだら警察はいらない」

「東京の子も、そんなことを言うんだ？」

「沖縄の子供も？」

「うん」

耀子は大きな溜息をついた。

「なぜ、殺さなかったの」

「殺す必要がなかったから」

「そういう弱気は、命取りになるわ」

「耀子は根っこのところで殺せとは言わないと思ってたけど」

「赤の他人ならば、ね」

「忠彦さんだから、殺してしまえと」

「そのとおり」

短く、はっきり答えた耀子をジョーは凝視した。耀子は真っ直ぐ見つめかえす。

そっと軀《からだ》をずらして耀子の上からおりたジョーは、耀子を腕枕してやりながら困惑気味に天井を見つめた。

「私も普通の女だったって思っているんでしょう」

「べつに」

「私を殺してしまおうと思っているんでしょう」

「まさか」

「どうしちゃったの。すっかり好い児になっちゃって」

ジョーは微妙な笑みを泛べた。なに？　と耀子が見咎《とが》める。

「いや、忠彦さんも俺のことを、好い児だって言ったから」

「それは文字通り、ジョーが好い児になっちゃったからじゃないの」

「忠彦さんが言った好い児は、たぶん耀子が言っている好い児とは意味が違う」

「どう違うっていうの」

「俺には文学的才能がないから、うまく言いあらわせない」

「文学的才能ときたわ。もう、びっくり」

「まったくだ。ちょい恥ずかしいよ」

フェリーが函館《はこだて》のターミナルに着いた。下船する車内で、どっちの方角に向かうか相談した。耀子が左回りがいいと提案した。左側通行なので、一車線分、海が間近というわけだ。珠美は耀子の膝で見ず知らずの大地にはしゃいでいる。

東京にもどってから、耀子は大学にまったく近寄らなくなってしまった。ジョーはもともと時間に縛られているわけではない。上地に一千万で覚醒剤込みでダットラを売りつけたので、金銭的にも余裕綽々《しゃくしゃく》だ。

だから北海道の外周を海に沿ってゆっくりまわり、自身が存在していること自体が神秘だと耀子が感じた北海道の太平洋側、根室と釧路のあいだのアゼチ岬を目指す。

目指せ北海道一周――とふたりは同時に声をあげた。内陸に入ったとしても、必ず海側にもどって北海道の海岸線を徹底的になぞることに決めた。

国道二二八号線を行く。上磯《かみいそ》の市街地を抜けてたいして走らぬうちに完全に人家がなくなった。珠美もはしゃぎ疲れて、耀子の膝の上に軀を伸ばした。

フェリーターミナルから距離にして一〇キロも走っていない。交通の流れもやたらとよいので時速七、八〇キロ平均で走っている。だから十分程度の走行時間だ。

国道は完全に海に沿っている。陸地の最外枠、蒼く霞《かす》んだ函館湾を左に見ながら走り抜けていく。ステアリングを握っているジョーがルームミラーを覗きこみ、溜息をつく。

「誰もいない。後ろにも前にも、一台も車がいない。走ってるのは、俺たちだけ」

「沖縄だって北部の太平洋岸を走る道は、ほとんど道を独占よ」

「それはそうだけど、誰もいない濃度がまったくちがう」

「誰もいない濃度」

「そう。やたら濃い。ほんとうに誰もいないんだ」

「感動してるみたい」

「感動してるんだ」

断片的にジョーが喋ることを耀子なりに組み合わせると、どうやらジョーは日本の北の端の北海道を、南の端に位置する沖縄と同様の島として捉えていたようだ。

もちろん頭では北海道が巨大であること、そして気候風土もまったくちがうことは理解しているのだが、日本の両極の地であるということで、なんとなく同様の寂《さび》れ具合を思い描いていたらしい。

「たとえ沖縄は海が見えない場所にいても、そこがちいさな島であることを周囲の空気が伝えてくるよ」

「そうかもしれない。吹く風の基本は、必ず潮風ね」

「北海道は内陸に入ったら、地平線が見えるんだろう」

「うん。沖縄では、いえ内地と呼ばれる本土だってあり得ない光景よ」

「俺にだって感じられるよ。本土にいたときは、島国って感じだった。東京にいたって島国だった。ところが、ここはちがう。ここは大陸だ」

「ブレーキストン線て、知ってる？」

ジョーが首を左右に振る。耀子は淡々と説明する。

「ブラキストン線とも言われてるんだけど、最近はブレーキストンかな。一昔前にはよくあったことだけど、ブラキストンは正しい発音とはすこしちがうみたい。イギリスの博物学者、ブレーキストンが本州と北海道の鳥類を研究していて、双方のあいだに埋めがたい差異があることに気付いたの。動物区っていうんだけれど、津軽海峡で完全に分かれてしまうのね。つまりブレーキストン線というのは動物の分布境界線なわけ。その後哺乳類についてもこの線がニホンザル、ツキノワグマ、カモシカ、ムササビ、モグラ、カワネズミ、ヒミズモグラの北限線であり、ヒグマ、クロテン、ナキウサギ、シマリス、エゾヤチネズミの南限線となっていることがわかったの」

ジョーが感嘆の声をあげる。

「耀子はすごいなあ。動物の名前までよく覚えているなあ」

沈んだ声がかえってきた。

「クリエイティブじゃないのね」

「どういうこと？」

「私の脳は、暗記することは得意だけど、忠彦さんみたいに創作には向いていない」

ジョーはステアリングから両手を離し、おおげさに肩をすくめた。

「誰も忠彦さんにはなれないよ」

「ジョーは忠彦さんを尊敬してるのね」

「尊敬。無理だよ」

カラッと笑うジョーである。

「人間失格とはよくいったものだと思うよ」

「人間として失格しているから、小説という虚構を醸《かも》し出せるのよ」

「ああ、耀子はうまいことを言う。俺はね、忠彦さんに言ったんだ。忠彦さんは死んでます——」

「人間失格だから?」

「そう。俺たちの現実にとって、じつは死体なんだよ、忠彦さんは。だから殺す必要がなくなっちゃったんだ」

「穿《うが》ちすぎ」

「そうかなあ。俺は、そうは思わないな」

「いいわ。水掛け論になっちゃうし。ただ、私はジョーの知らない欲望にまみれた忠彦も知っているの」

「それは、そうだよ。男と男の接し方と、男と女の接し方はぜんぜんちがうよ」

「あーあ。ジョーは忠彦のなにに感応したのかなあ」

「俺もよくわかんないけどね。忠彦さんは、いいよ。じつにいい。世界でいちばん役立たず」

「それは、言えてるな」

耀子が拇指《おやゆび》の爪を咬むようにして含み笑いを洩らす。ジョーは車一台走っていない進行方向を柔らかな眼差しで見つめている。和解が成立していた。

行き止まりなのはわかっているが、とにかく海に沿って走ってみようということで、知内《しりうち》から道道五三一号線に入ってみた。道はすぐに急峻な崖の迫る海岸線となり、幾つものトンネルを抜けて、ちいさな漁港のある集落に至った。

集落を抜け、依怙地《いこじ》になって荒れ放題のせまい未舗装路を行くと、落石がひどくなり、やがて道は唐突に消えた。

セレナを駐めて車外にでる。珠美が走りまわったが、すぐにふたりのところにもどってきた。沖には名もない小島や岩礁が無数に連なって打ち寄せる波に白く泡立っているのが見えた。

陽光降りそそぐ五月だというのに、この大地の基調は寂寥《せきりよう》だ。ステアリングを握りながら沖で舞う海鳥に視線を投げ、とにかく寂しいとジョーが呟く。ひたすら誰もいないと付け加える。

圏外かもしれない。期待せずに耀子は携帯をいじりはじめた。どうにか電波を捉えた。人口密度で検索をかけてみた。

東京は一平方キロメートルあたり五千五百人強、沖縄は六百人少々、北海道は六十七人だった。

「そうか。沖縄の十分の一か」

「東京の八十分の一ほどね」

近くまできたからということで、札幌《さっぽろ》には立ち寄ったが、基本的に頑《かたく》なに海沿いを北上している。札幌の北、石狩《いしかり》を抜けると国道沿いにもかかわらず徐々に人家が消えていき、地勢はいよいよ険《けわ》しさを増した。断崖絶壁に穿《うが》たれた長さが一キロ以上あるトンネルを無数に抜けていく。

「雄冬《おふゆ》岬って抜けてきたでしょう。ウィキで検索かけてみたら、あのあたり、一九八〇年代まで道がつけられなくて、連絡船だけが頼りの陸の孤島と呼ばれていた土地だったそうよ。電話回線がつながったのが七〇年代の終わりごろだって」

「とんでもない断崖絶壁が続くもんなあ。しかも、あまりに続きすぎるんで、なんだか感覚が麻痺《まひ》しちゃって、断崖絶壁が当たり前みたいな気分になってる」

増毛《ましけ》に至って、ようやく日本海側の難所をすぎたようだ。市街地といえども信号は町の中心部だけで渋滞があるわけでもなく、セレナはストレスなく進んでいく。

しかも市街地を抜けてたいして行かないうちに制限速度解除の標識があらわれる。ジョーは市街地の時速四〇なり五〇なりの制限速度を解除してよいという標識を北海道で初めて見た。合わせて人家が消えていく。

メイン・ストリートを抜けるに従って建物がへっていくその姿は、まるで映画で見た西部劇の町みたいだとジョーが苦笑まじりに呟く。開拓で出来あがった町はどこもこんな感じではないかと耀子が返す。

留萌《るもい》、苫前《とままえ》と走り抜け、午後四時過ぎに天塩《てしお》に着いた。途中の羽幌《はぼろ》の道の駅にある温泉で一風呂浴びている。石狩から二五〇キロほどだった。

天塩から日本海オロロンラインと呼ばれる道道一〇六号線に入る。天塩から稚内《わっかない》まではぼ七〇キロほどの距離だが、日本海に沿ったほぼ直線路で、以前は全線未舗装、冬期通行止めになってしまう道だった。いまでも要所要所に、吹雪《ふぶ》いて身動きがとれなくなったときに車ごと逃げこむことができるシェルターが設《しつら》えてある。

アゼチ岬とおなじくらい気に入っている道だと耀子が勢い込む。雄冬岬のように断崖絶壁がひたすら連続しているわけではなく、陸地側は泥炭の湿地が拡がり、左側に日本海が揺れている。

「どう。これがサロベツ原野」

「海も真っ平らなら、地面も真っ平ら。水平線に地平線――」

それだけ呟くと、ジョーは首を左右に振って黙りこんでしまった。毎晩、眠る前に沖縄を基準に世界を考えていたといった意味のことを繰り返すジョーだ。大陸の風景にジョーはひたすら打ちのめされている。

「もうすこし走ると、この天気ならば、すばらしいプレゼントに出会えるわよ」

「プレゼントは出会うものなのか」

「いいから、キミは黙ってセレナを走らせなさい」

珠美は西日を嫌って耀子の膝から降り、助手席の床に軀《からだ》を伸ばしている。海。陸。水平線。地平線。まったく変化のない景色がひたすら続く。

ジョーにとっては、この変化のなさが衝撃的なのだ。沖縄の人口密度は一平方キロメートルあたり六百人少々とのことだが、北部と南部は極端に人が少ないかわりに、那覇を中心として宜野湾やコザなどの人口密度は尋常でない。ただでさえせまいところにやたらと巨大な米軍基地まで抱えている島の宿命で、ピンポイントでは東京よりも人口密度が高いのではないか。

思いかえせばジョーはいつだって人の気配のなかにいた。過剰な人いきれのなかにあった。ところがこの北の大地の主は人間ではなく自然だ。広大すぎて手のつけようのない大自然だ。

原野の先に、ごく稀に巨大な崩れかけたサイロらしきものがあらわれるが、どうやら立ちゆかなくなって夜逃げした酪農家の廃墟らしい。人の痕跡といえば、真《ま》っ直《す》ぐにつけられている道路と酪農の廃墟くらいだ。

やがてジョーが首を横にねじ曲げて目を見ひらいた。耀子が得意げに頷《うなず》く。

「利尻富士《りしりふじ》よ」

「ほんとに富士山そっくりだ。ただ――」

「ただ、海からいきなりにょっきりって言いたいんでしょう」

「驚いた。島だろう」

「利尻島の利尻富士」

「夕陽をバックに洋上の富士山」

「すごいでしょう」

「すごい」

「綺麗でしょう」

「たまらない」

「一七〇〇メートル強だったかな、高さ。でも、いきなり洋上から突出してるから雄大でしょう。異様に高く聳《そび》えたって見えるでしょう」

思ってもいなかった偉容の出現に、ジョーは瞬《まばた》きを忘れている。ジョーの昂ぶる顔がたまらない。耀子は景色ではなく、ジョーの顔だけを見つめている。

この日は、利尻富士を眺める名所としてごく一部に知られている浜勇知《はまゆうち》、コウホネ沼休憩所の駐車場で車中泊することにした。まだ陽はあるが、駐車車両があるわけでもなく、無人だ。

このあたりは泥炭の原野に無数の湿地帯や沼があるのだが、駐車場の西側にはコウホネの花で有名な周囲四〇〇メートルほどの小さな沼があり、その先は岩で護岸された浜、そして日本海が拡がるばかりだ。

コウホネとは河骨と書き、睡蓮《すいれん》の仲間だ。夏になると水面に意外に大きな黄色い花を咲かせるが、まだ早く、湖面は海からの強風に乱され、縮緬《ちりめん》の皺《しわ》じみた細かな波に覆《おお》われているばかりだ。

駐車場のいちばん端にセレナを駐め、車外にでる。珠美が駆けだした。赤いハマナスの群生に飛び込んで、顔だけジョーにむけて排尿している。意外に温度が低く、ジャケットを取りにセレナにもどる。沼の周囲の遊歩道を抜け、海に出てみた。

案内板には砂浜があるように描かれていたが、満ち潮なのか護岸部分に波が直接打ち寄せていた。じっと立ち尽くして利尻富士を望見していると、たちまち髪が湿って丸まってくる。

しかも見るみるうちに波が高さを増し、飛沫《しぶき》を浴びぬために後退せざるをえない。やがて沖の波頭が白く乱れはじめ、それにともなって空がどんどん低くなっていき、青空が消えた。

鈍《にび》色の雲が海面にまで垂れ込めてうねり、翻《ひるがえ》るかのように上昇し、身悶《みもだ》えするのがわかる。見守るジョーと耀子の前で利尻富士は幕を引かれたかのようにあっさり姿を消してしまった。ジョーがぽつりと呟く。

「沖の海面から龍が立ち昇るのが見えたような気がするよ」

「雲が天にむかう姿は、そのまま龍の姿よ」

ジョーは利尻富士が消えてしまった日本海を息を詰めて見つめている。沖縄の海とちがって重く濁って、黒ずんでさえ見える。だが汚れているわけではなく、プランクトンなどが豊富で、だから透明度が低いのだ。サンゴなどが美しい透明度抜群の沖縄の海は、じつは砂漠化が進んでしまって栄養不足であるということらしい。

「龍の奴、あっさり利尻富士を隠しちゃったなあ」

「驚いたわね。あっという間」

波しぶきが睫毛《まつげ》を濡らしているような気がして、耀子は中指の先でそっと触れ、意識的に瞬きしてみる。唇を舐めれば、やはり塩辛い。ジョーも真似して、ぺろりと塩味を確かめる。珠美は強風を避けて、ふたりの背後に隠れている。

「なんで北海道の人は泳がないのかなって思ってたわけだ」

「泳ぐ気になれないよね」

「無理だ。北の海は、怖い」

「ジョーの口から怖いって言葉を聞くとは思わなかったな」

「打ちのめされてるんだよ。沖縄では、泳ごうと思えばいつだって泳げるから、誰も泳がない。北海道では泳ぐ気になれないし、泳げない」

「でも、胸に沁《し》みるでしょう、北の海」

「沁みる。切なくなる」

ふたりはしばらく洋上に視線を投げていたが、珠美が空腹を訴えて甘えだしたので、駐車場にもどった。

セレナの陰でドライフードと水を与えていると、駐車場にミニバンがはいってきた。足立《あだち》ナンバーだから東京からきたようだ。ジョーたちのセレナのじゃまにならぬように離れた場所に駐車した。

　ミニバンの車内から三十代後半と思われる男と二十代後半、あるいは三十代前半と思われる女が降りてきた。夫婦だろうか。これといって特徴のない男女だ。男も女もジョーを目《ま》の当たりにして一瞬、目を瞠《みは》った。それでも男のほうが柔らかな声をかけてきた。

「ここで車中泊ですか」

　耀子が柔らかく頷く。

「私たちもここで一夜を明かしていいでしょうか」

「もちろんです。公共の駐車場ですから」

　男女が頬笑んだまま一礼した。男がセレナのナンバーを見た。

「沖縄からですか！」

「ええ。ずっと旅を続けているんです」

　女のほうがしゃがみこんで珠美を手招きする。あらかた餌《えさ》を食べ尽くした珠美は駆けより、甘えだした。先ほどまでは利尻富士が見えていたのに、一瞬で見えなくなってしまった――と和やかに耀子は男と言葉を交わしている。ジョーは会釈して車内にもどった。夕食の準備を始める。

　すぐに耀子も車内にもどってきた。垂れ込める雲のせいで夕陽が洋上に沈むのは見えなかったが、あたりはすっかり暗くなり、風が強くなってきて、冷え込んできた。

足立ナンバーの車中泊旅行者とはそれ以上の交流があるわけでもなく、また、それが普通であるから、とりわけ気にもならない。お互いに急激に下がってきた温度のせいもあって車内に閉じこめられてしまったかのようでもある。

道の駅などで車中泊をしていると、たとえば定年退職をしたと思われる夫婦などがミニバンで日本中を旅行してまわっているのに出くわす。そういった旅行者の数は、相当なものだ。

旅館やホテルに泊まりながら旅行を続けると、どうしても宿泊施設に到着する時間を基準に一日を組み立て、動かなければならなくなる。

ところが車中泊と割り切ったとたんに、行動のすべてが自由になる。一日二日ならともかく、代わり映えのしない旅館の夕食よりも自炊のほうがよほどましだ。

耀子とジョーは、北海道のスーパーではどこでもおいてあるたれに漬け込んであるジンギスカンをフライパンにあけ、ざく切りにした野菜といっしょに火をとおす。米は炊《た》かずにジンギスカンとおなじスーパーで買った白米をふたりで分ける。

「ずっと焼き肉の仲間だと思っていたジンギスカンは煮物だった」

「札幌のお店で食べたのは、ちゃんと焼いたけど」

「だが、見たまえ。市販のジンギスカンと称するもの、あくまでも肉の煮物である」

「ま、そうだけど、能書きたれてるうちに私が食べちゃうよ」

「それは許されないでしょう」

「しかし珠美は変よね。キャベツの芯《しん》好き」

「金がかかんなくていいや、日本犬」

車内で煮炊きすると結露がひどいので窓をわずかにあけているのだが、流れこんでくる風はずいぶん冷たい。それがやがて雨の香りを纏《まと》いはじめ、雨粒がすこしだけ車内にまで入りこんできた。

ジョーは即座に窓を閉め、結露部分をタオルで拭う。こうして雨に閉じこめられることを思うと、大仰な設備はいらないが、換気扇だけはほしいと思う。

セレナにダットラのようなキッチン設備はないが、ジョーは雨の中を駆けて休憩所の建物のトイレで食器などをざっと洗う。よく働くよね――と耀子が驚くくらい、ジョーはこまめに動く。

ジンギスカンは脂《あぶら》がしつこい。おおかた食器を洗いつくしたとき、足立ナンバーの女がトイレに駆け込んできた。女はジョーの姿に驚き、しかも勝手に頬を赤らめている。ジョーが訊く。

「御夫婦ですか」

「そうなんです。じつは、これが新婚旅行」

「ああ、いいですね。お仕着せじゃないし、時間がたっぷりとれないと、なかなか車中泊で旅行というわけにもいかないでしょう。これがほんとうの贅沢《ぜいたく》ですよね」

「お互い、自由業なので」

女は名残惜しそうだったが、ジョーは会釈して食器を重ね、トイレからでた。いつまでもお喋りしていては、彼女が用を足せないからだ。

小走りにセレナにもどる途中、ジョーは女の顔がよく思い出せないことに気付いた。初対面のときも思ったが、夫共々じつによくある顔だ。悪相ではないが、印象が薄い。

旅に出てから、他人の顔を覚えられなくなった。もっともジョーは耀子以外の女に興味がないので、他のどの女の顔も脳裏に残らないというのが本当のところだ。

セレナにもどって三〇分もすると、降りはいよいよ烈しさを増してきた。セレナの天井を打ち据え、爆《は》ぜる雨音が騒々しい。窓外は真っ暗で、雨水が泡立つかのように窓を伝い流れ落ちていく。

耀子が歯磨きをしていると、ジョーが擦り寄って腰を抱いてきた。車中泊旅行をするようになって、耀子とジョーはセックスばかりしている。暮れてしまうと、することがないからだ。

「ちょっと待ってよ」

「うまい具合に本降りだから、多少騒いでもあっちには伝わらないよ」

「そういうことじゃなくてね、私は歯を磨いているの」

「そんなの、見ればわかるよ」

委細構わず、ジョーは耀子の軀のあちこちに頬ずりしはじめた。珠美が視線を投げはしたが、またかといった顔つきで大あくびし、目をとじた。

＊

五月下旬だというのに、稚内のガソリンスタンドでは快晴にもかかわらずストーブを焚《た》いていた。たしかに外で作業をしていると指先がかじかんでしまいそうだ。

最北端の宗谷《そうや》岬を経て、オホーツク海側を南下していく。耀子がステアリングを握っている。ジョーは助手席で姿勢良く座り、控えめに揺れるオホーツクの海を眺めている。

「忠彦さんはどうしてるかなあ」

「――気になる?」

「うん。じつは」

「なに」

「うん。札幌の本屋で〈文學界〉を立ち読みしたんだ」

それがどうかしたか、と耀子が視線を投げる。ジョーは膝の珠美を撫《な》でながら、嬉しそうに言った。

「忠彦さん、受賞してた」

「文學界新人賞！」

「そう。応募総数、二千百十一篇。その天辺《てっぺん》に忠彦さんがいたんだよ。うまくいくだろうとは思ってたけど、俺まで震えがきたなあ。新人にしてはやや古臭いってけなされてたけれど、なんだかんだいって選考委員は絶賛してたよ」

「なんで黙ってたの」

「耀子から、忠彦さんのことがきれいに消え去ってしまっているみたいだから」

たしかに、そのとおりだ。ジョーと旅立ってから忠彦のことを思ったことなどほとんどない。はじめのうちだけだった。やがて、まったく忠彦のことは脳裏に泛《うか》ばなくなった。いまではその存在さえ、あやふやな感じがする。

東京にいたとしたら穏やかではいられなかったかもしれないが、北の大地では小説も文学も遠い彼方の出来事だ。耀子は素直に認めることができた。

「そうか。忠彦、やったわね」

「すごいよな、忠彦さん」

「殺してしまわなくて、よかったね」

「うん。よかった」

すごい会話だと失笑しつつ、耀子が呟く。

「でも、私は、正直、なにも感じないな」

「耀子の切り替えはすごいよな」

「褒《ほ》められてるのか、けなされてるのか」

「褒めてるんだよ。耀子の気持ちが俺一直線というのが、ほんとうに嬉しい」

温泉があるので、その日はオホーツク海側からわずかに内陸に入った上湧別《かみゆうべつ》の道の駅に泊まった。じっくり汗を流してセレナの車内で耀子とジョーが缶ビールで乾杯しているころ、東京は紀尾井《きおい》町の文藝春秋本社屋で文學界新人賞の授賞式が執《と》り行われていた。

文學界新人賞の授賞式はホテルの宴会場などを借り切ってやる派手なものではなく、文藝春秋の編集者や文芸関係の新聞記者が参加する、ごく地味なものだ。

選考委員の選評の後、忠彦は受賞の言葉を述べた。当初はジョーのことを語ろうと思っていたが、いざマイクを前にすると奇妙に現実味がなく、結局は当たり障《さわ》りのない受賞の言葉に終始した。

ジョーを語ろうとすると、なぜか虚構を口にしているかのような錯覚が起きる。伊禮ジョー＝イリュージョン、我ながらよく言ったものだと苦笑に近い笑みが泛んだ。だから忠彦は受賞の言葉の最後にこう付け加えた。

「じつは、この作品を書くにあたって、陰に日向に尽くしてくれた男――女性ではないのが残念ですが、男がおりまして、その男のことを語ろうと思っていたのですが、どうにもリアリティがなく、結局は言葉にするのを躊躇《ためら》ってしまいました。その男の特異な出自その他はじっくり聞いているので、書いても差し障りのないときがきたら、ぜひ、彼のことを書いてみたいと思っています。彼は、その佇《たたず》まいからしてじつにフィクションにふさわしい男なのです」

終章

一日の走行距離を抑えている。セレナを走らせている時間よりも耀子とジョー、ふたり並んでオホーツクの景色をぼんやり眺め、珠美と遊んでいる時間のほうが多いくらいだ。

それでも着実に南下し続けて、アゼチ岬に近づいてきている。

納沙布《のさっぷ》岬ではロシアに実効支配されている歯舞群島《はぼまい》が間近だ。距離にして四キロもないらしい。ロシアの巡視艇が洋上をこれ見よがしにゆるゆる抜けていく。

岬にある北方館からは双眼鏡で水晶島《すいしょう》を見ることができる。平べったい島影にロシアの監視塔やレーダーアンテナらしきものを目の当《ま》たりにすることができた。

ジョーは強く国境を意識した。知床《しれとこ》の羅臼《らうす》側からも北方領土である国後《くなしり》を目の当たりにできたが、根室から見る歯舞群島は近すぎるくらいに間近にあり、米軍に占領されたかのような沖縄とはまた違ったひりつくような緊迫感がある。

「日本の北と南の端には矛盾《むじゅん》がたっぷりだなあ。けれど日本人は、ほとんどその矛盾を実感したことがないんだ」

「と言いながら、急に日本人になってる」

耀子の揶揄《やゆ》にジョーは照れたが、それでもすぐに真顔になり、呟いた。

「根室は日本人なら一度は訪れておかないとやばい気がするな。日本で国境があからさまなのって、ここくらいだろう。しかも歴史的には不法占拠というか、占領じゃないか」

「一度居座っちゃったら、そう簡単にどいてくれないわよ」

「俺は北方領土に渡りたい」

「そんな日がくるのかしら」

「日本人は、黒灰色のロシアの巡視艇が洋上を威圧しつつ横切るのを、ちゃんと目の当たりにしないといけないと思う」

きつい眼差しのジョーだ。耀子はそこまでシビアなものを感じない。戦争に負けるということは、こういう結末をもたらす——という醒《さ》めた認識がある。

ロシアの無法は許しがたいが、現実には身動きがとれずに戦後、どれだけの時間がたってしまったか。戦いに負けるということの惨めさが、北方領土には凝縮している。まさに犠牲になった者が浮かばれない。

途中の花咲《はなさき》港近くの水産物の店で花咲蟹を買ってみた。じつはいまの時期、根室は禁漁で、ここの花咲蟹は釧路で水揚げされたものだという。しかも蟹というが、実際はヤドカリの仲間だそうだ。

よけいなことばかり得意げに教えてくれる店主に愛想笑いを返して逃げだし、すこし走った海岸の駐車帯にセレナを駐めてスライドドアを完全にひらき、胡坐《あぐら》をかいて蟹を解体し、口に運ぶ。

「うーん、大味ね」

「そうかな。俺は蟹ってあまり食べたことないから、じつに旨《うま》い」

「なんか脂っぽくない？」

「あまりくさすなよ。俺は旨いと思って食べてるんだから」

そんな遣り取りをしながらも、キッチン鋏《ばさみ》でバリバリ殻を切り裂いて、ジョーは夢中で食べまくる。セレナの車中がすっかり蟹臭くなってしまった。

オホーツク海から離れ、太平洋に沿って西に進む。もちろん国道ではなく、海沿いの道道一四二号線だ。その昔は道のほとんどが未舗装だったらしいが、いまでは全線、舗装されている。けれど交通量はゼロに等しい。カーラジオをつけて天気概況に耳を澄ましていたジョーが呟く。

「アゼチ岬は根室支庁になるのかな、釧路支庁かな。どのみち太平洋側は夜半より荒れ模様みたいだよ」

「いままで私が訪れたときは、必ず快晴だったけどなあ」

「どうやら青空の背後にある暗黒の宇宙はおあずけかな」

「たぶん、ね」

「うん」

「嵐がきても、あの岬は絶対に素敵なはず。私のなにが感応するのかわからないけれど、もう不思議な落ち着かない気分だもの。昂ぶりはじめている」

昼下がりの太平洋は、垂れ込めてきた雲のせいで水平線がはっきりしない。沖のほうが荒れているのだろう、白銀を先端に纏《まと》った三角波が不規則に乱れている。

「嵐がきたら、いいな」

「そう思う？」

「ああ。途轍《とてつ》もない嵐がくればいい。嵐の岬と、嵐の去った岬。両方を俺は知りたい」

「――もし、ジョーの期待に沿えなかったら、どうしよう」

「心配になってきた？」

「正直、自信がなくなってきたかも」

「俺はもう充分に、いろんなものを貰ってるんだけどね」

そっと耀子の頭を撫でる。耀子はうっとりしかけたが、大きく顔を顰《しか》めた。

「あのね、嬉しいんだけどね、蟹臭い……」

「ほんとだ！　耀子の頭から蟹臭が」

「いやだ、蟹臭」

「すっげー蟹臭」

悪ふざけして纏わり付きあっていると、珠美もいっしょになって跳ねまわる。ふたりと一匹、セレナの床に転がった。

「──ああ、このまま死んでしまいたい」

「意味ないって」

「そうかな。私は、いちばん幸せないま、死んでしまいたい」

「どうせ、死ぬんだから」

「そりゃそうだけど」

「忠彦さんにも偉そうに言っちゃったんだけど、人は、どうせ、皆、死んじゃうんだ」

「あのね、死んじゃうのと、死んでしまいたいのとでは、まったく違うの」

「どう、違う」

「おっ、つっかかるなぁ、若人《わこうど》」

「死という現象においては、どっちもいっしょだろう」

「困ったもんね。観念的な忠彦に毒されちゃったわ」

耀子は仰向けのままセレナの車外に足を出してぶらぶらさせている。起きあがって口を尖《とが》らせて海を見つめているジョーを一瞥する。

「人には意志があるもの」

「意志の話なら、忠彦さんとした。死は自覚的に体験できない」

「忠彦の科白《せりふ》？」

「そう。死んだらどうなるか。それについて知りたければ、自分が死んでみるしかない」

「バカみたいというか、いやらしい。そんなんで死ねないわよ。自殺して、死んだらどうなるのかを確かめるのって、もし本気だったら、どこか変態ぽいわ」

「まったくだ。でも、忠彦さんが教えてくれたよ。死ななければわからない事柄、これすなわち観念にすぎない。だからこそ死は無数の観念を生みだす母である。生からは、観念は生まれない」

「また、大仰な――」

「小説家が死を描く所以《ゆえん》だって」

「忠彦は私を侮っていたのかな」

「なんのこと」

「そういう話、私にはしなかったよ、一切」

「そりゃあ、忠彦さんみたいな垢《あか》抜けない人だって相手が耀子だったら遠慮するさ」

「垢抜けない忠彦は、ジョーだったら話すわけね」

「うん。俺が人殺しだからね。言われたよ。おまえは悪魔が持ってるあの大きな鋭い鎌みたいなもんだって」

「──あえて自己申告します。私だって、人殺しだよ」

ジョーはちいさく頷いた。耀子は淡々とした声で続ける。

「もちろん、私自身は一生、殺人なんて無縁で、それこそ殺人は観念に過ぎないって思っていたし、なんとなくなるとしたら被害者であると信じていたわ」

「俺は被害者とか加害者といった自覚の欠片《かけら》もなかったな。俺の場合、あるがまま」

「だから、怖いのよ」

「幼かったのかな」

「ジョーが？　冗談じゃないわ。ジョーの行動は意志的なもの。やる気満々」

「褒められたぞ」

「褒めてないって。ジョーは人間にとって始末に負えないギリシャの神々みたいな存在だったのよ」

「けれど、いまや、ただの人でございます」

「どうも、そうみたいね」

「まいったよ。闘争心みたいなものの欠片も残っていないよ」

「私たち、どうなるのかな」

「俺の目論見《もくろみ》は、だな」

「目論見。聞かせなさい」

「お聞かせ致します。俺の目論見は、耀子とふたりだけでこの北の大地で地味に余生を送ることでございます」

「本気で言っているの」

「本気も、本気。大本気」

「しょうがないなあ。私も普通の女に生まれ変わってあげるか」

「お願いします。どうせ、俺も歳をとれば無様な爺さまになる。そのときにきりっとした耀子がいるといないでは大違いだ」

「あのね、私だって歳をとるのよ」

「いっしょに歳をとりたいね」

「よく言うよ」

「怒ることないじゃないか」

「よく、言うよ」

「泣きだすこと、ないじゃないか」

「うるさい。出発よ。岬を目指せ！」

ジョーは素早く花咲蟹の殻を片付け、運転席に座った。両手を眺め、臭いを嗅いで、ハンドルが蟹臭くなると呟く。珠美は耀子の膝で、蟹臭い耀子の手をおざなりに舐める。

まだ頭上は青空が支配的ではあるが、沖はすっかり靄っている。風も湿り気を帯びてきている。アゼチ岬まで、あとわずかだ。

霧多布《きりたっぷ》半島まで距離にして六〇キロ弱といったところか。平均時速が八〇キロを超える北海道では、小一時間で走りきれてしまう距離だ。

せっかくだからということで途中の落石《おちいし》岬に寄っていこうと話しあっていたのだが、そのさなかに海の側から純白の巨大な触手がじわじわ道路上にまで伸びてきて、一気に見通しがきかなくなった。

海が生みだす濃霧は白く嫋《たお》やかな姿と裏腹に途轍《とてつ》もなく居丈高で、しかも際限がない。風があるから停滞することはないのだが、太平洋と周辺の湿原が膨大な水蒸気を供給し続け、あたりは純白がうねるミルクの海と化してしまい、セレナはその粘るような白い海流に没してしまった。

橋上などは大気の流れの関係か霧も薄くなるのだが、すぐに乳白色の流れのなかにセレナは飛び込んでしまう。視界は最悪で十メートル以下といったところ、海の見通しもきかないだろう。落石岬は諦《あきら》めることにした。

緊張と無縁のジョーが進行方向を凝視《ぎょうし》し、やや前屈みで運転している。沖縄でも春先から梅雨《つゆ》のころまでは霧が出ることもあるが、これほどの濃霧はあり得ないという。

落石から道道は海岸線から数キロほど内陸に入り、海から離れるのだが、それでも霧は勢いを弱めない。海風に煽られぬぶん、停滞がひどい。

ヘッドライトを上向きにすると霧の粒子に光が乱反射してよけいに前が見えない。ライトを下向きにしてほとんど徐行だが、交通量がまったくないことが救いだ。

「凄《すご》いな。強烈だ。ここまで白いなんて」

ジョーの嘆息《たんそく》に耀子の溜息が重なる。そっと手をのばし、ジョーの太腿におく。ジョーは耀子の掌の熱を愛おしみつつ、注意深く運転に専念する。

秘境駅として有名な初田牛《はったうし》で道道一四二号線はふたたび海に向かう。恵茶人《えさしと》の前後は道が細くなり、いよいよ心細い。ジョーがぼそりと呟《つぶや》く。

「いいなあ」

「いい？」

「霧に閉ざされてることがじゃないよ。人家がまったくないことが凄い。凄く、いい」

我が意を得たりと耀子が頷く。ジョーが続ける。

「人家がないところなんて北海道にはいくらでもあったけれど、このあたりは地形が極端に険しいわけでもない。ハッタリめいたところがないとでもいえばいいかな。それでも人の気配がない。気に入ったよ」

「これだけ濃霧が発生するとなると、農業には向いていないんでしょうね」

耀子がナビを移動させる。目的地であるアゼチ岬がある霧多布半島の西側から湿原がはじまり、霧多布湿原は別寒辺牛《べかんべうし》湿原に隣接し、別寒辺牛湿原はさらにその西の東京都よりも広大な釧路湿原に隣接する。つまりこのあたりは昔は海で、塩水こそ消え去ったが、一大湿原地帯なのだ。

耀子の説明にジョーはサロベツ原野の湿原を思い、日本海側と太平洋側の差なのだろうか、このあたりの湿原はサロベツほど荒寥《こうりよう》としていないと呟いた。植生も豊かだし、生き物の気配もある。

いきなり耀子が駐めて！　と声をあげた。即座にジョーはつんのめるようにブレーキをかけた。そのせいでフロアに転がった珠美が短く吠えて異議を唱える。

霧の中に降り立つ。名もなき湿原の霧のあわいを透かし見る。先に車内から飛びだした珠美が威嚇《いかく》の吠え声をあげる。その先に丹頂鶴《たんちょうづる》の姿があった。

ジョーは呆気《あっけ》にとられた目で丹頂を見つめている。その巨大さに驚愕しているのだ。ところが丹頂のつがいは珠美の吠え声に気付いたのか、いきなり鋭い声で鳴き交わした。あきらかに警告の鳴き声だが、またその声の大きさに目を剝《む》くジョーであった。

セレナにもどって走りはじめてからも、ジョーは昂奮を隠せない。ダチョウ並みだとその巨大さを喩え、とりわけ最初の一声の甲高《かんだか》い鳴き声に驚かされたと運転そこのけで語りかける。頭頂部の赤が霧の白のなかで目に痛かったと続ける。

ジョーは沖縄島に幽閉されていたような気がするといった意味のことをたどたどしく独白した。ジョーを北海道に連れてきてよかった、と耀子はしみじみ思う。

道はとっくにアゼチ岬のある浜中《はまなか》町に入っている。じつは浜中町の役場を初めとする中心施設は太平洋に突きだした霧多布半島の根本に集中している。幾度も地震による津波の被害を受け、壊滅的な打撃を受けた地域だ。現在は高さが三メートル、総延長が一七キロにもおよぶ防潮堤で街のすべてを囲って市街地を津波から防御している。

濃霧の中、かろうじて読みとれる道路標示に従って浜中町の中心部を抜けた。とたんに無人になり、道幅もせばまる。

「なんでも霧多布半島は、六〇年代の地震で陸地とつながっていた砂州が途切れてしまって、霧多布島になってしまったそうよ」

「でも、ちゃんと半島に渡っていける」

「分断されてから、立派な橋を架けてつないだから」

無駄口を交わしながらも耀子は緊張しはじめていた。いよいよアゼチ岬である。ジョーに気に入ってもらえるだろうか。よろこんでもらえるだろうか——。

広大なアゼチ岬の駐車場はミルクの充たされたプールだった。セレナは粘ってさえ見える純白を掻きわけてそろそろ進む。車は一台も駐まっていない。舗装部分以外は青草が生い茂っている。霧の水分に艶やかに光り、しかも申し合わせたように項垂《うなだ》れている。

いつきても、誰もいないと耀子が呟く。反対側の霧多布岬には、多少は観光客も訪れるのだが、ここは忘れ去られた岬だった。濃霧のせいで駐車枠も判然としないが、無人であるからどこに、どんな体勢で駐めても文句がでるはずもない。

ナビの地図で見るとアゼチ岬は鋭い刃物状に琵琶瀬湾に突きだしているが、この濃霧ではなにも見えない。そればかりか日も陰ってきた。

「日本でいちばん沈む夕陽が美しい岬だと私は信じているんだけれど」

沈んだ声で耀子が言う。ジョーは黙って岬の先端まで歩いていく。その動きに合わせて濃霧が纏《まと》わりつく。耀子が追った。そっとジョーの顔を覗きこむ。胸を衝かれた。

ジョーがその瞳に涙をいっぱい溜めていたからだ。

落涙こそしなかったが、ジョーは無言で霧に閉ざされた岬に立ち尽くしている。その長い睫《まつげ》毛に霧の粒子が光る。

耀子はしばらく傍らに立っていたが、そっと身を寄せた。

「さんざん言い聞かされてきたせいかな。なぜか泣きそうになった」

「――どんな気分？」

「神妙な気分」

「神妙。神の妙――か」

なにを言っているのか、といった目でジョーが見つめる。耀子は照れて、とぼけた。ふたりは濃霧を纏ってしばし立ち尽くし、海鳴りに耳を澄ました。

ほぼ暮れて車内に引きこもったころ、車内に他車のライトが射し、揺れた。ジョーとふたりだけの岬が理想だが、自然を独占するわけにもいかない。

耀子は結露をそっと指先でぬぐって外を見る。ずいぶん離れたところに一台のミニバンが駐まった。白い車体が旅の汚れでくすんでいる。ジョーに声をかける。

「見覚えがあるわ」

「あれは浜勇知だっけ、コウホネ沼休憩所の駐車場でいっしょに一晩あかした足立ナンバーだよ」

「車は見覚えがあるけれど――」

「どこにでもある顔といったら失礼だけど、夫婦の顔はぜんぜん思い出せないなあ」

どこにもない顔貌のジョーの呟きが奇妙におもしろく、軽く俯いて笑いを噛《か》みころした耀子だ。ジョーとふたりだけの時間をじゃまされたくない。この濃霧である。挨拶《あいさつ》は、もし彼らが立ち去っていなければ明日にでも折をみてということにした。

車中泊で旅をしている者は、たとえ以前道の駅などでいっしょであっても、車内にいるかぎり、いちいち声をかけたりしないという不文律がある。ドアを閉じた車内は完全なプライベート空間ということだ。

耀子とジョーは素早く夕食を終え、車内のカーテンを引くと就寝用の低反発マットレスを展開した。ふたりの不規則に乱れた息の音ばかりがする。しばし見交わし、きつく接吻をした。

お互いに口にはださねど、どうしたことか岬に到着したときから、きつく発情していたのだ。耀子の軀をまさぐりながら、ずっと勃起し続けていて苦しかったとジョーが囁《ささや》く。耀子は耀子で下着をひどく汚してしまっていて、それが冷たい。早く――と哀願する。

全裸になって、お互いの全身に唇を這わせあう。ときに歯を立て、むしゃぶりつく。こらえきれなくなってひとつになり、けれど耀子がきつく痙攣《けいれん》して動かなくなるとはずし、それをふたたび耀子の口に押しこむ。耀子は夢中で舐めあげる。ふたたびきつく居丈高になると、ジョーはそれを耀子のおなかのなかにもどす。加減せずに動作する。けれど終わりがくるのを畏《おそ》れるかのようにぎりぎりでジョーは抑制し、はずし、兆《きざ》しを彼方に押しやる。それの繰り返しなので、耀子はもう幾度極めたか、自身でも判然としないほどだ。

なにかに取り憑《つ》かれているかのように数時間交わり続け、いよいよジョーがこらえられなくなった。もはや言葉はない。ジョーの最後の兆しを悟った耀子は、その腰に両脚をきつくまわして動きを規制した。自分のなかのジョーの射精の瞬間の律動のみを感じとろうとしているのだ。

耀子の耳許に口を押しつけるようにしてジョーが呻《うめ》きはじめた。呻きは抑えたものではあるが徐々に雄叫びに近いものとなり、ふたりはほとんど動作もせぬまま合一の歓喜に打ち震える。

どのように熱く烈しい交わりであっても終局がくる。柔軟になったジョーは耀子の収縮に耐えられず、追い出されてしまった。その瞬間の落胆はジョーよりも耀子のほうがよほど強く、悔しげに奥歯を咬む。

ジョーも離ればなれになってしまったことに気落ちしたが、それでも健気《けなげ》に身を起こしてティッシュを手にして耀子の軀の後始末をしてやる。さすがにこれくらい長時間交わっていると、耀子はもはや起きあがれず、まだ目の焦点が合っていない。

「驚いたな」

「どうしたの」

「いや、あまりに大量なんで」

「いちいち掻きださなくてもいいよ」

「けど、気休めにすぎないかもしれないけれど、これは我ながら強烈だから。なんか妊娠させてしまいそうだ」

耀子が吐息を洩らした。

やはり耀子は不妊なのかもしれない。そんな思いを抱いたジョーはすまなさそうにティッシュを使う。耀子を浄《きよ》めあげる。

「ごめん」

「あ、勘違いしたようね」

「どういうこと」

「うん。あの溜息は、いわば歓びの吐息よ」

「わからない」

「あのね、私ね、妊娠しているの」

「妊娠。俺の？」

「そう。毎月おなじみのものがやってこないから、札幌に寄ったときに内緒で検査薬を買ってみたの」

ジョーはティッシュを手に凝固している。耀子は抑えた声で告げる。

「陽性だったわ」

「それって、まちがいなく妊娠しているんだな？」

「うん。迷惑なら――」

「バカ言うな。産んでくれ。絶対に、産め」

「なんかね」

「うん」

「そう言ってくれると思ってたよ」

耀子は満足げに頷くと、頽《くずお》れるかのように眠りにおちていった。交わりが烈しすぎたのだ。このぶんだと明朝はしばらく起きあがれないかもしれない。

ジョーは目を輝かせ、自分の頰をはさみこむようにして叩いて気合いをいれた。けっこう大きな音がしたが耀子は微動だにしない。静かな寝息がなければ、薄く笑みを泛べた幸福な死体といった気配だ。ジョーは眠る耀子を見つめて独り、呟く。

「俺さ、このあたりで漁師をするよ。沖縄だって北海道だって海は海。たいして稼げないかもしれないけれど、親子三人で仲良く生きていけるさ」

霧はいよいよ濃さを増し、車内までしっとりしている。ジョーは頭の片隅でまだ岬から海を見ていないと呟き、そっと耀子の傍らに身を横たえる。片手で頭を支え、ジョーはいつまでも耀子を見やっていた。

＊

うとうとしたような気もするが、眠った気がしない。幸福な昴ぶりが抜けないのだ。存在していること自体が神秘であるという啓示を耀子が受けた土地だ。ジョーは心が土地に感応しているのだと悟った。そっと指先で結露を拭って窓外を窺う。目を瞠《みは》る。

いつの間にやら晴れわたり、霧の欠片さえ残っていなかった。奇妙に明るい。耀子の頬に口付けしてそっと車外にでる。珠美は目をひらきはしたが、耀子の足許から動こうとしない。ジョーがいなくなると、ふたたび前脚に顔を埋め、目をとじた。

雲がすべて吹きとばされた藍色の夜に巨大な満月だけが浮かんでいた。ジョーは濡れた草々を踏みつけにして岬の先端に向かう。岬は細い尾根道のようで、先端に至ると青草は消え、褐色の岩場となる。

海はまだ荒れ模様だった。逆巻く波が打ちつける。ところが夜空は穏やかに静まって、月あかりがあたりを青く染めあげる。間近に浮かぶ島々は申し合わせて切り揃えたかのような台形で、棘々《とげとげ》しいところがない。神の吐息の静謐《せいひつ》が柔らかな錘《おもり》となってジョーの肩にのしかかる。

岬の先端にすっと立ち、しばし海を見おろし、ふと我に返る。

「俺、飛ぼうとしていた」

小声で独白し、ちいさく途方に暮れる。自殺願望などからではない。優しく誘われたのだ。

誘われた。

誰に——？

ジョーは岩場からさがって濡れた草叢にそっと腰をおろした。膝を抱きかかえて、命について、考えた。

狂った母がジョーを産み、耀子がジョーの子を産む。ジョーはそっと目頭を拭う。

狂った母の前にも生と死の輪が連綿とつながってつくりあげられた永遠の過去があり、そしていま岬に座しているこの瞬間の現在があり、ジョーの子が生まれ育っていく永遠の未来がある。

ふしぎな達成感があった。充実に震えがきた。無数に殺して、ひとつの命をつくった。すべてを成しとげたという実感があった。ごく身近なところに永遠があった。

人は死ぬが、命は脈々とつながっていく。頭では理解していたが、ようやく実感となった。涙は静かにあふれ落ち、ジョーはそれを拭いもしない。

生きとし生けるものは、子宮という聖なる器を用いて永遠をつないでいく。営みは場合によっては途切れることもあるが、それでも営々と倦《う》まず弛《たゆ》まず男と女は交わる。

「性慾って聖なるものじゃないか。死を乗り越える唯一の手段じゃないか」

夜が白みはじめるまでジョーは座り続け、荒れた海が鎮まっていくのを見守った。解脱《げだつ》というのはこういう気分のことをいうのかなと胸の裡で呟き、独りで照れて立ちあがる。

セレナにもどりかけたとき、駐車場の端に駐まっていた足立ナンバーのミニバンのドアがひらき、女がちいさく手を振ってきた。

またお会いしましたね、と挨拶をしているようにもみえたが、どうも女は困惑しているようだ。女の手がジョーを招く。なにごとかと近寄ると、車内から男が苦笑まじりに呟いた。

「お騒がせしてすみません。じつは、寝袋《シュラフ》のジッパーが壊れてしまって微動だにしなくなっちゃったんです」

ジッパーですか、と小首をかしげながらミニバンのところに行く。男が雑に丸めた寝袋を手に、途方に暮れた苦笑を泛べた。どうやらジッパーが咬んで動かなくなってしまい、寝袋に入れなくなってしまったらしい。

べつにこういうことが得意なわけでもないんだけれどな――と苦笑をかえしながらも、ジョーは寝袋に手をのばした。

羽毛が散った。

あとから幽《かす》かにボッというくすんでくぐもった音がした。

ジョーは痛みを他人事《ひとごと》のように感じ、そっと胸のあたりに視線を向けた。男が苦笑を柔らかな微笑に変えて囁くように言った。

「先端に十字の切れ目を入れてあるからね、貫通しないんだ。平たく潰れてキミをいたぶるってわけだ。肺の中に鎮座まします鉛の兵隊ってところだね」

言いながら、さらに撃つ。羽毛の寝袋が銃声を減衰させてしまうので静かなものだ。ジョーは濡れた舗装の上に転がっていた。男が女に言う。

「おまえの望みどおり、顔は撃たなかったからね。標的に思い入れをもつのって、めずらしいよね、おまえにしては」

「この顔を壊すなんて、耐えられないもの」

「美男子は得だよなあ」

遣り取りをしながらもふたりはこまめに立ち働き、消音器代わりにした寝袋にジョーの死体を入れる。ジッパーを顔まで引きあげてしまう。銃弾でひらいた穴はガムテープでふさいで羽毛がでないようにする。

血で汚さぬよう、車内にゴミ袋を敷きつめてミニバンにジョーの死体を積みこむ。舗装上の血痕をきれいに流す。水はミニバンに積んである飲用および調理に用いる二〇リッターのポリタンクのものだ。

貫通銃創を与えてしまうと射出口が大きくひらいて血や肉片を散らしてしまうが、それは巧みに避けてある。たいした流血でもないので、ジョーを始末した痕跡はすぐに掻き消えてしまった。この間、十分もかからず、男と女は即座にミニバンを発進させた。駐車場を出たとたんにフル加速する。

霧多布湿原に寝袋ごとジョーを沈めてしまえば仕事は終わりだ。都合のよいことに湿原には落とし穴と称される谷地眼《やちまなこ》という壺形の深みがある。

牛馬や蝦夷《えぞ》鹿、ときに釣り人などが落ち込んで、永遠に姿をあらわさぬことで谷地眼は知られている。

深さはおおむね三メートルほどだが、繁茂する植物が入り組んで絡みあい、入口がごくちいさく窄《すぼ》まっているので、落ちてしまえば出ることができない。

いわば水生植物によってつくりだされた罠で、干拓などが行われてはじめて白骨化した死体があらわれることがある。

目星をつけていた湿原に着いた。気をつけないと自分たちが谷地眼に没してしまいかねぬので、ここからの作業はジョーを射殺したときよりも難事だ。死体に手をかける。男が頭のほうを、女が脚のほうを持ったときだ。いきなり声がした。

「耀子は」

胸部に全弾を撃ちこんだのだ。殺したと信じ切っていた。男が寝袋の顔の部分をずらしてジョーの顔を露わにした。完全に死体の色をしたジョーが、ふたたび訊いた。

「耀子は」

男と女は顔を見合わせた。男が抑えた声で応じた。

「仕事として請け負ったのは、キミだけなんだ。あの娘さんは関係ないよ」

ジョーの頬に安堵が泛ぶ。そのまま事切れそうになったが、ふたたび尋ねた。

「なんでコウホネ沼に泊まったときに、こうしなかったの？」

「ああ、妻に叱られちゃったよ。じつは僕は雨が嫌いでね。いや雨を見ているのは好きだけどさ、濡れたくはないからね。あの晩は、さぼっちゃったというわけ」

「誰の差し金？」

「キミが奪った覚醒剤のほんとうの持ち主の依頼だよ」

「――上地さんはどうなった？」

「もう、いない」

ジョーは瞬間目をとじたが、すぐに声をあげた。

「ふしぎだな」

「なにが」

「なんで俺たちの居場所というか、移動先がわかったのか」

「そんなの、簡単だよ。那覇でウィークリーマンションを借りたじゃないか。彼女が御丁寧に東京の自宅の住所を書いて残してくれたからね。部屋を借りるときには免許証とかで確認するそうだね。嘘の住所を書くわけにはいかないもんね」

「守秘義務は」

「なにをとろくさいことを。誰も逆らえないでしょう、組織には」

「まだ疑問が解けないな」

「こっちもだよ。なんで死なない？」

「俺はシバだから。青黒いんだ」

青黒い……と顔を見合わせる男と女だ。死体の色をしたジョーは確かに青黒い。青黒い顔色で寝袋の中からじっとふたりを見つめている。男が促した。

「疑問を解いちゃおうか。そうしないと死ぬに死ねないって感じだもんな」

「ああ、なんでセレナの行くところがわかったの？」

「そんなのGPSの発信器をつけておけばどうにでもなるじゃないか。べつにプロフェッショナルな発信器というほどのものでもないんだけどね。なんせアキバで売ってるものだからさ。彼女の東京の住所がわかってるんだもん。セレナが世田谷のマンションの駐車場に入ってから、車体の底に発信器を取りつけたんだ。ま、強力磁石でくっつけただけだけど」

「疑問が解けてみると、意外とちゃちだな」

「ひどい言われようだなあ」

ジョーの首が幽かに動いた。男も女も身構えた。ジョーの青黒い顔がいっぱいの笑みに覆われた。その視線がふたりに据えられる。

「あんたらさ」

「なに」

「まったく印象に残らないね。このミニバンは確かに記憶にあるけれど、あんたらの顔はいまでもまったく印象がない。目の当たりにしてるというのに、目立たないこと、この上ないというか、究極のありがちな顔だね」

「お褒めいただきまして。この顔立ちのおかげで僕たちは仕事をつつがなくこなして御飯を食べていけるのでね」

「余裕で返しているわりに、御夫婦の目つき、凄くきつくなってるよ」

一呼吸おいて、男が吐き棄てる。

「僕だってキミのような顔立ちだったら、べつの人生を歩んだだろうさ」

ジョーは薄く笑う。

「失礼な物言いになっちゃうけど、これから旅立つわけだからあっちでも忘れないように覚えようと頑張ってるんだ。けど、あんたらの顔、どうしても覚えられないや」

女が苛立ちの声をあげる。

「どうせあたしたちはどこにでもある顔で、どこにでもいる顔よ」

血走った目で銃を要求する。男が首を左右に振り、そっと押しとどめる。

ジョーは事切れていた。

＊

耀子はセレナの車中でどうにか目覚めた。とっくに日が昇っていた。低血圧気味でもあるし、なによりも昨夜が烈しすぎた。まだ腰のあたりに血が澱《よど》んでいるかのようだ。

空腹を訴える珠美に餌を与え、スライドドアをひらき外を窺う。荒れ模様だったのは夜半までだったらしく見事な快晴だ。顔の覚えられない夫婦者のミニバンも走り去って、駐車場は無人だ。

ジョーは岬の先端に向かったのだろうか。目に入る範囲に人の気配はない。

朝食の準備をしたが、ジョーはあらわれない。やがて朝も十時を過ぎてしまい、さすがにちいさな不安が胸に兆した。

落ち着きをなくし、むやみに珠美を撫でまわす。なにしろ岬の駐車場には人っ子一人いないのである。

「どこ行っちゃったんだろうね、ジョーは」

珠美は小首をかしげて耀子を見つめ、尻尾を振るばかりだ。耀子は幾度めかの溜息をつ

く。結局は朝食に手をつけずに昼の時刻になってしまい、耀子は居たたまれなくなってきて、岬のあちこちを彷徨《さまよ》い歩いた。

夫婦者のミニバンが駐まっていたあたりに羽毛らしきものが散っていた。濡れていた地面に落ちたらしく、純白の羽毛は縮《ちぢ》こまり、丸まってアスファルトに張りついている。

なにげなく腰をかがめて羽毛を剝がした。

幽かに血に染まっていた。海鳥が狐などの獣に襲われたのだろう。耀子は指先で淡い血に染まった羽毛を丸めた。羽毛は地面に落ちたが、もう耀子の意識はそこにはない。

夕暮れが迫って、さすがに耀子は平静ではいられなくなってきた。あたりが暮れると不安に恐怖に似た欠片が忍びこみ、セレナの車中に珠美と閉じこもった。

食欲はないが、いままで手をつけられなかった朝につくった食事を意地になって口にした。わずかに吐き気が迫りあがった。いまさらながらにジョーに依存していることを思い知らされた。泣き顔で珠美に語りかける。

「どこ行っちゃったんだろうね」

もう、幾度、この言葉を珠美に投げかけたことか。耀子はがっくり首を折って、セレナの壁面に背をあずけて啜《すす》り泣く。翌朝まで一睡もせずにジョーを待ち、あたりに黄金色の朝日が充ちたころ、諦念の言葉が唇から静かに洩れおちた。

「私、夢を見ていたのかもしれない――」

生きているのが面倒な気分だ。棄てられたとは思わないが、伊禮ジョーは岬から掻き消えてしまった。いなくなってしまうと、すべては夢の夢、もともと存在しなかったがごとくだ。

警察に相談しようとも思ったが、なにか筋違いな気がして思いとどまった。いまごろになって耀子はジョーがこの世にほんとうに存在していたのか、自信がもてなくなってきていた。

ひょっとしたら夜、荒天の海に落ちたのかもしれない。そんなことを考えると、自分も死にたくなった。朝日に熱せられた水蒸気が控えめに立ち昇るのを見やりながら、耀子は自殺を考えた。

死んでしまいたい。

珠美が不安げに擦り寄ってきた。

耀子は力なく珠美に笑みを返し、そっと腹部を押さえた。まだ、つわりの気配さえないが、ここにジョーの子供が宿っているのだ。ジョーは消えてしまったが、おなかの子供は厳として存在する。

無理やりチーズを齧《かじ》り、セレナのエンジンをかけた。岬の周辺をゆっくり一周した。目尻の涙を雑にこすると、岬から離れた。

そこからしばらく記憶がない。

我に返ったら、厚岸《あっけし》の道の駅にいた。

耀子はシートベルトもはずさぬまま運転席で動かない。呼吸は浅く、睡眠不足の瞳は血ばしっている。だらりと落ちた手に、珠美が濡れた鼻を押しつけて悲しげに鳴いた。

「ジョーがどこかに行っちゃったことに、珠美だって気付かなかったんだものね」

自らに言い聞かせるように呟くと、耀子は携帯を手にした。閉じない口を、無理やり閉じてプッシュする。呼び出し音三回で忠彦がでた。

「受賞、おめでとうございます」

「――どこからだ？」

「ええと、厚岸グルメパーク」

「なんだ、そりゃあ。どこだよ」

「北海道」

「なにか用か」

「ジョーが」

「ジョーがどうかしたのか」

「すごく意気込むのね」

「うるせえ。ジョーがどうした？」

「あのね、ジョーがね、ジョーがいなくなっちゃったの」

「捜したのか」

「とことん」

「だいじょうぶか。物騒なことを考えてるんじゃないか」

「物騒なこと」

「自らの命を――」

「死にたいよ」

「そういうことを言うな」

「でも、死にたいよ」

「許さん。絶対に許さん」

「うん。死なない。死ねない。あのね」

「なんだ」

「おなかにね、ジョーのね、ジョーの子供がいるの」

「ほんとうか！」

「うん。ジョー、おなかの子供だけ残してどこかに消えちゃった」

「──とにかく、もどれ。俺のところにもどれ」

「いいの？」

「いいも悪いもない。ジョーの子供がいるならなおのこと、そんなところで溜息ばかりついてないで、とっととともどれ」

「もどって、怒らない？」

「ごちゃごちゃ言うな。俺にできることならなんでもする」

「そう言ってくれると思った。なにせ、ジョーの子供がいるんだもの」

「ジョーも、ジョーの子供も大切だが、俺にとってはおまえが、おまえが誰よりも大切なんだよ」

「ありがとう。泣きそうだよ」

「泣き続けてるじゃねえか」

「そうだよね。涙がとまらないの。悲しくてつらくて、もう、どうしていいか」

「だから、もどれって言ってるだろうが」

「もどります。甘えさせてください」

「折々に連絡を入れろ。もし、必要なら、俺が迎えに行ってもいい」

しばらく遣り取りを続け、耀子は携帯を切った。道の駅のトイレで顔を洗い、とりあえずセレナの車中で仮眠をとった。

目覚めたら夕刻だった。寄り添う珠美に声をかける。

「これから、イッキ走りして東京よ」

エンジンをかけると珠美の首筋をぎゅっと握りしめるようにし、それからそっと自分の腹に手をあてがう。リバースにシフトして、駐車場からでる。国道四四号線にでて床までアクセルを踏み込んだ。耀子は黄昏に向かって走りはじめる。

（引用文献『善悪の彼岸』ニーチェ／中山元訳・光文社古典新訳文庫）

（この作品『アイドルワイルド！』は、平成二十三年八月、
小社から四六判で刊行されたものです）

一〇〇字書評

切・り・取・り・線

購買動機（新聞、雑誌名を記入するか、あるいは○をつけてください）	
□（　　　　　　　　　　）の広告を見て	
□（　　　　　　　　　　）の書評を見て	
□ 知人のすすめで	□ タイトルに惹かれて
□ カバーが良かったから	□ 内容が面白そうだから
□ 好きな作家だから	□ 好きな分野の本だから

・最近、最も感銘を受けた作品名をお書き下さい

・あなたのお好きな作家名をお書き下さい

・その他、ご要望がありましたらお書き下さい

住所	〒				
氏名		職業		年齢	
Eメール	※携帯には配信できません	新刊情報等のメール配信を 希望する・しない			

この本の感想を、編集部までお寄せいただけたらありがたく存じます。今後の企画の参考にさせていただきます。Eメールでも結構です。

いただいた「一〇〇字書評」は、新聞・雑誌等に紹介させていただくことがあります。その場合はお礼として特製図書カードを差し上げます。

前ページの原稿用紙に書評をお書きの上、切り取り、左記までお送り下さい。宛先の住所は不要です。

なお、ご記入いただいたお名前、ご住所等は、書評紹介の事前了解、謝礼のお届けのためだけに利用し、そのほかの目的のために利用することはありません。

〒一〇一―八七〇一
祥伝社文庫編集長　坂口芳和
電話　〇三（三二六五）二〇八〇

祥伝社ホームページの「ブックレビュー」からも、書き込めます。

http://www.shodensha.co.jp/bookreview/

祥伝社文庫

アイドルワイルド!

平成26年10月20日　初版第1刷発行

著　者　花村萬月《はまむらまんげつ》
発行者　竹内和芳
発行所　祥伝社《しょうでんしゃ》
東京都千代田区神田神保町3-3
〒101-8701
電話　03（3265）2081（販売部）
電話　03（3265）2080（編集部）
電話　03（3265）3622（業務部）
http://www.shodensha.co.jp/

印刷所　堀内印刷
製本所　ナショナル製本
カバーフォーマットデザイン　芥 陽子

 ISBN978-4-396-34071-1 C0193

祥伝社文庫の好評既刊

花村萬月
笑う山崎
冷酷無比の極道、特異なカリスマ性を持つ男の、極限の暴力と常軌を逸した愛……。奇才が描いた問題作！

花村萬月
ぢん・ぢん・ぢん（上）
新宿歌舞伎町でのヒモ修行、浮浪者生活、性の遍歴……。家出少年・イクオの魂の彷徨を描く超問題作！

花村萬月
ぢん・ぢん・ぢん（下）
ホームレスを卒業したイクオは、ある小説家との出会いから小説を書き始める。超問題作、いよいよ佳境へ！

阿木慎太郎
非合法捜査
少女の暴行現場に遭遇した諒子《りょうこ》は、消えた少女を追ううち邪悪な闇にのみ込まれた。少女失踪事件の真相とは!?

阿木慎太郎
悪《ワル》狩り
米国で図らずも空手家として一家をなした三上彰一《みかみしょういち》。二十年ぶりの故郷での目に余る無法に三上は拳を固める！

阿木慎太郎
流氓《リュウマン》に死に水を
新宿脱出行
絶体絶命の包囲網！　元公安刑事と「流氓」に襲いかかる中国最強の殺し屋。待ち受けるのは生か死か!?

祥伝社文庫　今月の新刊

三浦しをん
木暮荘物語
ぼろアパートを舞台に贈る、〝愛〟と〝つながり〟の物語。

原田マハ
でーれーガールズ
30年ぶりに再会した親友二人の、でーれー熱い友情物語。

花村萬月
アイドルワイルド！
人ならぬ美しさを備えた男の、愛を弄び、狂気を抉る衝撃作！

柴田哲孝
秋霧の街　私立探偵　神山健介
神山の前に現われた謎の女、その背後に蠢く港町の闇とは。

南　英男
毒殺　警視庁迷宮捜査班
怪しき警察関係者。強引な捜査と逮捕が殺しに繋がった？

睦月影郎
蜜《みつ》しぐれ
甘くとろける、淫らな恩返し？助けた美女は、巫女だった！

喜安幸夫
隠密家族　日坂《にっさか》決戦
東海道に迫る忍び集団の攻勢。参勤交代の若君をどう護る？